Über die Autorin:
Die Autorin Marie Matisek lebt mit ihrer Familie, Hund und Kater im idyllischen Umland von München. Neben dem Schreiben pflegt sie ihre Leidenschaften: kochen, spazieren gehen und gärtnern. Die gebürtige Berlinerin fühlt sich in ihrer Wahlheimat Bayern genauso zu Hause wie an der Nordsee, in Südfrankreich oder Italien, seit vielen Jahren ihre bevorzugten Reiseziele.

Marie Matisek

Unter dem Limonenhimmel

Roman

Besuchen Sie uns im Internet:
www.knaur.de

Originalausgabe April 2019
Knaur Taschenbuch
© 2019 Knaur Verlag
Ein Imprint der Verlagsgruppe
Droemer Knaur GmbH & Co. KG, München
Alle Rechte vorbehalten. Das Werk darf – auch teilweise –
nur mit Genehmigung des Verlags wiedergegeben werden.
Covergestaltung: FAVORITBUERO, München
Coverabbildung: shutterstock / © Megapixelina;
© Ensuper; © Bariskina; © Vodoleyka
Illustration im Innenteil: © Kate Macate / Shutterstock.com
Satz: Daniela Schulz, Rheda-Wiedenbrück
Druck und Bindung: CPI books GmbH, Leck
ISBN 978-3-426-52143-4

2   4   5   3

»Alles, was Sie sehen, verdanke ich Spaghetti.«
Sophia Loren

Amalfi, 1987

Marco

Zuerst dachte Marco, ein Vogel habe ihm auf den Kopf gekackt. Dann glaubte er, ein Hagelkorn habe ihn getroffen. Aber Hagel in Amalfi? Mitten im Juni?

Irritiert sah er sich um. Die Erwachsenen kümmerten sich nicht um ihn, sie saßen auf ihren Stühlen um den Tisch herum und plauderten. Niemand schenkte ihm Beachtung. Die Söhne der Familie Amato, die mit ihm am Kindertisch saßen, waren damit beschäftigt, den Kuchen in sich hineinzuschaufeln. Sollte einer der drei ihn angespuckt oder gar mit etwas beworfen haben, hätte er es wohl gemerkt, dachte Marco bei sich.

Oder?

Er ließ den Blick durch den Garten und über das Haus schweifen. Es war nicht das erste Mal, dass er hier war, das Grundstück hatte lange Jahre den Pietrinos gehört. Aber die hatten Amalfi verlassen, das Haus hatte lange leer gestanden, der Garten, die Gemüsebeete und die Obstbäume, die in Terrassen angeordnet ein Stück den Berg hinauf standen, waren verwildert.

Sie hatten hier fast jeden Tag gespielt, Marco und sein bester Freund Pippo, außerdem Mimmo und Salvatore. Es war ihr Kinderparadies gewesen.

Wenn sie Cowboy und Indianer spielten oder Soldaten, die ein feindliches Dorf überfielen, waren sie auf dem Grundstück vollkommen unbeobachtet, kein Erwachsener kam und zog sie an den Ohren, weil sie Äste von den Bäumen schnitten, um Waffen daraus zu schnitzen. Kein Papà spannte sie zum Arbeiten ein, so wie es auf der Zitronenplantage von Marcos Vater Raffaele Pantanella der Fall war. Und keine Nonna verjagte sie, weil sie sich in die Bäume setzten und sich den Magen mit Aprikosen und Pflaumen vollstopften.

Nein, dieses verlassene Grundstück war das Refugium der vier Freunde.

Und nun war es damit vorbei. *Arrivederci*, Freiheit, *ciao*, Räuberspiele. Es war zum Heulen.

Marco hasste die neuen Bewohner. Ohne sie zu kennen, nein, er wollte sie niemals kennenlernen, es reichte ihm, dass sie ihm und Pippo, Mimmo und Salvatore den Spielplatz weggenommen hatten. Er hatte sich und seinen Freunden geschworen, dies der Familie Amato niemals zu verzeihen, niemals.

Und so, wie es aussah, würde es ihm nicht schwerfallen, an seinem Vorsatz festzuhalten. Die drei Jungs, die mit ihm am Kindertisch saßen, waren blöd. Das erkannte er auf den ersten Blick. Sie waren ein paar Jahre älter als er, würdigten ihn keines Blickes, und ihre Witze verstand Marco nicht. Er würde sie mit Nichtachtung strafen, so wie sie ihn ebenfalls ignorierten.

Für ihre Eltern interessierte sich Marco erst recht nicht, allerdings würde es ihm weitaus schwerer fallen, sie abgrundtief zu hassen. Das lag vor allem an den Mandelkeksen, die vor seiner Nase in einer flachen Schale lagen und köstlich dufteten. Die Mutter der drei Jungs, Annunziata, hatte sie direkt vor ihn hingestellt und ihn lächelnd aufgefordert, doch mal davon zu probieren. Es forderte Marco sehr viel Disziplin ab, grimmig zu gucken, den Kopf zu schütteln und die Arme bockig vor der Brust zu verschränken. Sein Vater bedachte ihn mit einem strafenden Blick, aber Marco klammerte sich an dem Gedanken »ich hasse sie, ich hasse sie …« fest.

Dessen ungeachtet hatte er in einem günstigen Augenblick, als alle anderen mit der Begrüßung beschäftigt waren, eines der hellen runden Gebäckteilchen vom Teller stibitzt und in den Mund geschoben. Und ooooh … das, was da in seinem Mund ein köstliches Aroma von Mandeln, Honig und Puderzucker entfaltete, hätte ihn beinahe seinen Vorsatz vergessen lassen, nichts, aber auch gar nichts von der Familie Amato anzunehmen.

Sie waren Feinde und sollten es auch bleiben! *Basta così!* Mandelkekse hin oder her. Er würde seine Mamma oder die Nonna beauftragen, sich das Rezept von Signora Amato zu holen.

Außerdem hatte er es den anderen geschworen. Gestern, als sie ein kleines Feuerchen in ihrer Höhle angefacht hatten. Dort hatten sie zusammengesessen und Pläne geschmiedet. Marco, Pippo, Mimmo und Salvatore. Die vier Freunde. Vier Verbündete, ach was – vier Brüder. Sie würden immer zusammenbleiben, sich immer treu verbunden bleiben, einander niemals belügen oder hintergehen. Zu viert waren sie stark und konnten es mit allen aufnehmen. Mit Remo und seinen doofen Freunden. Mit dem Strandwächter, der das Geld für Sonnenschirme und Liegen kassierte und sie stets verjagte. Und erst recht würden sie gemeinsam gegen die Amatos kämpfen. So lange, bis die freiwillig wieder wegzogen.

Marco hatte seinen Freunden bei ihrem abendlichen Treffen in der Höhle also erzählt, dass er gezwungen werden würde, nach der Kirche einen Anstandsbesuch bei der neuen Familie zu machen. Seine Freunde waren zunächst entsetzt, aber dann hatten sie beschlossen, die Gelegenheit zu ergreifen, den Gegner auszuspähen. Vielleicht würde Marco etwas über die neuen Feinde erfahren, was ihnen dann half, sie zu bekämpfen. Hatten sie Kinder? Dann würde man ihnen auf dem Schulweg auflauern, ihnen den Ranzen wegnehmen, sie mit Wasserpistolen bespritzen, Mädchen an den Haaren ziehen, ihnen Ziegenkacke auf die Jacke schmieren – ach, die Möglichkeiten waren vielfältig!

So hatten sie zusammengesessen und im Schein des kleinen Feuers wilde Pläne geschmiedet. Marco war mit vor Abenteuerlust geschwellter Brust nach Hause ins Bett gegangen, die Aufgabe, die ihm zuteilgeworden war, erfüllte ihn mit Stolz. Er war ein Spion!

Als aber Mamma am nächsten Morgen die graue kurze Stoffhose, die so schrecklich an den Beinen kratzte, und das weiße Sonntagshemd, das ihm ein wenig zu klein war, herauslegte und ihm auftrug, diese Sachen anzuziehen, verrauchten Stolz und Abenteuerlust augenblicklich. Zurück blieb ein kleiner Siebenjähriger, der sich elendig vor dem bevorstehenden Treffen grauste. In die Kirche gehen war schlimm genug, aber da mussten alle anderen auch hin. Außerdem war sein Respekt vor dem lieben Gott – vor allem aber vor dem Heiligen Geist, den ihm seine Nonna als in graue Laken gewandetes Skelett beschrieben hatte – groß genug.

Aber anschließend auf Feindesgebiet mit fremden Kindern und einem Haufen Erwachsener zusammensitzen, in den unbequemen Kleidern, fremdes Essen zu sich nehmen, das ihm bestimmt nicht schmeckte – all das vermieste dem kleinen Marco Pantanella gehörig den Sonntag.

Und nun auch noch dieser unerklärliche Hagel. Gerade eben hatte ihn wieder etwas im Nacken getroffen. Verstohlen sah Marco die anderen an. Aber außer ihm schien niemand etwas zu merken. Seine Eltern und die Nonna plauderten ausgelassen mit den neuen Nachbarn, die drei Jungs futterten und flüsterten, nur er schien so geheimnisvoll gepiesackt zu werden. Ob es vielleicht Elstern waren, die über ihm im Baum saßen und etwas fallen ließen? Er wollte gerade nach oben blicken, da landete etwas auf seinem Teller. Ein Kirschkern. Offensichtlich hatte der sein Ziel verfehlt.

Marco starrte auf den Kern auf seinem Teller und wusste augenblicklich, dass ihn die ganze Zeit über jemand unter Beschuss genommen hatte. Aber wer? Die Brüder saßen mit ihm am Tisch, das wäre zu auffällig gewesen. Aber hatte seine Mutter ihm nicht angekündigt, die Familie Amato habe vier Kinder? Wo war das vierte?

Just in diesem Moment traf ihn ein weiteres feuchtes Geschoss am linken Ohr. Blitzschnell drehte Marco seinen Kopf in die Richtung, aus der der Kirschkern abgefeuert worden sein musste, und sah gerade noch, wie zwei nackte Füße im dichten Blätterwerk eines großen Kirschbaums verschwanden. Na warte, dachte Marco. Dich kriege ich! Du willst Krieg? Den kannst du haben! Seine düstere Stimmung hellte sich sogleich auf, denn nun sah er eine Möglichkeit, aus dem langweiligen Kaffeeklatsch doch noch ein Abenteuer werden zu lassen.

Er griff zu der Schale mit den himmlischen Mandelkeksen und steckte sich einen in die linke Backe, einen in die rechte. Sie schmeckten köstlich, und im Stillen leistete Marco bei seinen Mitverschwörern Abbitte: Er musste schließlich eine Tarnung aufrechterhalten! Damit rechtfertigte er vor sich, warum er den Schwur, bei der Familie Amato weder etwas zu essen noch zu trinken, brach. Immerhin musste er den Feind dort oben im Kirschbaum in Sicherheit wiegen, und das tat er am besten, indem er den zufriedenen Gast mimte.

Dann stand er auf und erkundigte sich artig nach der Toilette. Signora Annunziata wies ihm den Weg, und Marco trottete gehorsam ins Haus. Kaum hatte er den kühlen Schatten des Flures erreicht, drückte er sich flach an die Wand hinter der offenen Eingangstür. Der Feind sollte nicht merken, dass er Bescheid wusste, dann würde er sich schon zeigen.

Marco hielt den Atem an und den Kirschbaum im Blick. Etwas bewegte sich darin, das erkannte er deutlich an den wackelnden Ästen. Aber das Etwas ließ sich einfach nicht blicken! Stattdessen glaubte er erkennen zu können, dass nun die Äste des benachbarten Baums erzitterten – war sein Feind etwa einem Eichhörnchen gleich von Baum zu Baum gesprungen?

Vorsichtig hielt er die Nase in Richtung des Gartens, aber offenbar war er nicht vorsichtig genug, denn augenblicklich ertönte die Stimme seines Vaters.

»Marco!«

Der Junge zuckte zurück, verbarg sich wieder im Schatten des Flures und tat, als habe er nichts gehört.

»Marco! Komm raus da, was ist denn mit dir los?« Raffaele ließ nicht locker. »Warum versteckst du dich?«

Marco biss sich auf die Lippe. Was sollte er tun? Käme er nun aus seinem Versteck hervor, würden sich alle Blicke auf ihn richten, sein Vorhaben, dem geheimnisvollen Feind in den Bäumen verstohlen aufzulauern, wäre gescheitert. Würde er aber der Aufforderung seines Papàs nicht Folge leisten, bekäme er Ärger.

Und tatsächlich, Raffaeles Stimme nahm einen schärferen Ton an.

»Marco, was ist das für ein Benehmen?! Komm augenblicklich raus da!«

Marco holte tief Luft und trat nach draußen in den Garten. Es war, wie er befürchtet hatte. Die Augen aller waren auf ihn gerichtet. Und vom Kirschkern spuckenden Eichhörnchen natürlich keine Spur. So ein Mist!

Raffaele winkte ihn ungeduldig an den Tisch. Mit gesenktem Kopf schlich Marco zu den Erwachsenen. Die blöden Brüder der Familie feixten und rissen tuschelnd Witze über ihn. Was für eine Blamage.

»Marco, lauf hinüber und hol eine Flasche von Mammas Limoncello.«

Einen größeren Gefallen konnte Raffaele ihm gar nicht tun – Marco drehte sich auf dem Absatz um und flitzte, so schnell er konnte, aus dem Garten. Bloß weg! Er bildete sich ein, das hämische Lachen der drei Brüder zu hören, das Tuscheln der Erwachsenen und leises Kichern aus den Bäumen. Er hatte seine Mission gründlich vermasselt!

Kaum hatte er das Grundstück verlassen und den heißen Asphalt der steilen Straße, die zur Zitronenfarm der Pantanellas führte, erreicht, verlangsamte er seine Schritte. Der

Schweiß brach ihm aus allen Poren, die Wollhose kratzte erbärmlich, und das weiße Hemd, aus dem er ohnehin herausgewachsen war, kniff unter den Achseln und klebte am Rücken.

Wütend brach Marco einen Zweig vom nächsten Baum und schlug damit auf die Straße. Was sollte er seinen Freunden sagen? Dass er sich mit Kirschkernen bespucken ließ? Und dann geflüchtet war, anstatt heroisch den Kampf aufzunehmen? Dass er nicht in der Lage gewesen war, herauszufinden, wer ihm so übel mitgespielt hatte? Eine Niederlage auf ganzer Linie.

Missmutig kickte Marco einen Stein von der Straße und schlug mit dem Zweig auf die Oleanderbüsche am Straßenrand. Nein, aufgeben war keine Option. Er würde den Limoncello holen und sich dann erneut in die Schlacht werfen. Denn dass eine solche begonnen hatte, daran konnte niemand zweifeln. Er war attackiert worden, und damit hatten die Amatos, was sie haben wollten: Krieg.

Jetzt bog Marco von der Straße ab und nahm die steile Steintreppe nach oben. Zweihundertsechsundvierzig Stufen waren in den Berg gehauen, auf dem der Zitronenhain der Familie lag. Auch die Straße führte nach oben zum Grundstück, aber die war bedeutend länger, wand sich in schmalen Haarnadelkurven empor. Die Treppe war eine Abkürzung, wenngleich eine recht mühevolle. Zumindest für die Erwachsenen, der siebenjährige Junge dagegen nahm zwei Stufen auf einmal und hatte sein Zuhause in wenigen Minuten erreicht. Die rote Katze lag wie immer auf dem Stuhl, der an der Wand neben der Eingangstür stand, und hob schläfrig den Kopf, als Marco an ihr vorbei ins Innere des Hauses trat. Er kraulte sie kurz unter dem Kinn, die Rote schnurrte kräftig.

Statt in den Keller nach unten nahm Marco die Treppe nach oben. Er musste unbedingt die scheußlichen Klamotten loswerden, wie sollte er den Eichhörnchen-Feind jemals zu fassen bekommen, wenn er seine unbequemen Sonntagssachen trug?! Rasch riss er sich Hemd und Hose vom Leib, schlüpfte in seine Fußball-Shorts und ein ausgewaschenes T-Shirt, zog auch die weißen Socken aus und pfefferte sie in eine besonders unaufgeräumte Ecke seines Zimmers.

Er war schon fast wieder im Treppenhaus, als er doch noch einmal zurücklief und aus der geheimen Schuhkiste mit den größten Schätzen, die er besaß, das kleine Taschenmesser mit der rostigen Klinge holte. Es war sein ganzer Stolz. Er hatte es in der Nähe ihrer Höhle gefunden, es steckte in einem kleinen Lederetui und war vom Rost halb zerfressen. Marco hatte es sofort eingesteckt und zu Hause heimlich den Rost abgeschliffen, die Klinge geölt und das Lederetui mit Schuhcreme behandelt. Dabei musste er heimlich vorgehen, denn Raffaele, sein Papà, war der Überzeugung, dass Marco erst mit zehn Jahren sein erstes richtiges Taschenmesser bekommen sollte. So ein Unsinn! Alle seine Freunde hatten eines! Pippo schon seit vielen Jahren, und er war der geschickteste Schnitzer unter ihnen.

Pippos Vater Sergio war Ziegenhirte und hatte seinem Sohn von Geburt an alles beigebracht, was ein Junge wissen musste. Wie oft hatte Marco ehrfürchtig beobachtet, wie sein bester Freund geschickt ein Feuer mit einer Glasscherbe und trockenem Gras entfachen konnte. Oder sich eine Angel bastelte. Mit der Zwille auf Vögel schoss. Er kam sich dabei stets vor wie ein Idiot, aber seit er das kleine Taschenmesser sein Eigen nannte, fühlte er sich männlicher und Pippo ebenbürtig.

Nun also steckte er das Messerchen in die Hosentasche – wer weiß, wozu es gut war? – und tapste barfuß durch das Treppenhaus in den Keller. Dort führte ihn sein Weg geradewegs in den Lebensmittelkeller. Was für ein Paradies! Hier stapelte sich in langen Holzregalen alles, was die Frauen der Familie Pantanella tagein, tagaus in der Küche zauberten: die Früchtebrote seiner Nonna, süße Eierbiscotti seiner Mamma, bunte Dosen mit Amarettini und Cantuccini, zahlreiche Gläser mit Eingemachtem. Aprikosen-, Erdbeer- und Orangenmarmelade. Eingelegte Artischocken, getrocknete Tomaten, Oliven grün und schwarz, Pesto, Tomatensugo, marinierte Zucchini und Auberginen. An den Regalen selbst hingen lange Ketten von getrockneten Steinpilzen, die die Nonna im Herbst gesammelt hatte, sowie in der Sonne getrocknete Peperoni. Eselssalami baumelte von der Decke, ein luftgetrockneter Schinken und in Wachspapier eingeschlagener Käse.

Vor allem aber: alles aus Zitronen! Zitronenmarmelade und Sirup, hohe Gläser mit Salzzitronen, kandierte Zitronenscheiben, Zitronenkuchen, Zitronensalz und eben Limoncello. Alles aus der kostbaren *sfusato amalfitano,* der berühmten Amalfi-Zitrone, die auch die Pantanellas kultivierten.

Den Zitronenlikör setzten seine Mamma und die Nonna aus den Schalen der Zitronen an, die sie für andere Zwecke ausgepresst hatten. Marcos Mamma Magdalena meinte immer, dies sei die leckerste Art der Kompostierung, die sie kenne. Für Marco hingegen war der Likör das am wenigsten Interessante im Speisekeller; wenn er an besonderen Feiertagen von seinem Papà ein winziges Gläschen davon bekam, um mit den Erwachsenen anzustoßen, schüttelte es ihn.

Nein, dem Limoncello konnte er nichts abgewinnen. Die Erwachsenen aber anscheinend umso mehr, denn Magdalenas Zitronenlikör genoss einen legendären Ruf in Amalfi, und die wenigen Flaschen, die sie das Jahr über produzierte, waren heiß begehrt.

Mit einer Likörflasche in der linken und der rechten Hand in der Hosentasche, das Taschenmesser umklammert, trat Marco den Weg zum Grundstück der Familie Amato an. Während er die zweihundertsechsundvierzig Steinstufen wieder hinabsprang, grübelte er über eine geeignete Angriffsstrategie. Das Beste war, er setzte sich gar nicht mehr an die Kuchentafel. Er würde den Limoncello abliefern und dann fragen, ob er sich im Garten ein wenig umsehen könne. Natürlich würde er so tun, als sei ihm das Grundstück völlig fremd, niemand sollte wissen, dass er sich dort ebenso gut auskannte wie im heimischen Garten. Den Gegner in Sicherheit wiegen, das war oberster Taktikgrundsatz, das wusste er von seinem Papà. Zwar ging es bei Raffaele Pantanella nicht um Krieg, sondern um den Kampf gegen die Konkurrenz auf dem Zitronenmarkt, dennoch war Marco sich sicher, dass sich die Strategie auf alle Gebiete übertragen ließe.

Am Fuß der Treppe angekommen, fiel Marco leider nicht viel mehr zu seinem weiteren Vorgehen gegen den Kirschkernspucker ein, gerne hätte er sich jetzt mit Pippo beraten, der war gewitzt und nie um eine Idee verlegen.

Da traute er seinen Augen kaum: War das nicht sein bester Freund dahinten? Die dürre Zaunlatte war unverwechselbar, er hüpfte am Ende der langen Haarnadelkurve herum – offenbar hatte der liebe Gott Marcos Gebete erhört!

Marco rief den Namen seines Freundes und rannte, so schnell er konnte, zu ihm. Pippo drehte sich um und winkte.

Doch kurz bevor er seinen Kumpel erreicht hatte, verlangsamte Marco seine Schritte. Pippo war nicht allein. Er spielte mit einem Mädchen.

Einem Mädchen!

Noch dazu eines, das Marco noch nie in Amalfi gesehen hatte. Und der Ort war klein, alle einheimischen Kinder gingen gemeinsam in die gleiche Grundschule, sie kannten sich. Es musste also eine Touristin sein. Dass Pippo sich mit so einer Fremden abgab ... Na, dachte Marco, er würde ihn schnell loseisen, schließlich gab es Wichtigeres. Sie würden gemeinsam den Kampf gegen die Familie Amato aufnehmen.

Als er die beiden Kinder erreicht hatte, sah er voll Entsetzen, dass Pippo ein Hüpfespiel mit ihr spielte! Sie hatten Kästchen mit Kreide auf den Asphalt gemalt, und Pippo sprang gerade mit einem Bein darin herum. Mädchenkram!

Feindselig nahm Marco das Mädchen ins Visier. Sie sah – das immerhin musste er zugeben – nicht richtig wie ein Mädchen aus. Sie trug abgeschnittene Jeans-Bermudas, die so dreckig waren, dass sie vermutlich von selbst stehen konnten. Ihr T-Shirt war bekleckert und hatte Löcher; Knie, Füße und Hände waren schmutzig schwarz. Sie sah vollkommen anders aus als alle anderen Mädchen aus Amalfi, die gerne Sommerkleider mit Rüschen, Pink und Glitzer trugen, Sandalen anhatten und heruntergerollte Söckchen. Nicht so dieses Mädchen. Sie hatte eine wilde Lockenmähne, die zottelig in alle Richtungen von ihrem Kopf abstand, als hätte sie in eine Steckdose gefasst. Als Marco näher kam, stemmte die Göre ihre Hände in die Hüften, grinste ihn an und sagte: »Hey! Haben dir die Mandelkekse meiner Mama geschmeckt?« Dabei entblößte sie eine freche Zahnlücke zwischen den Schneidezähnen.

Marco klappte der Kinnladen herunter, und bevor er etwas entgegnen konnte, erläuterte Pippo: »Das ist Lisabetta Amato von nebenan.«

»Das Eichhörnchen!«, entfuhr es Marco, und in dem Moment spuckte ihm Lisabetta einen Kirschkern mitten an die Stirn.

Vor Schreck ließ Marco die Flasche mit dem Limoncello fallen, die auf dem Asphalt in tausend kleine Scherben zerplatzte. Zäh ergoss sich die hellgelbe Flüssigkeit auf dem glühenden Straßenbelag.

Marco wurde heiß vor Wut, er starrte dieses schreckliche Mädchen an und wusste: Er würde sie immer hassen!

Amalfi, heute

Marco

Die Farbe spritzte ihm mitten ins Gesicht. Marco erstarrte, wischte sich mit der Hand übers Gesicht und erkannte, dass er eine volle Ladung abbekommen haben musste. Helltürkis. Na, vielen Dank auch.

Er drehte sich zu Lisabetta, die ihn breit anlächelte. Sie warf ihren Kopf in den Nacken und lachte aus vollem Hals. Marco schüttelte seine Farbrolle in ihre Richtung, sodass sich die grünen Spritzer nun gleichmäßig über ihre Latzhose verteilten.

»Hey! Leg dich nicht mit mir an, *caro!*« Lisabetta musste sich sehr bemühen, ihr Lachen zu unterdrücken und sich den Anschein zu geben, böse zu gucken. Sie runzelte ihre schöne Stirn, zog die Brauen zusammen und drohte Marco mit ihrem Farbpinsel. »Das ist dir noch nie gut bekommen.«

Dann fuchtelte sie so sehr mit ihrem Pinsel, dass die Farbe überallhin spritzte – an die türkisfarbene Wand, Marcos Hose und ihre Haare. Auf den Boden der kleinen Küche sowieso, aber den hatten sie bereits wohlweislich mit Zeitungspapier ausgelegt. Die Spritzer an der Wand waren auch nicht dramatisch, schließlich hatte Marco diese gerade in derselben Farbe gestrichen. Lisabetta sollte mit ihrem Pinsel die Ecken und Ränder sorgfältig ausmalen, aber sie machte schon den ganzen Tag über Quatsch und tat alles, um sie beide von der Arbeit abzuhalten.

Marco stieg von der kleinen Leiter herab und zog Lisabetta an sich. Er gab ihr einen Kuss auf die vollen Lippen und strich ihr die Wuschelhaare aus dem Gesicht.

»*Ti amo.*«

Die große Liebe seines Lebens lächelte, entblößte dabei die herrliche Zahnlücke und schlang beide Arme um seinen Körper.

»Ich dich auch. Komm, lass uns für heute aufhören. Wir gehen einen *caffè* trinken, ja?«

»Kommt nicht infrage. Wir sind gleich fertig mit der Küche. Nur noch die Wand über dem Herd. Das schaffen wir.«

Lisabetta stöhnte übertrieben. »Marco, mir tun schon die Handgelenke weh. Und in den Armen habe ich Muskelkater.«

»Du musst mehr Sport machen.«

»Pah! Sport! Spinnst du? Willst du etwa, dass aus diesen schönen Rundungen Ecken und Kanten werden?«

Lasziv strich sie sich über ihre breiten Hüften, und Marco musste lachen. Sie sah in ihren viel zu großen Jeans-Latzhosen, die über und über mit Farbe bespritzt waren, sowie den alten Badelatschen aus Plastik nicht gerade aus wie eine Verführerin, aber ihr Augenaufschlag und der Schmollmund, den sie jetzt zog, ließen sie immer sexy aussehen, ganz gleich, was sie anhatte.

»Also gut. Wir machen eine kleine Pause. Ein Espresso in der Bar, danach machen wir aber die Küche fertig. Du willst doch endlich mal einziehen – oder etwa nicht?«

»Ja, schon.« Lisabetta schälte sich erleichtert aus der weiten Latzhose. Darunter trug sie Jeans-Shorts und ein buntes

Ringel-T-Shirt. Die Badelatschen ließ sie an. Sie sah großartig aus. »Aber renovieren macht mir keinen Spaß.«

»Ich verstehe nicht, warum du deine Söhne nicht einspannst. Die können auch mal was tun. Du verwöhnst sie zu sehr.«

»Das sagt der Richtige!« Lisabetta zog Marco am Ohr. »Verwöhne ich dich etwa nicht? Und deinen Papà noch dazu.«

Das allerdings stimmte. Vor knapp zwei Monaten hatte Lisabetta ihren Mann Remo verlassen und war wieder mit Marco, ihrer Liebe aus Kindertagen, zusammengekommen[*]. Die ersten Sommerwochen hatte Lisabetta noch auf der *Undine* gewohnt, dem ehemaligen Fischerboot ihres Vaters Nino, das ihr Vater und die Brüder für sie zum Hausboot umfunktioniert hatten. Aber vor zwei Wochen, als die Nächte frischer wurden, war Lisabetta zu Marco und seinem Vater Raffaele Pantanella in das Haus auf der Zitronenfarm eingezogen. Nur vorübergehend, das betonte sie mehrmals täglich, nur bis ihre kleine Wohnung im Zentrum von Amalfi endlich bezugsfertig war.

Lisabetta, zweifache Mutter von erwachsenen Söhnen, wollte endlich einmal unabhängig sein, mit Ende dreißig ihre erste eigene Wohnung beziehen und Geld verdienen. In den vergangenen Jahren war sie Hausfrau und Mutter gewesen.

Marco respektierte das. Aus eigener leidvoller Erfahrung wusste er, wie wichtig es für ihre noch so junge Beziehung war, dass Lisabetta sich jetzt nicht von einer Abhängigkeit nahtlos in die nächste begab. Aber tief in seinem Herzen

---

[*] Siehe »Ein Sommer wie Limoneneis«, Knaur-Taschenbuch 2018

wünschte er sich nichts sehnlicher, als Tag und Nacht mit ihr zusammen zu sein. Außerdem war es schön, dass wieder eine Frau in seinem Elternhaus wirbelte. Auch seinem Vater tat Lisabettas Anwesenheit gut, sie war ein wahrer Jungbrunnen für ihn. Raffaele Pantanella lebte seit zweiundzwanzig Jahren allein in dem Haus und betrieb den Zitronenhain – so lange war es her, dass Marcos Mutter Magdalena gestorben war. Marco fand, dass sein Papà durch das Alleinleben ziemlich verschroben geworden war, und es kam häufiger vor, dass die beiden, Vater und Sohn, aneinandergerieten.

Auch Marco war erst vor wenigen Wochen nach Amalfi gezogen. Allerdings verbrachte er einen Teil seiner Zeit in München, dort, wo auch seine von ihm getrennte Frau und die Kinder lebten. Jede zweite Woche pendelte er für eine Woche von Süditalien nach Bayern, auch um mit Geli den gemeinsamen Haushalt aufzulösen. Die Ferien sollten Sabrina und Luis, ihre Kinder, mal mit Mama, mal mit Papa verbringen.

»Hm«, sagte Lisabetta, als sie im Treppenhaus standen und die Tür der kleinen Wohnung hinter sich zuzogen, »wir könnten natürlich auch zu Franco gehen und eine Pizza essen. Diese Renoviererei macht hungrig.«

»O nein! Ich weiß, wie das endet. Wenn wir eine Pizza essen, dann wollen wir auch ein Glas Wein dazu trinken. Wenn wir eines getrunken haben, dann ist es so nett, und dann setzt sich Franco zu uns an den Tisch, und dann gießt er uns ein zweites Glas ein – und auf einmal ist es später Abend, und das Einzige, was wir dann noch zustande bringen, ist, schlafen zu gehen.«

»Was ist daran so verkehrt?«

Sie traten jetzt vom dunklen Treppenflur ins gleißende Sonnenlicht. Es war bereits Anfang Oktober, eigentlich

Herbst, aber die Sonne gab ihr Bestes, und die Tage waren fast sommerlich warm. Lisabetta schob ihre Hand in die Marcos.

»Nichts! Nichts ist daran verkehrt. Es ist wunderschön«, gestand Marco lächelnd ein, während sie nun die schmale Gasse hinunterschlenderten. »Aber ich habe Angst, dass du es eines Tages nicht mehr bei mir und Papà aushältst, wenn du noch länger bei uns wohnen musst, weil deine Wohnung noch nicht fertig ist.«

»Du willst mich loswerden?« Lisabetta grinste, während sie das sagte; sie wusste genau, dass dem nicht so war.

»Ich möchte, dass wir dir die Wohnung schön machen, bevor es kalt wird. Und dann werde ich mich bei dir einnisten und es genießen, dass nicht ständig mein Papà um uns herum ist.«

Lisabetta lachte wieder. »Pfui, Marco! So redet man nicht über seinen Vater!«

Tatsächlich war es ziemlich gewöhnungsbedürftig für Marco, mit 39 wieder in seinem Elternhaus zu wohnen. Er kam sich vor wie ein Teenager. Wenn er Musik hörte, durfte er sie nicht zu laut stellen, sonst störte es Raffaele. Nahm er sich etwas zu essen aus dem Kühlschrank, konnte er sicher sein, dass sich sein Vater irgendwann darüber beschwerte, weil er selbst genau darauf Appetit gehabt habe. War Marco dran mit Einkaufen, dann kaufte er natürlich nie das Richtige. Zum Glück mussten sie sich nicht übers Putzen streiten, denn das besorgte Serafina für sie, die Nachbarin.

Aber im Moment hatte Marco keine andere Wahl, als im Haus der Eltern zu leben. Durch die bevorstehende Scheidung würde er finanzielle Einbußen haben, schließlich zahlte er Unterhalt an Geli und die Kinder. Außerdem hatte er seinen Job als Anwalt in der renommierten Kanzlei Renke, Heinzmann & Cie hingeschmissen, um mit seinem Papà zusammen die Zitronenfarm zu betreiben – die er irgendwann einmal alleine führen sollte. Die warf nicht gerade üppiges Geld ab, im Vergleich zu seiner Tätigkeit als Immobilienanwalt. Zwar reichte es, um in Amalfi zu leben – er musste ja auch keine Miete zahlen –, aber die finanzielle Unterstützung seiner Familie in München konnte Marco damit nicht leisten. Außerdem musste dringend in die Zitronenfarm investiert werden. Marco hatte Pläne, und das nicht zu knapp. All das musste er aus dem Ersparten und der Abfindung aus der Kanzlei bezahlen. Wenn er diese bloß endlich bekommen würde …

Lisabetta neben ihm blieb abrupt stehen. Sie ließ Marcos Hand los, um in zwei großen Körben zu wühlen, die vor einer Boutique standen. In den Körben waren verschiedene Stoffe, Tischdecken, Servietten, Geschirrhandtücher. Alles aus Leinen, sehr stylish, wie Marco fand, die Sachen hätte man auch in einer Schwabinger Boutique kaufen können. Aber Lisabetta schüttelte nur den Kopf, nachdem sie in den Sachen herumgesucht hatte.

»Viel zu teuer«, lautete ihr vernichtendes Urteil. »Touristenkram.«

Marco zuckte mit den Schultern. »Aber hübsch. Würde in deine Wohnung passen.«

»Das ist das gleiche Zeug, das du auf dem Markt für ein Zehntel des Preises kaufen kannst. Schlechte Qualität. Und von wegen Leinen. Da ist überall Kunstfaser drin. Das merkst du beim Bügeln sofort.«

Marco beugte sich ihrem Urteil. Von Stoffen und Deko-Krempel hatte er keinen Schimmer, dafür war Geli zuständig gewesen. Aber Lisabetta wird es schon wissen, dachte er, schließlich hat sie ständig mit gerissenen Händlern zu tun.

Seit der Trennung von ihrem Gatten Remo jobbte Lisabetta zwei Mal in der Woche auf dem Markt. Einmal in Amalfi, einmal in Positano. Sie half einer Freundin, die einen Stand mit frischer Pasta und anderen Delikatessen betrieb, aber wenn einer der Händler und Händlerinnen Not am Mann hatte, sprang sie auch ein. Sie kannte mittlerweile alle Verkaufstricks und musste jedes Mal lachen, wenn Marco sie dort besuchte und ihr voller Stolz zeigte, was er günstig eingekauft hatte.

»Der hat dich übers Ohr gehauen!«, urteilte sie oft, viel zu oft. Allerdings wusste sie auch um die Geheimtipps – bei wem gab es die besten San-Marzano-Tomaten? Wer hatte echtes kalt gepresstes Olivenöl und nicht gepanschtes zu einem guten Preis? Der beste Fischstand, Ledergürtel mit Qualität, heimische Oliven – Lisabetta kannte alle Geheimnisse des Marktes.

Marco steuerte jetzt die kleine Bar an, in der sie sich einen *caffè* genehmigen wollten. In dem Moment klingelte sein Handy in der Hosentasche. Geli. Marco seufzte. Wenn Geli anrief, dann selten mit guten Nachrichten.

»Marco, sag mal, kannst du einen Tag früher kommen?«, fiel sie auch umgehend mit der Tür ins Haus.

»Spinnst du? Das ist ja schon morgen!«

»Sorry, ich weiß, das ist jetzt blöd, aber ich habe einen Vorstellungstermin in Frankfurt.«

Jetzt erst bemerkte Marco, dass die Stimme seiner zukünftigen Ex-Frau nicht frustriert oder genervt klang wie meistens, wenn sie ihn um einen Gefallen bat, sondern gut gelaunt und aufgeräumt.

»Moment mal – Frankfurt?«

Sofort begann Marcos Herz schneller zu schlagen – Geli wäre bereit, mit den Kindern nach Frankfurt zu ziehen? Das war ja noch weiter von Amalfi entfernt als München, dann konnte er nicht mehr einfach mit dem Nachtzug übers Wochenende …

»Mach dir keine Sorgen«, unterbrach Geli sein Gedankenkarussell, als wüsste sie genau, was in ihm vorging. »Das Gespräch ist in Frankfurt, aber die Kanzlei hat einen Ableger in München. Ich zieh nicht weg.«

Geräuschvoll atmete Marco aus. »Ich dachte schon …«

Lisabetta beobachtete ihn während des Gesprächs genau. Sie kannte die Stimmung, die ihren Freund überfiel, wenn seine Ex unerwartet anrief.

»Aber für den einen Tag brauchen die Kinder doch keinen Babysitter?!«, versuchte er die vorzeitige Abreise abzuwenden. Er hatte bereits alles für die Bahnreise in der Nacht von Donnerstag auf Freitag gebucht, eine Stornierung kostete, und ob er noch einmal einen Platz im Liegewagen bekäme, war mehr als fraglich.

»Luis hat Magen-Darm. Und Sabrina Deutsch-Klausur. Es muss jemand bei ihm zu Hause bleiben.«

Das war ein Argument. Marco stöhnte. Es wäre nicht fair, Geli jetzt damit alleine zu lassen. Das hatte er lange genug getan, und letztendlich war ihre Ehe auch daran zerbrochen. Und er hatte nicht sein ganzes Leben umgekrempelt – den Job als erfolgreicher Immobilienanwalt hingeschmissen, um die Zitronenfarm seiner Vorväter zu übernehmen –, um die gleichen Fehler wieder und wieder zu begehen.

In den letzten Wochen hatte er an sich eine Veränderung wahrgenommen, die er nie für möglich gehalten hätte. Sein

Herzrasen, der Tinnitus, der Reizmagen – all die Vorboten eines handfesten Burn-outs waren so gut wie verschwunden. Er schlief wie ein Bär, aß gesund, arbeitete den ganzen Tag über an der frischen Luft, und wenn es doch mal ein Problem gab, hielt er sich an die Maxime seines Vaters: Es ist, wie es ist, und es kommt, wie es kommt. Außerdem war er nach dreißig Jahren emotionaler Irrfahrt endlich mit der Liebe seines Lebens zusammen: Lisabetta. Besser konnte es ihm nicht gehen, also bemühte er sich nach Kräften, Geli entgegenzukommen und für Luis und Sabrina endlich ein besserer Vater zu sein – trotz der Entfernung.

»Okay, ich komme. Ich werde das schon hinkriegen.« Damit legte er auf.

Ein Blick zu Lisabetta, und die ahnte, was los war. Sie zog ihn am Hemdsärmel. »Wir gehen zu Franco, Pizza und Wein. Ich hab das Gefühl, das brauchst du jetzt.«

Marco nickte. »*Andiamo**.«

Es kam, wie Marco es prophezeit hatte. Zur Pizza ein Glas Wein, dann ein zweites mit dem Wirt, der sich immer gerne auf ein Schwätzchen zu seinen Freunden und Stammgästen gesellte. Allerdings beharrte Marco ständig darauf, dass er die Küche aber noch fertig streichen würde. Heute! Gleich nach dem Essen! Lisabetta sah ihn mit einer Mischung aus Mitleid und Verliebtheit an, und auf ihrer Stirn standen deutlich die Worte: »Träum weiter, du süßer Trottel«.

Noch während sie mit Franco hin und her plänkelten, vernahmen sie das vertraute Geräusch von Pippos Ape. Das war der dreirädrige Eiswagen, mit dem Marcos ältester und

---

* Gehen wir.

bester Freund die Amalfitana rauf- und runterdüste, um sein großartiges hausgemachtes Eis zu verkaufen.

Zuerst kam das Knattern, dann der Gestank der Auspuffwolke, und zu guter Letzt bog Pippos grünes Gefährt auf die kleine Piazza ein. Hier war Autoverkehr verboten, aber Pippo hatte für den Eiswagen eine Ausnahmegenehmigung.

Marco sprang auf und winkte, Pippo fuhr direkt auf ihn zu und bremste wenige Zentimeter vor den Füßen seines Freundes. Dann wuchtete er sich von seinem Sitz, umarmte Marco, gab Lisabetta die obligatorischen Wangenküsschen und nahm an ihrem Tisch Platz.

Franco war bereits unterwegs, um ein weiteres Glas zu holen.

»Na, wie geht es bei euch voran?«, erkundigte sich Pippo.

»Pfff …«, machte Marco.

»Super!«, rief Lisabetta.

Pippo lachte, sodass sein ausladender Leib bebte. »Ich warte ja schon seit Wochen auf die Einweihungsparty, also richtig schnell seid ihr nicht.«

»Im Moment streichen wir die Küche. Und nicht einmal die schaffen wir in einem Tag.« Vorwurfsvoll guckte Marco zu Lisabetta, aber die spielte den Ball umgehend zurück.

»Du bist schließlich nicht immer da. Tagsüber musst du arbeiten, und ich bin alleine nicht motiviert. Morgen fährst du wieder nach München …«

Eigentlich war jetzt wieder der Zeitpunkt gekommen, an dem Marco erneut die Mithilfe von Lisabettas Söhnen anmahnen sollte, aber dann wäre die Stimmung sofort im Keller. Also zuckte er lediglich mit den Schultern.

Pippo sprang gleich in die Bresche. »Ich helfe dir ein bisschen, Lisa. Ich habe morgen Abend Zeit. Und übermorgen.

Und – Moment mal – auch überübermorgen.« Dann sprang er auf. »Ich habe heute etwas für dich gefunden!«

Pippo ging noch einmal zu seinem Eiswagen und zog schließlich ein Emaille-Schild hervor. Es stammte original aus den 20er- oder 30er-Jahren, schätzte Marco. Es warb für *Amaro*, den italienischen Kräuterlikör, und darauf war eine muntere Krankenschwester abgebildet, die dem Betrachter ein Gläschen anbot. Die Ecken waren schon etwas angeschlagen, das Emaille hatte Patina, aber das Schild war wunderschön. Lisabettas Augen leuchteten.

»Pippo! Das ist wunderschön! Wo hast du das her?«

Pippo strahlte. »Aus Pontone. Es hing in einer Bar, aber das Haus soll abgerissen werden, also verkauft der Besitzer seine Einrichtung.«

»Ich kann das nicht annehmen.« Lisabetta streckte dem Freund das Schild hin.

»O doch.« Pippo hielt beide Hände nach oben und weigerte sich, das Geschenk wieder zurückzunehmen. »Wenn es dich beruhigt: Ich habe nichts dafür bezahlt. Ich habe ihm einen Gefallen getan und er mir. Du weißt, wie das ist.«

Pippo setzte sich und prostete seinen Freunden und Franco zu, der ihm gerade Wein eingegossen hatte. »Themawechsel. Wie geht es zu Hause? Was machen die Kinder?«, wandte er sich an Marco.

»Luis hat einen Magen-Darm-Infekt, und Geli muss zu einem Vorstellungsgespräch nach Frankfurt. Deshalb muss ich schon morgen Abend fahren. Ich muss sehen, dass ich noch umbuchen kann.«

Pippo verzog schmerzlich das Gesicht. »Das tut mir leid. Sag dem Kleinen gute Besserung. Kann ich irgendetwas für dich tun?«

»Mich mit deinem Dreirad nach Bologna bringen.« Marco lachte und klopfte Pippo auf die Schulter.

»Du könntest mit mir zu Ikea fahren«, fiel es Lisabetta ein. »Ich brauche noch ein paar Sachen für die Küche. Oberschränke und so. Das alte Zeug haben wir rausgeschmissen.«

»Ikea?!« Pippo tat so, als würde er gleich vom Stuhl kippen vor Entsetzen. »Doch nicht Ikea! Wenn du etwas für die Küche brauchst, dann bau ich es dir. Lass uns lieber zum Holzhandel fahren.«

»Pippo, spinnst du? Du kannst mir doch keine Küche bauen …«

Der Freund fiel ihr ins Wort. »Ich habe mein Haus selbst gebaut, Lisa.«

Lisabetta schüttelte einfach nur ihre wilden Locken.

»Ich komme morgen mal vorbei und gucke mir die Küche an«, beharrte Pippo.

Marco beobachtete das Geplänkel der beiden mit Freude. Seit dreißig Jahren kannten sie einander alle. Er konnte noch heute das Gefühl abrufen, das er gehabt hatte, als er die beiden zum ersten Mal miteinander gesehen hatte. An dieser Haarnadelkurve in der heißen Mittagshitze. Wie sie das Hüpfespiel gespielt hatten. Oh, wie hatte er Lisabetta gehasst! Wenn er jetzt daran zurückdachte, musste er schmunzeln. Seine glühende Wut auf dieses Mädchen, das immer schon anders gewesen war als alle anderen, war vermutlich schon damals Liebe auf den ersten Blick gewesen. Nur dass er als Siebenjähriger nicht in der Lage gewesen war, das zu erkennen. Pippo und Lisabetta. Nach seinen Kindern die beiden wichtigsten Menschen in seinem Leben.

Sie saßen noch ein gutes Stündchen auf der Piazza und unterhielten sich, bevor Pippo aufbrach, weil er sich um die Ziegen kümmern musste. Als er mit einem Knattern davonfuhr, brachen auch Marco und Lisabetta auf. Sie waren zu Fuß und genossen den Weg durch das abendliche Amalfi. Je höher sie in der Altstadt stiegen, desto schöner war der Blick auf die Bucht und die untergehende Sonne, die ihre rotgoldenen Finger sanft über das Meer streichen ließ.

»Er hat zu viel Zeit«, sagte Lisabetta plötzlich unvermittelt, als sie am Fuß der Treppe, die zum Haus der Pantanellas führte, angekommen waren.

»Wer? Pippo?«

»Ja. Er hilft allen und jedem. Bei euch arbeitet er im Zitronenhain mit, er berät dich, er kümmert sich um Raffaeles Ziegen, er macht Feuerholz für Serafina und Giuseppe, er will mir eine Küche bauen, und ich weiß nicht, was sonst. Das ist nicht gut.«

»Wieso ist das nicht gut? Er ist hilfsbereit. Das war Pippo schon immer und auch sein Papà.«

»Er braucht eine Frau.« Lisabetta klang sehr entschieden, als sie das sagte.

»Also, ich weiß nicht ...« Marco war sich nicht sicher. »Er ist doch glücklich. Er hat ein tolles Leben. Pippo ist immer ausgeglichen und hat beste Laune.«

»Pah! Du weißt nichts! Er wäre bestimmt noch ausgeglichener, wenn er eine eigene Familie hätte. Pippo wäre toll für eine Frau. Und für Kinder erst, *mamma mia!*«

»Vielleicht sollte er erst mal ein bisschen abnehmen.«

Den Kommentar hätte sich Marco lieber sparen sollen. Lisabetta, die vor ihm die steinernen Treppen erklomm, fuhr herum und funkelte ihn wütend an. »Hast du sie nicht mehr alle? Wieso sagst du so einen Blödsinn!«

»Aber Pippo ist doch wirklich ein bisschen …«

»Nein! Pippo ist Pippo, so wie er ist. Und glaub bloß nicht, nur Waschbrettbäuche wären sexy! Pippo ist dick, aber er ist ein Dicker mit Herz und Charakter. Er hat ein tolles Gesicht. Und diese Hände! Es liegt bestimmt nicht an seiner Figur, dass er keine Frau hat.«

Marco schwieg betreten. Zwar gab er Lisabetta recht, aber er glaubte nicht daran, dass Äußerlichkeiten bei der Partnersuche eine untergeordnete Rolle spielten. Er für seinen Teil war durchaus empfänglich für attraktive Frauen. Allerdings für Frauen, die keine Hungerhaken waren, sondern wunderbare Rundungen hatten. So wie seine große Liebe, die nun grollend vor ihm die Treppe hinaufstapfte.

»Er braucht eine Frau, und ich werde ihm eine suchen!«, rief Lisabetta. »*Basta!*«

Keine Widerrede also. Marco würde sich da ohnehin nicht einmischen wollen. Er hielt es für eine ziemliche Schnapsidee, also schwieg er, bis sie das Haus erreicht hatten.

In der Küche war es hell, vermutlich würde Raffaele gerade zu Abend essen, es war schließlich noch nicht spät in der Nacht. Lisabetta steuerte zielstrebig dem warmen Licht entgegen, blieb dann aber in der Türschwelle zur Küche stehen mit einem Blick, den Marco an ihr noch nicht gesehen hatte. Neugierig trat er neben sie.

Am Küchentisch saßen sein Papà Raffaele und eine spindeldürre Rothaarige. Sie sah verweint aus, ihre Wimperntusche war verschmiert und die Augen gerötet. In den Händen knetete sie ein Taschentuch, vor ihr standen ein Glas

Wein und ein Teller mit Antipasti. Beides hatte sie nicht angerührt.

Raffaele blickte Marco und Lisabetta an und zuckte hilflos mit den Schultern.

Die Rothaarige stieß einen Seufzer aus, als sie Marco sah, und sagte: »Ich brauche deine Hilfe, Marco. Ganz dringend.«

Auch das noch, schoss es Marco durch den Kopf. Jetzt verfolgte ihn seine Vergangenheit sogar bis Amalfi.

Lisabetta

Die Frau in der Küche war ihr auf Anhieb unsympathisch. Alles an ihr schrie Hysterie und Egozentrik. Rotes geglättetes Haar, das wie gebügelte Seidenfransen ein schmales weißes Gesicht umrahmte. Die langen Fingernägel, die sicherlich jede Woche in einem Nagelstudio in Form gebracht wurden. Der mager gehungerte Körper, die viel zu hohen Pumps, das edle Kostüm – die Frau, die dort am Küchentisch der Pantanellas saß, war in allem das komplette Gegenstück zu ihr, Lisabetta.

Aber wer war sie? Lisabetta warf einen Blick auf Marco, der aussah, als würde er am liebsten in einem Mäuseloch verschwinden. Das Auftauchen der Rothaarigen war ihm offenkundig unangenehm. Seine Ex-Frau Geli konnte es nicht sein. Von ihr hatte Lisabetta Fotos gesehen. Sie war nicht so eine exaltierte Businesswoman wie die weinende Frau hier in der Küche, das hätte auch nicht zu Marco gepasst. Aber wer war die Fremde dann? Marcos Geliebte?

»Ich verstehe kein Wort von dem, was sie sagt«, erklärte Raffaele nun auf Italienisch. »Sie kam vor einer Stunde hier an und sitzt seitdem weinend in der Küche. Sie isst nicht und trinkt nur Wasser.«

Na also, dachte Lisabetta, das allein ist ja schon verdächtig.

Wer, bitte schön, mag denn nicht essen? Vor allem diese Köstlichkeiten, die Raffaele zusammengestellt hatte. Lisabetta setzte sich der Frau gegenüber und zog den Teller zu sich, während Marco der Frau auf Deutsch Fragen stellte. Die Rothaarige antwortete aufgeregt, immer wieder flossen Tränen, aber an ihrer Mimik erkannte Lisabetta, dass es Tränen der Wut sein mussten. Sie war außer sich, verärgert, ihre Lippen wurden schmal, während sie Marco erzählte, warum sie nach Amalfi gekommen war. Ihre Hände schlossen sich so fest um ihr Taschentuch, dass das Weiß der Knöchel hervortrat.

Die Rothaarige störte sich nicht an Lisabettas Anwesenheit, was diese beruhigte. Eifersucht schien hier also nicht im Spiel zu sein.

Marco allerdings war zunächst sichtlich genervt, doch je länger das Gespräch dauerte, desto mehr kippte seine Stimmung ins Ärgerliche.

Interessiert beobachtete Lisabetta die beiden, während sie die köstlichen Oliven, kleine Stückchen Pecorino und Salamischeiben aß. Raffaele schob schließlich auch noch den Korb mit dem Ciabatta augenzwinkernd zu ihr herüber.

Irgendwann seufzte Marco tief, schüttelte den Kopf, die Rothaarige schniefte in ihr Taschentuch, und Raffaele nahm dies als Signal, um aufzustehen und eine Flasche Rotwein zu entkorken. Er stellte vier kleine Wassergläser auf die Wachstuchdecke des Tisches und schenkte ein.

»Salute!«, sagte er, und sie stießen miteinander an. Als die Gläser Lisabettas und der Deutschen aneinanderstießen, lächelte die Rothaarige Lisabetta gequält an.

»Es tut mir leid«, sagte sie, und Marco übersetzte: »Mi dispiace.«

Lisabetta blickte ihn fragend an, und Marco erklärte schließlich ihr und seinem Papà auf Italienisch, worum es hier ging und wer diese Frau aus Deutschland war.

»Das ist meine ehemalige Kollegin Nathalie aus der Kanzlei.« Marco setzte sich und trank den Wein in einem Zug aus. »Sie wollte nach meinem Weggang an meiner Stelle Partnerin bei Renke, Heinzmann & Cie werden. Stefan Renke hat sie ermutigt und ihr Versprechungen gemacht – stattdessen hat sie die fristlose Kündigung auf den Tisch bekommen.«

An dieser Stelle schluchzte die Rothaarige laut auf, anscheinend konnte sie zumindest in Ansätzen verstehen, was Marco gesagt hatte.

Jetzt war Lisabetta alles klar. Die Frau ihr gegenüber passte ins Bild. Marco hatte viel von seiner Arbeit als Immobilienanwalt in der Kanzlei erzählt. Was heißt erzählt? – er hatte seinem Herzen Luft gemacht, immer und immer wieder. Hatte sich den Stress, der mit dem Job verbunden war, von der Seele geredet. Unfassbar viel Geld hatte er mit seinem Beruf verdient, aber glücklich war er damit nicht geworden. Ganz im Gegenteil: krank an Leib und Seele. Andererseits, dachte Lisabetta, war sie insgeheim ein kleines bisschen dankbar dafür. Schließlich wäre Marco sonst nicht nach Amalfi zurückgekehrt, und sie hätten nicht zueinandergefunden.

Jetzt fuhr Marco fort: »Nathalie will das nicht auf sich sitzen lassen, sie wird Stefan verklagen.«

»Richtig so!« Lisabetta strahlte die Rothaarige an, auch wenn die vermutlich nicht genau verstand, was sie sagte. »Man muss sich ja nicht alles gefallen lassen.«

Sie ballte die Faust, um ihren Worten Nachdruck zu verleihen. Nathalie lächelte vage.

»Aber warum kommt sie dann zu dir?«, fragte Raffaele stirnrunzelnd. »Das könnte sie doch alles von München viel besser regeln.«

Nun verdüsterte sich Marcos Miene noch ein wenig mehr. »Sie ist hier, weil sie möchte, dass wir Renke gemeinsam verklagen. Er hat anscheinend auch nicht die Absicht, mir meine Abfindung zu zahlen.«

»*Vaffanculo*!*« entfuhr es Lisabetta, und schnell schlug sie sich die Hand vor den Mund wegen des saftigen Fluchs. »Warum das denn? Das kann er doch nicht so einfach?«

»Einfach natürlich nicht. Aber er kann es versuchen.« Marco fuhr sich mit beiden Händen durch die schwarzen Haare. Seit er nach Amalfi gekommen war, hatte er sie nicht mehr schneiden lassen, mittlerweile ringelten sich die Locken fast bis auf die Schulter. Mit den grauen Schläfen sah er aus wie ein in die Jahre gekommener *Papagallo*. Lisabetta liebte seine Mähne, sie gab ihrem Liebsten etwas Verwegenes.

»Er wird es damit begründen, dass ich mich sofort habe krankschreiben lassen, dass ich dann nach Amalfi gefahren bin, anstatt im Bett zu bleiben, dass ich nicht erreichbar war, kein Home Office gemacht habe, was weiß ich? Er wird einige Kollegen dazu erpressen, schlecht über mich auszusagen – und er wird es schaffen, das Verfahren so lange hinzuziehen, dass ich mein Geld, wenn überhaupt, erst in ein paar Jahren sehe.«

Anstatt eine Antwort abzuwarten, erklärte Marco Nathalie, was er und Lisabetta miteinander gesprochen hatten. Sie nickte bekräftigend und fuhr sich mit der Hand über die

---

* Ital. Fluch

Gurgel. Für Lisabetta war diese Geste gleichbedeutend mit »Du stirbst!«, aber sie ahnte, was Nathalie damit sagen wollte. Stefan Renke war bei seinen ehemaligen Mitarbeitern offenbar nicht sehr beliebt.

»Wie auch immer«, beschloss Marco und stand auf. »Ich rufe jetzt Mimmo an, damit er für Nathalie ein Zimmer fertig macht, und bringe sie dann rüber.«

»Auf keinen Fall! Heute Nacht schläft sie hier. Ich mache das Gästezimmer fertig.« Unsympathisch hin oder her – niemand sollte in so einer aufgewühlten Stimmung alleine in einem Hotelzimmer sitzen! Das ging gegen Lisabettas Auffassung von Gastfreundschaft. Diese Frau sollte in der Obhut der *famiglia* sein – oder wenn sie schon keine Familie hatte, das arme Ding, dann sollten sich wenigstens die Freunde um sie kümmern!

Resolut packte Lisabetta den Rollkoffer der Deutschen und bedeutete ihr mitzukommen.

Marco lächelte Lisabetta an und gab ihr einen Kuss. »*Grazie, amore!*«, flüsterte er ihr ins Ohr.

Nathalie protestierte matt, ließ sich dann aber doch widerstandslos aus der Küche schieben und folgte Lisabetta.

Im Erdgeschoss des Hauses befand sich das ehemalige Zimmer von Marcos Urgroßmutter, der Nonna. Sie war bereits vor sechsundzwanzig Jahren gestorben, seitdem diente das Zimmer als Gästezimmer, war aber niemals umgestaltet worden. Noch immer hing ein Kruzifix über dem Bett – ein schmales und schmuckloses Eisengestell –, das von einer gesteppten Tagesdecke züchtig bedeckt wurde. Das Zimmer glich einer Klosterzelle, es war karg, dunkel und ohne Charme und Gemütlichkeit. Ein Nachttisch aus dunklem Holz, darauf ein Spitzendeckchen, von der Nonna vor

Jahren selbst geklöppelt, und eine kleine Nachtlampe, dazu ein großer Schrank mit wuchtigen geschnitzten Türen und in der gegenüberliegenden Ecke ein Schemel, mehr Einrichtung gab es nicht.

Lisabetta schämte sich ein wenig, weil sie Nathalie hierher verbannte, vermutlich war es bei Mimmo im Hotel um einiges luxuriöser, aber darum ging es jetzt nicht. Sie öffnete das Fenster, und sogleich strömte warme Nachtluft herein, die das intensive Aroma der Zitronenblüten mit sich trug, und Lisabetta bemerkte, wie Nathalies Skepsis wich. Die Rothaarige ging zum Fenster, atmete tief ein. Und lächelte.

Lisabetta stellte sich neben sie. »Das sind die Zitrone«, erklärte sie in gebrochenem Deutsch.

Nathalie nickte. Sie suchte nach Worten. »*Bello gusto?*«

Lisabetta lachte. »*No*«, versuchte sie nun ihrerseits zu erklären. »Riecht gut – *profuma.*«

Die Deutsche nickte. »*Io non parlo italiano.*«

»*Ma poco poco**!«, führte Lisabetta die mühsame Konversation fort. »Und ich sprechen Deutsch schlecht. Aber lernen.«

Jetzt war es an Nathalie zu lachen. Das Eis war gebrochen.

Lisabetta wechselte ins Englische und sagte Nathalie, dass sie ihr noch Handtücher holen würde, dann verließ sie das Zimmer. Geht doch, dachte sie. Jetzt muss sie nur noch etwas essen.

Der nächste Tag brachte strahlenden Sonnenschein schon morgens um acht. Lisabetta wachte davon auf, dass ein Lichtstrahl, der sich seinen Weg durch die hölzernen Fensterläden gebahnt hatte, sie an der Nase kitzelte. Neben

---

* »Ich spreche kein Italienisch«, »Aber ein bisschen«

ihr der Platz im Bett war leer, wie so oft. Marco stand mit Raffaele schon in aller Frühe auf, um sich um die Zitronenernte zu kümmern. In der Mittagshitze wurde in dem Hain nicht gearbeitet, die Erntearbeiten erst am späten Nachmittag bis in den Abend fortgesetzt. Die Ernte war nun bald vorbei, nur noch vier Tage, bis zum Sonntag, wollten die Pantanellas die letzten *sfusati amalfitani* ernten. Dann kehrte die Winterpause ein. Es hingen nur noch wenige Früchte an den Bäumen, sie waren nicht mehr so groß und saftig wie im Hochsommer, aber sie eigneten sich noch immer zur industriellen Verwertung, für Limoncello und andere Zitronenprodukte, die ins Ausland exportiert wurden.

Nach der frühen Morgenernte hatte Marco sich angewöhnt, zusammen mit Lisabetta ein zweites Frühstück einzunehmen. Außer wenn Markttag war, denn dann stand Lisabetta um fünf Uhr auf und half ihrer Freundin Gabriella beim Aufbau des Standes.

Lisabetta schälte sich aus den Laken, stieß die Fensterläden ganz auf und trat einen Schritt auf den schmalen Balkon hinaus. Es war nun morgens nicht mehr so heiß, sie spürte, dass der Herbst gekommen war. Angenehm frisch war es, die Feuchtigkeit war vom Meer in die Berge hinaufgestiegen und hing in luftigen Nebelschleiern zwischen den grünen Zitronenbäumen.

Schön war es hier bei den Pantanellas. Fast zu schön, dachte Lisabetta, und ihr Herz zog sich ein kleines bisschen zusammen. Es würde ihr schwerfallen, dieses Haus und die beiden Männer zu verlassen. Es wäre so einfach für sie, hierzubleiben, von einem Nest in ein anderes zu schlüpfen. Aber sie verbat sich diese Gedanken. Sie würde umziehen, in ihre hübsche kleine Wohnung. *Certo*[*]*!* Es war besser für sie und auch besser für Marco. Sie würden sich genauso häufig sehen, nur mit dem klitzekleinen Unterschied, dass sie nicht zusammenwohnen würden.

Lisabetta wusste, dass Marco sie gerne hier, im schönen alten Haus seiner Eltern bei sich behalten hätte. Von Raffaele gar nicht zu reden! Er liebte sie, die Anwesenheit einer Frau im Haus tat ihm so gut. Aber Lisabetta spürte, dass die bequemste Lösung für sie nicht gleichzeitig die beste war.

Sie war ein Kümmerer. Auch hier, mit den beiden Männern, verfiel sie sofort in alte Muster. Sie wusch, sie buk, sie kochte.

Niemand verlangte das von ihr, sie tat es liebend gerne. Es machte sie glücklich, wenn sie Menschen, die sie liebte, verwöhnen konnte. Aber es musste auch noch etwas anderes im Leben geben, das wusste sie. Noch nie hatte sie richtig gearbeitet, außer als Hausfrau. Wenn das ein Beruf wäre – dann hätte sie so viele Überstunden angehäuft, dass sie von jetzt an bis an ihr Lebensende hätte freinehmen können. Für sie war es eher Berufung gewesen, und Lisabetta wusste, dass sie noch jung genug war – gerade mal 39 –, um neue Wege zu gehen. Sich selbst entdecken, sehen, ob sie es mit sich aushielt. Alleine wohnen und einem Job nachgehen.

Die zwei Tage in der Woche auf dem Markt mit Gabriella waren herrlich. Trotz des frühen Aufstehens und der mühsamen Arbeit. Morgens bauten sie gute zwei Stunden den Stand auf. Dann mussten sie den ganzen Tag über stehen, reden, Geld zählen, Ware anpreisen, taktieren, sich nicht übers Ohr hauen lassen, Rückschläge einstecken, Hitze, Käl-

---

[*] Ganz sicher!

te und Regen aushalten. Am Nachmittag bauten sie den Stand wieder ab, brachten die Ware in Gabriellas Kühllager, und wenn Lisabetta endlich gegen Abend wieder zu Hause war, war sie so erledigt, dass sie nur noch ins Bett fallen konnte. Aber wie zufrieden war sie! Das waren erfüllte Tage, und Lisabetta sehnte sich danach, sich jetzt, wo sie keine Kinder mehr zu versorgen hatte, von ihrem reinen Hausfrauendasein zu befreien.

Und das bedeutete, dass sie so schnell wie möglich in ihre eigene kleine Wohnung ziehen musste. Die Wohnung war wirklich süß! Sie hatte sie zusammen mit Marco besichtigt und auf den ersten Blick gewusst, dass die zweieinhalb Zimmer genau das Richtige für sie waren. Außerdem war sie Luftlinie vielleicht achthundert Meter von Marco entfernt! Ein Klacks!

Aber dennoch ...

Lisa blickte vom Balkon hinunter auf die Männer, die unter dem dichten Grün der Zitronenbäume arbeiteten. Der alte Pantanella mit Knotenstock und Strohhut. Seit er sich vor ein paar Monaten das Bein gebrochen hatte, war er nicht mehr so flink wie zuvor, aber für jemanden, der bald achtzig werden sollte, noch immer erstaunlich agil. Sie hatte Raffaele fast so in ihr Herz geschlossen wie ihren eigenen Vater. In all den Jahren, in denen ihr Vater Nino nicht mit ihr gesprochen, so getan hatte, als sei sie gestorben, war sie bei Raffaele Pantanella stets willkommen gewesen. Er hatte sie behandelt, als sei sie seine Tochter – nachdem sein eigener Sohn ihn im Stich gelassen hatte. Verkehrte Welt.

»Guten Morgen, *Amore!* Komm herunter, ich mach dir einen *caffè!*«

Marco hatte sie auf dem Balkon entdeckt und schickte ihr einen Luftkuss nach oben, den Lisabetta umgehend erwiderte. Marco, in den sie seit Kindesbeinen verliebt war. Den zu heiraten sie versprochen hatte, als sie dreizehn gewesen war. Und doch waren sie getrennte Wege gegangen, waren mit anderen die Ehe eingegangen, hatten Kinder bekommen und ein Leben ohne einander gelebt. Dass nun doch alles so gekommen war wie vorherbestimmt, war ein Wunder. Oder, dachte Lisabetta, vielleicht war es kein Wunder, sondern einfach nur das Leben, das sich nicht vorherbestimmen lassen wollte, das seine Wege ging, wie es wollte, und keine Rücksicht nahm auf das, was man sich von ihm wünschte.

Aber sie wollte so gerne an Wunder glauben.

Rasch streifte sie sich ihre Stickjacke über das Schlaf-T-Shirt und lief barfuß die kühlen Terrazzofliesen vom ersten Stock hinunter in die Küche. Dort stand Marco bereits am Herd, in einer ausgewaschenen Shorts und einem T-Shirt, das seine Form verloren hatte, die speckige Baseballkappe mit dem Schirm nach hinten auf dem Kopf – ein Vierzigjähriger, der aussah wie ein Teenager. Lisabettas Herz wurde groß und schwer vor Zuneigung und Liebe, sie umfasste ihn von hinten, drückte sich an seinen Rücken, den Kopf zwischen Marcos Schultern, dort, wo sein T-Shirt nass war von der Arbeit im Zitronenhain. Sie atmete den Geruch nach trockener Erde, Schweiß und frischer Zitrone ein und wünschte, dass sie immer so beisammen sein könnten. Bis ins hohe Alter hier in der Küche stehen und einander Frühstück machen, sich umarmen, die Köpfe heiß reden, sich küssen und lieben.

Marco drehte sich in ihrer Umarmung um, nahm ihren Kopf sanft zwischen seine Hände und blickte ihr ins Gesicht.

»*Che bella*«, flüsterte er und begann, sie zu küssen.

Der Espresso blubberte aus der kleinen Alukanne, einige Tropfen verglühten zischend in der Gasflamme, aber Marco und Lisabetta vergaßen die Welt um sich herum, sie versanken in ihren Küssen, Lisabetta schob die nachtwarmen Hände unter Marcos T-Shirt und ertastete zärtlich seine Rückenmuskeln, während Marco sich fester an sie presste und ihr kurzes Nachthemd Millimeter für Millimeter nach oben zog. Der Saum bedeckte gerade noch Lisabettas Po, als sie ein Räuspern von der Tür hörten.

»Störe ich?«

Lisabetta wollte augenblicklich im Boden versinken, aber als sie sah, wer da im Türrahmen stand, schämte sie sich kein bisschen. Es war Marcos Kollegin Nathalie. Die durfte ruhig sehen, wie sehr sie und Marco sich liebten.

Nathalie hatte ein Handtuch unter dem Arm und trug einen seidenen Morgenmantel über einem Hauch von Negligé. Sie wirkte, als befinde sie sich auf dem Weg zum SPA eines Luxushotels.

»Sorry, aber die Dusche bleibt kalt. Es kommt kein warmes Wasser. Ich wollte mir die Haare waschen.«

Marco löste sich aus Lisabettas Umarmung. »Ich geh in den Keller. Der Boiler spinnt manchmal, er stammt noch aus dem Jahr, als das Haus gebaut wurde.«

»Und das war genau wann?« Nathalie zog skeptisch die fein gezupften Brauen nach oben.

»1946«, antwortete Lisabetta an Marcos Stelle. »Er fällt eigentlich meistens aus, jedenfalls habe ich in den letzten Wochen fast immer kalt oder maximal lauwarm geduscht.«

Sie deutete auf ihre Lockenmähne. »Und genug Druck ist auch nicht drauf, es plätschert nur. Ich brauche Stunden, um das Shampoo aus dem Haar zu kriegen.«

Statt einer Antwort stöhnte Nathalie.

»Espresso?« Lisabetta deutete auf die Alukanne. Die Rothaarige nickte und setzte sich an den Tisch. »Na gut. Dann warte ich mit dem Duschen lieber, bis ich im Hotel bin. Von Mimmo, richtig?«

Lisabetta schenkte ihnen beiden ein, holte die süßen Biscotti aus dem Regal und stellte sie zwischen ihnen auf den Tisch. Dann stippte sie einen der trockenen Kekse in ihren Kaffee.

»Genau. Mimmo ist der Hotelier. Wir waren fünf. Oder sind es noch immer. Marco, Pippo, Salvatore, Mimmo und ich. Fünf Freunde. Unzertrennlich. Du wirst sie alle kennenlernen.« Über Remo, den ungeliebten Sechsten im Bunde, ihren Mann, schwieg sie lieber. Sie wollte einer Fremden gegenüber die Dinge nicht unnötig verkomplizieren.

Nathalie nippte an ihrem Espresso und nickte höflich. Sie sah nicht aus, als legte sie ernsthaft Wert darauf, nähere Bekanntschaft mit der Freundesgruppe aus Amalfi zu machen.

Von draußen klangen jetzt lautes Lachen und die Sprachfetzen in die Küche, die Lisabetta ein Grinsen entlockten. »Und da kommt auch schon der Erste. Und Wichtigste!«

Wie aufs Stichwort schoben sich erst der Ansatz eines Bauches und dann der Rest eines großen Mannes durch die Tür.

»Darf ich vorstellen – Pippo!«

Lisabetta stand auf, um den Freund mit einer Umarmung zu begrüßen, aber Pippo, der beim Hereinkommen noch strahlend gelächelt hatte, war buchstäblich die Kinnlade heruntergefallen. Er starrte die deutsche Besucherin an, als käme sie vom Mars. Nathalie nickte ihm irritiert zu, aber Lisabetta bemerkte sofort, dass irgendetwas mit ihm nicht stimmte. Pippo schien regelrecht in Schockstarre gefallen zu sein. Kannten die zwei sich etwa? Aber Nathalie zeigte keinerlei Anzeichen des Erkennens.

»Pippo?« Lisabetta stupste den Freund in die Seite. Er schüttelte leicht den Kopf und fasste sich wieder.

»Ja! Entschuldigung.« Förmlich reichte er Nathalie die Hand. »Es freut mich, Sie kennenzulernen«, sagte er auf Deutsch. Dabei überzog hauchfeine Röte sein Gesicht.

Pippo schien das zu spüren, schnell wandte er sich von Nathalie ab und drehte sich zu Lisabetta um. »Ähm … also … ich suche … Marco! Wo ist Marco?«

Lisabetta hatte die Worte »Im Keller« kaum ausgesprochen, da stürzte Pippo bereits aus der Küche.

Lisabetta blickte ihm nach, und es beschlich sie eine Ahnung. Konnte es sein, dass sie gerade Zeugin gewesen war, wie bei Pippo der Blitz eingeschlagen hatte? So wie gerade eben hatte sie ihn jedenfalls noch nie erlebt. Lisabetta schmunzelte. Diese Sache würde sie im Auge behalten.

Pippo

Pippo stürmte die Kellertreppe hinab, als wäre der Teufel hinter ihm her. Er hörte, dass Marco im Heizungskeller war, dachte aber gar nicht daran, gleich zu ihm zu gehen. Stattdessen flüchtete er sich in den Trockenraum, dort, wo im Winter die Wäsche aufgehängt wurde. Erst musste er sein klopfendes Herz beruhigen, bevor er seinem besten Freund oder Lisabetta oder gar Nathalie wieder unter die Augen treten konnte.

Oh, wie peinlich er sich benommen hatte! Wie ein verklemmter Teenager! Schweißnasse Hände hatte er bekommen, und die Röte war ihm ins Gesicht gestiegen, Pippo hatte es natürlich selbst gemerkt. Aber es war eine körperliche Reaktion, auf die er keinen Einfluss hatte. Sein Körper – was war das? Hormone? Endorphine? Adrenalin? – hatte ihm signalisiert, dass es Anne war, die da vor ihm saß.

Anne.

Bis die Information in sein Gehirn gesickert war, dass es keineswegs Anne war, sondern eine Fremde, die ihr einfach nur außergewöhnlich ähnlich sah, war es schon zu spät gewesen. Er hatte sich vor den zwei Frauen vollkommen bloßgestellt. Und dann auch noch dieser Abgang!

Pippo bemerkte, dass seine Hände noch immer zitterten,

und versuchte, sich durch Konzentration auf seinen Atem zu beruhigen.

Es ist nicht Anne.

Komm wieder runter.

Anne ist Geschichte, ein für alle Mal.

Sie ist in … ja, wo?

Egal, das geht dich nichts an, denk nicht dran, das ist bald zwanzig Jahre her.

Und es ist nicht gut für dich, daran auch nur einen Gedanken zu verschwenden!

Beruhige dich, Pippo Battaglia, du bist ein erwachsener Mann!

Pippo nickte sich selber zu, atmete ein letztes Mal tief ein und aus und verließ den Trockenraum.

Er stellte sich neben Marco, der am Boiler herumfummelte, und tippte ihm sacht auf den Rücken. Zum Glück war Marco so sehr mit dem alten Ding beschäftigt, dass er gar nicht gemerkt hatte, dass Pippo zunächst in einem anderen Kellerraum Zuflucht gesucht hatte.

Über die Schulter sagte Marco: »Wir müssen die ganze Anlage austauschen. Ist doch kein Zustand hier, das alte Ding!«

Erleichtert, dass er sich über so etwas Banales wie einen Boiler unterhalten durfte, stimmte Pippo zu.

»Ich wundere mich, dass der so lange durchgehalten hat. Vierundsiebzig Jahre! Den kannst du fürs Guinness-Buch anmelden.« Sie kicherten beide.

»Papà hat den immer selber repariert«, erinnerte sich Marco lächelnd. »Seit ich denken kann, hat sich meine Mutter darüber beschwert. Und dann ist Papà im Keller verschwunden, wir haben seine Flüche bis nach oben gehört.

Irgendwann kam er grummelnd an die Oberfläche, und wir hatten wieder warmes Wasser.«

»Ihr braucht etwas Neues.« Pippo klopfte mit den Fingerknöcheln auf den antiken Boiler. »Du kannst Salvatore damit beauftragen, du weißt ja, das ist sein Job. Und er ist gut darin! Hat mir auch mit der Installation in meinem Bungalow geholfen.«

Salvatore war ebenfalls ein Freund aus ihren Jugendtagen, er hatte eine Installationsfirma und war der Einzige von ihnen, der einen handwerklichen Beruf ergriffen hatte.

Marco seufzte. »Das Problem ist: Mit einem neuen Boiler ist es nicht getan. Ich will das ganze System erneuern. Solarenergie, Regenwasseraufbereitung und, und, und. Außerdem muss die gesamte Elektrik erneuert werden. Aber ich habe mit Papà noch nicht richtig darüber sprechen können. Immer, wenn ich mit dem Thema anfange, lenkt er ab.« Jetzt stutzte Marco und musterte seinen Freund. »Sag mal, alles okay mit dir? Du siehst ein bisschen blass aus.«

»Alles gut!« Pippo winkte ab. »Ich hab vielleicht was Falsches gegessen. Mir geht's gut, wirklich.«

Marco zuckte mit den Achseln. »Wenn du meinst. Lass uns wieder hochgehen. Ich glaube, Nathalie muss heute kalt duschen. Hast du sie schon kennengelernt?« Er rollte mit den Augen. »Meine Kollegin. Etwas anstrengend.«

Pippo schluckte nur und trottete hinter Marco die Kellertreppe empor, während dieser etwas von seinem Job und der Abfindung und einer Klage erzählte. Als sie im Erdgeschoss ankamen, verabschiedete Pippo sich rasch. Um keinen Preis wollte er der Rothaarigen so schnell wieder begegnen. Er stammelte, dass er noch so viel zu tun habe, und stürmte aus dem Haus.

»Hey, Pippo!«, rief Marco ihm hinterher. »Kannst du mich nachher zum Flughafen bringen? Ich hab noch last minute was bekommen.«

»*Si, si!*«, rief Pippo und sah zu, dass er in sein Haus in den Bergen kam.

Pippos Haus lag oberhalb des Zitronenhains der Pantanellas. Er hatte schon seine Kindheit mit seinem Vater Sergio hier verbracht, damals allerdings in einer primitiven Hütte. Sergio war Ziegenhirte gewesen, bitterarm, und hatte zusätzlich bei Raffaele auf der Zitronenplantage geholfen. Seine Mutter kannte Pippo nicht, aber sein Vater hatte sich liebevoll um ihn gekümmert, und als Sergio schwer krank wurde, hatte Pippo, der eine Ausbildung zum Hotelmanager absolviert hatte, sein Erspartes zusammengekratzt, die alte baufällige Hütte abgerissen und an derselben Stelle einen Bungalow gebaut. Mit seinen eigenen Händen, über drei Jahre hinweg.

Es war ein moderner Holzbau mit einem großen Raum mit breiter Glasfassade und Blick über die Amalfiküste. Ein kleines Schlafzimmer und ein Kühlraum grenzten an das Wohnzimmer, von welchem man auf eine wunderschöne breite Holzterrasse blickte. Die war wie ein zusätzliches Zimmer. Wenn er nicht gerade unterwegs war oder abends das Eis für den kommenden Tag machte, verbrachte Pippo seine gesamte Zeit auf dieser Terrasse. Dann blickte er auf den Zitronenhain, die Ziegen, das Dorf, das Meer oder die Küste. Oder legte sich einfach nur auf den Rücken, starrte in den Himmel und lauschte den Vögeln.

Pippos Tagesablauf war klar strukturiert. Am Morgen und frühen Vormittag fuhr er entweder zum Markt, um die

Zutaten für seine köstlichen Eiskreationen zu kaufen, oder er kümmerte sich um die Ziegen: melken, den Stall ausmisten, füttern und pflegen. Danach schaute er in der Regel bei Marco und Raffaele vorbei und ging ihnen auf der Plantage zur Hand. Besserte die Zäune aus, schweißte eine marode Wasserleitung oder schnitt neue Kastanienstecken, die dafür verwendet wurden, die Zitronenbäume mit ihrer schweren Last zu stützen.

Erst gegen halb elf kehrte er in sein Haus zurück, duschte, zog sich seine Eisverkäufer-Kluft an, bestückte das dreirädrige Gefährt mit den frischen Eisbehältern und knatterte in Richtung Strand und Küstenstraße. Dort verkaufte Pippo sein Eis, von Amalfi bis Praiano im Westen und Maiori im Osten.

Natürlich war er nicht der einzige Eisverkäufer entlang der Amalfitana, es gab noch andere, aber diese verkauften industriell hergestelltes Eis am Stiel und waren deshalb keine Konkurrenz.

Feierabend machte Pippo ganz nach Lust, Laune und Geschäftslage. Manchmal legte er am späten Nachmittag eine Pause ein und fuhr am Abend in die Altstadt von Amalfi, wenn Touristen die engen kleinen Gassen und die Plätze überfluteten. Außerdem traf er dort an jeder Ecke Freunde und Bekannte, hielt hier ein Schwätzchen, trank dort einen *vino* oder hier einen *caffè*.

Das Geschäft lief gut für Pippo Battaglia, aber da er in den Wintermonaten so gut wie gar kein Einkommen hatte, war es wichtig, im Sommer so viel wie möglich zu arbeiten. Davon abgesehen, machte Pippo die Arbeit großen Spaß. Er schwätzte gern mit seinen Kunden, machte Scherze mit den Kindern, liebte es, sich immer neue Eiskreationen auszudenken oder die alten Rezepte ständig zu verändern.

Wie anders war seine Arbeit im Hotel gewesen! Natürlich hatte er auch da Kontakt mit den Gästen gehabt, aber schon allein die Tatsache, dass er den ganzen Tag Anzug tragen musste, trug nicht zu seinem Wohlbefinden bei. Auch waren die strenge Hierarchie, die stressigen Arbeitszeiten und die oft auch eintönige Arbeit nichts für einen freiheitsliebenden Menschen wie Pippo. Lieber lebte er auf kleinerem Fuß. Was brauchte er denn schon viel, um glücklich zu sein?!

Und außerdem war da die Sache mit Anne gewesen. Als sie ihn verlassen hatte, war seine Lust auf die Welt der Hotels und die Tourismusbranche verflogen. Er hatte Heimweh nach Italien bekommen, hatte sich nach seinem Vater, dem einfachen Landleben und der traumhaft schönen Amalfiküste gesehnt.

Und er hatte es nie bereut, dass er dem Hotelwesen den Rücken gekehrt hatte. Er liebte seine kleine Heimat, und seit Marco zurückgekehrt und mit Lisabetta zusammengekommen war, fühlte Pippo sich gleich noch mal so wohl.

Wenn er gefragt wurde, was er früher gemacht hatte, unterschlug Pippo sein Jahr auf den Malediven. Er wollte nicht darüber sprechen, weil es ihn in ein dunkles Kapitel seines Lebens führte, dem er sich nicht stellen wollte. Jedenfalls bis jetzt nicht.

Aber als er vorhin einen Anflug von Panikattacke bekommen hatte, weil er Annes Doppelgängerin unvermutet gegenüberstand, ahnte er, dass er sein trauriges Geheimnis nicht länger verdrängen konnte. Er musste sich seiner Vergangenheit stellen, und wenn es noch so schmerzhaft werden würde.

Nachdenklich kochte sich Pippo einen Tee und ging dann auf die Terrasse. Heute hatte er keinen Sinn für die schöne Aussicht, heute schaute er in sein Innerstes. Dachte an die Zeit mit Anne und wie tief er all das in seinem Herzen verschlossen hatte, damit er nicht mehr leiden musste.

Er hatte in Neapel Hotelmanagement studiert, damals nach der Schule. Jung war er gewesen und neugierig auf das Leben. Hatte sich vorgestellt, dass er in den großen Hotels auf der ganzen Welt arbeiten würde.

Pippo war sprachgewandt, in der Schule hatte er Englisch und Französisch gelernt; um seine Chancen international zu verbessern, hatte er auf der Uni noch einen Spanischkurs absolviert. Seinem Fleiß und seiner guten Ausbildung hatte er es zu verdanken, dass er schon neben dem Studium im *Four Seasons* in Neapel jobben konnte. Kaum hatte er seinen Abschluss in der Tasche, wurde er dort fest angestellt. Und nach wenigen Monaten trat *sie* in sein Leben.

Anne Barcley. Eine Britin. So alt wie er, weiß wie ein Bettlaken und dünn wie ein Gespenst. Sie war nicht im Geringsten der Typ von Frau, auf den er flog. Aber schon nach wenigen Tagen musste Pippo sich eingestehen, dass er sich in dieses klapperdürre Gestell verliebt hatte. Bis über beide Segelohren.

Denn diese Anne war keineswegs dünnhäutig, schüchtern, übersensibel oder hysterisch, wie Pippo ihr aufgrund ihres Äußeren unterstellt hatte. Sie war eben eine Britin, und das hieß: Sie war umwerfend komisch, schlagfertig, trinkfest und ein Kumpel, mit dem man durch dick und dünn gehen konnte. Pippo kannte nur eine Frau, die so war: Lisabetta, seine Freundin aus Kindertagen. Aber in

Lisabetta war er nie verliebt gewesen, obwohl sie eigentlich genau der Typ war, der ihn ansprach. Vielleicht lag es daran, dass er sie einfach zu gut kannte, vielleicht aber auch daran, dass sein bester Freund Marco schon immer so sehr in Lisabetta verliebt war, dass es für Pippo nie infrage gekommen wäre, ihm Konkurrenz zu machen. Und außerdem war es offensichtlich, dass Pippo für Lisabetta nie mehr sein würde als eben der beste Freund.

Anne jedenfalls hatte sich sofort in Pippos Herz geschlichen, ach was, hineingebombt.

Pippo war damals dreiundzwanzig, und seine Erfahrung mit dem weiblichen Geschlecht beschränkte sich auf das, was ein Mann – ein italienischer junger Mann – brauchte, um ein gesundes Verhältnis zu seiner Sexualität zu entwickeln, aber emotional keinesfalls aus der Bahn geworfen zu werden. Er verliebte sich auf Schritt und Tritt, relativ wahllos, dafür niemals auf Dauer. Seine wechselnden Freundinnen bedachte er hie und da mit einer romantischen Geste und der gerade nötigen Aufmerksamkeit, um sie ins Bett zu bekommen, aber schon bei den ersten Anzeichen von fester Bindung, Eifersucht oder Besitzanspruch seitens der jungen Frauen nahm er Reißaus und suchte Zuflucht in den Armen einer Neuen.

Das funktionierte nicht zuletzt deswegen so gut, weil Pippo Battaglia ein äußerst attraktiver Vertreter seiner Spezies gewesen war. Mit seinen ein Meter vierundachtzig überragte er die meisten seiner Geschlechtsgenossen, war schlank und sportlich sowie von der Natur mit einem hübschen Gesicht gesegnet worden. Er war nicht auf den Mund gefallen, hatte einen spritzigen Humor und offensichtlich ein gutes Herz – alles in allem ein begehrenswerter Junggeselle. Pippo bediente sich also gedankenlos und umso freudiger aus dem reichhaltigen Angebot junger Damen, die ihm zugetan waren.

Auch Anne, ebenso alt wie er und in der Ausbildung zur Hotelkauffrau, sprang auf Pippos Reize sofort an. Wie sie scheinbar überhaupt nur nach Italien wegen der Männer gekommen war – der Latin Lover war bei britischen Touristinnen weit interessanter als alle Sehenswürdigkeiten des schönen Landes zusammengenommen.

Es dauerte also nur kurze Zeit, bis Pippo Battaglia und Anne Barcley ein Paar wurden.

Aber dann änderte sich für Pippo alles. Er hatte nicht geglaubt, dass ihm das je passieren würde: Er verlor sein Herz. Und zwar buchstäblich, und bis heute – so schien es ihm – konnte er es nicht wiederfinden.

Pippo seufzte. Die Erinnerung an Anne und ihre gemeinsame Zeit war zu schmerzhaft, er fühlte den Stein, der wie eine schwere Grabplatte auf seinem Herzen lag und ihn schrecklich drückte.

Grazia schien zu spüren, dass mit ihm etwas nicht in Ordnung war, sie kam an die Terrasse heran und meckerte fordernd. Sie war die älteste seiner Ziegen und innerhalb der Herde unumstritten die Chefin. Wenn Grazia so meckerte wie jetzt, hoben die anderen, die bis in den Zitronenhain der Pantanellas grasten, die Köpfe und schauten aufmerksam herüber.

»Ist ja schon gut, Ladies«, sagte Pippo und erhob sich. Er sprang von der Terrasse, tätschelte Grazia den Kopf, die ihm zärtlich über die Hand schleckte, und ging hinüber zur kleinen Scheune, wo er das Futter gelagert hatte.

Froh, dass er Ablenkung hatte, fegte Pippo zunächst den Verschlag aus, streute neues Stroh auf den Boden und füllte die Tröge. Frisches Wasser pumpte er aus dem Brunnen, den er gebohrt hatte, in eine alte Zinkwanne, und als er mit allen Arbeiten fertig war, war er umrundet von der ganzen Herde. Zwölf Ziegen und ein Bock.

Es waren seltene Girentana-Ziegen, die vor einigen Jahrzehnten sogar vom Aussterben bedroht waren. Sergio aber, Pippos Vater, hatte diese Rasse immer schon gehalten, wunderschöne Tiere mit langem, seidig glänzendem weißen Fell und auffällig gedrehten Hörnern.

Als Sergio zu alt war, um die Ziegenherde zu versorgen, und Pippo nicht da, um zu helfen, hatte Sergio die Ziegen nach und nach weggegeben und die Herde auf drei Exemplare verkleinert. Sehr zum Verdruss von Raffaele Pantanella, der mit dem Dung von Sergios Ziegenherde die Zitronenbäume gedüngt hatte. In den letzten Jahren hatte er – weil es die Herde bis auf drei Tiere nicht mehr gab – auf Guano umstellen müssen, war aber der festen Überzeugung, dass dies den Bäumen weniger guttat. Deshalb hatte Marco mit Pippo entschieden, dass sie wieder Ziegen anschaffen würden, und dafür viel Geld in die Hand genommen.

Pippo kümmerte sich hauptsächlich um die Tiere, brachte Marco aber das Wichtigste bei, was man über die recht pflegeleichten neuen Familienmitglieder wissen musste.

Grazia blinzelte ihn aus ihren gelben Glubschaugen an und klimperte mit den langen Wimpern. Das war ihre dezente Art, um ein extra Leckerli zu bitten, und Pippo ging folgsam in seinen Vorratsraum und holte ihr einen Apfel. Für sich selbst nahm er auch einen, und dann kauten sie in trauter Eintracht nebeneinander an dem Obst. Pippo saß auf der Terrasse und ließ die Beine baumeln, Grazia stand neben ihm und guckte träumerisch in die Ferne, während ihr der Speichel aus dem Maul und auf Pippos Beine tropfte.

»Dein Leben möchte ich manchmal haben, *bella*«, sagte Pippo und kraulte die Ziege mit der freien Hand zwischen den Ohren. »Du hast unsere Probleme nicht.«

Die Ziege reagierte nicht, sie kaute einfach weiter auf ihrem Apfel herum.

Pippo sah ihr dabei zu und spürte, wie er sich auch mehr und mehr entspannte. Grazia hatte recht – auch wenn sie sich dessen nicht bewusst war –, was regte ihn eigentlich so auf? Wieso hatte er sich von dem einen kurzen Moment so aus der Bahn werfen lassen? Seit bald zwanzig Jahren übte er sich in Gelassenheit. Wenn es einen gab, der die moderne Maxime vom *Downsizen* und *Slow life* lebte, dann war er das doch! Weit weg von Karrierestress und Schönheitswahn, von Selbstoptimierung und digitaler Reizüberflutung. Er sollte sich jetzt nicht von Marcos rothaariger Kollegin aus der Ruhe bringen lassen!

Grazia hatte den Apfel nun zur Gänze verspeist, schüttelte sich, stieß ein leises zärtliches Meckern aus und trabte fort.

Pippo aß seinen Apfel mit Stumpf und Stiel auf und ging unter die Dusche, um sich für seinen Einsatz als Eisverkäufer fertig zu machen.

Während ihm der warme Strahl der Dusche auf den Kopf plätscherte, fasste er einen Entschluss. Er musste sich mit seiner Vergangenheit beschäftigen, und zwar ganz konkret mit der Liebesgeschichte mit Anne – und ihrem tragischen Ende. Sonst würde sich diese Wunde in seinem Herzen niemals schließen können. Er würde trotzdem weiterleben können, so wie bisher, und alles verdrängen. Aber er musste sich eingestehen, dass er nach außen hin zufrieden und fröhlich war, unter seinem Panzer jedoch, den er sich in den vergangenen zwanzig Jahren langsam angefuttert hatte, unglücklich und einsam. Im Grunde seines Herzens wünschte er sich eine Partnerin, aber wann immer er auch nur in die Nähe eines Flirts oder einer Liebschaft – von Beziehung gar nicht zu reden – kam, zuckte er zurück. Es war viel leichter, der lustige und überall beliebte und beleibte Pippo zu sein.

Damit musste Schluss sein.

Er musste sein Trauma überwinden, und wer könnte ihm besser dabei helfen als die rothaarige Deutsche, eine Doppelgängerin der Frau, die ihm die Wunde seines Lebens zugefügt hatte?!

Marco

Der Hotelkomplex seines alten Freundes Mimmo hatte eine eigene Zufahrt, malerisch hinter einer Zypressenallee versteckt. Nachdem man eine üppig bepflanzte Rotunde passiert hatte, öffnete sich der Blick auf das *Hotel Bella Vista,* ein massiver Komplex aus dem frühen zwanzigsten Jahrhundert, der großen Zeit der mondänen Badeorte. Weiße verschnörkelte Balkons strukturierten die in warmem Gelb verputzte Fassade, Palmen säumten die vordere Front, Oleanderbüsche blühten in der Hotelanlage, und direkt vor dem Eingang spuckte ein draller kleiner Bacchus eine Wasserfontäne aus einem Brunnen hoch in die azurblaue Luft.

Es war ein strahlender Tag, die Temperaturen waren jetzt, am späten Vormittag bereits auf fünfundzwanzig Grad geklettert, es würde herrliches Badewetter werden.

Aber Nathalie, die neben Marco auf dem Beifahrersitz saß, zog ein sauertöpfisches Gesicht. Marco hatte ihr eröffnen müssen, dass sie mehr oder weniger umsonst nach Süditalien gekommen war, er würde schließlich heute nach München abreisen, um sich um Sabrina und Luis, seine Kinder, zu kümmern. Es wäre besser gewesen, hatte er vorsichtig hinzugefügt, wenn sie vorher angerufen hätte. Nathalies

Reaktion war ein verhaltener Wutausbruch und wenig Verständnis für Marcos Situation. Sie war mit ihrer Arbeit verheiratet, weshalb für sie die fristlose Kündigung einem Todesurteil gleichkam. Als sie aber merkte, dass es für Marco gar keine Diskussion war, ihretwegen in Amalfi zu bleiben und sofort eine Klage gegen Stefan Renke aufzusetzen, hatte sie sich gefügt und war einverstanden gewesen, so lange hier unten auf ihn zu warten, bis er wieder zurückkäme. Sie habe ja nun alle Zeit der Welt, fügte sie mit einem Hauch Bitterkeit hinzu.

Marco steuerte den Fiat 500 von Lisabetta – er hatte den Leasingvertrag seines Porsche gekündigt, gleich nachdem er seinen Job aufgegeben und beschlossen hatte, nach Amalfi zu gehen – in die Auffahrt. Ein livrierter Portier kam grüßend ans Auto und hielt Nathalie die Beifahrertür auf. Marco stieg ebenfalls aus.

»*Ciao,* Carlo, ist der Chef da?«

Noch bevor der Portier antworten konnte, lief Mimmo bereits die Treppe herunter und kam mit ausgebreiteten Armen auf Marco und Nathalie zu. Charmant begrüßte er die Deutsche mit einem angedeuteten Handkuss. Marco beobachtete, wie sich die Miene seiner Ex-Kollegin deutlich aufhellte. Er hatte gewusst, dass ihr der Luxus des *Bella Vista* zusagen würde und sie über die Tatsache, dass sie die Woche in einer der schönsten Gegenden der Welt totschlagen musste, hinwegtröstete. Leisten konnte sich seine Ex-Kollegin das Hotel mit Leichtigkeit, Nathalie hatte mehr verdient, als sie ausgeben konnte, schließlich hatte sie ihre Zeit fast ausschließlich mit Geldverdienen verbracht.

»Signorina Wagner, wir haben für Sie noch kurzfristig ein Zimmer frei machen können – für meine besten Freunde«, Mimmo zwinkerte Marco zu, »bringe ich mich um! Darf ich?«

Er hob den kleinen Rollkoffer von Nathalie aus dem Kofferraum und übergab ihn dem Portier, der seinerseits einem Boy die Anweisung gab, den Koffer auf Nathalies Zimmer zu bringen.

»Leider nicht mit Blick aufs Meer, aber dafür haben Sie eine schöne Aussicht auf unsere Berge und den Zitronenhain unseres Freundes Pantanella.«

»Also bitte, was willst du mehr! Du kannst ja meinem Papà mal winken«, sagte Marco fröhlich und verabschiedete sich von Nathalie. »Ich werde in München auf alle Fälle in die Kanzlei gehen und mit Stefan sprechen. Vielleicht kommen wir auch weiter, ohne ihn zu verklagen.«

»Nur in deinen Träumen«, entgegnete Nathalie und guckte skeptisch. »Tu, was du nicht lassen kannst, aber ich werde die Zeit nutzen, um mich einzuarbeiten und eine Klageschrift vorzubereiten.«

»Besser wäre es, du nutzt die Woche an dieser traumhaften Küste und gönnst dir einen richtig schönen Urlaub«, gab Marco zurück und sprang wieder in den Fiat. »Mimmo, sorg dafür, dass sie sich entspannt.«

Mimmo winkte. »Keine Sorge, die Signora wird nach Strich und Faden verwöhnt. Wellness, SPA, Kosmetikanwendungen, Ausflugstipps und sensationelle Küche – das Bella Vista steht zur Verfügung.«

Nathalie konnte nicht verhehlen, dass ihr diese Aussichten doch ganz gut gefielen, und Marco startete beruhigt den Wagen. Diese Baustelle war schon mal beseitigt, dachte er bei sich. Jetzt mache ich gleich mit Papà weiter.

Zu Hause angekommen, wollte er die Aussprache mit Raffaele um keine Sekunde verzögern, er musste die Sache zumindest einmal auf den Tisch gelegt haben. Danach war er eine Woche weg, was vielleicht ganz gut war, denn dann konnte Raffaele auf seinen Vorschlägen herumkauen. Sie mussten wenigstens mal anfangen, darüber zu sprechen, schließlich sollte rasch geplant und kalkuliert werden, bevor die ersten Aufträge vergeben werden konnten. Und der Winter war ideal dafür, die Umbauten in Angriff zu nehmen, weil sie auf der Farm in dieser Jahreszeit kaum Arbeit mit der Ernte hatten. Traditionell waren die Wintermonate mit Instandhaltungsarbeiten ausgefüllt.

Aber Raffaele hatte Besuch. Er saß mit Paolo Lamarttine im Garten des Hauses unter einem Sonnenschirm und trank *caffè*. Wahrscheinlich einen *coretto**, dachte Marco amüsiert, das war schließlich Paolos Standardgetränk. Als er näher trat, stützte sich der alte Lamarttine – der berühmt-berüchtigtste Zitronenhändler der gesamten Amalfiküste – auf seinen Stock und stemmte sich mühsam aus seinem Stuhl hoch.

»Bleib sitzen, Paolo, ich bitte dich!«

Marco ging zu dem Alten, aber der wehrte ihn ungeduldig ab und fuchtelte mit seinem Zigarillo in der Luft herum. Paolo war der liebste Feind seines Vaters. Seit Marco auf der Welt war, hatten sich die beiden Männer Woche um Woche um die Preise der *sfusato amalfitano* gestritten. Raffaele hatte stets damit gedroht, seine Ware an andere Zwischenhändler zu verkaufen, und Paolo hatte darauf geantwortet, dass er sich weigern würde, jemals wieder die Zitronen der

---

* Espresso mit einem Schuss Alkohol, meistens Grappa

Pantanellas zu kaufen, aber keiner der beiden hatte seinen Worten jemals Taten folgen lassen.

Paolo Lamarttine, wie immer mit Strohhut und elegant von Kopf bis Fuß in weißes Leinen gekleidet, hielt Marcos Arm mit seiner Rechten fest umklammert.

»Mein lieber Junge«, sagte er, dann wurde er von einem Hustenkrampf geschüttelt. Als er wieder zu Atem kam, fuhr er fort: »Mein lieber Junge, du sollst wissen, dass ich sehr froh bin, dass du dich umentschieden hast. Ein Stück Amalfi mehr, das wir retten konnten.«

Er nickte Raffaele zu, der beifällig nickte und »Si, si« murmelte. Dann ließ sich der alte Zitronenhändler, der mit den Jahren immer mehr der Schildkröte George ähnelte, schwer in den Gartenstuhl fallen.

»Danke, Paolo. Dein Zuspruch bedeutet mir sehr viel, das sollst du wissen.« Marco wusste, wie man mit Männern wie dem alten Lamarttine – und natürlich auch seinem Vater – umzugehen hatte. Man musste sie vor allem respektvoll behandeln. Das Alter galt in diesem Teil Italiens noch immer viel, Jüngere hatten auf den Rat der Älteren zu hören. Oder sollten sich zumindest den Anschein geben als ob.

»Aber ich maße mir nicht an, dass ich ein Stück von Amalfi gerettet habe. Ich trage dazu bei, das Familienerbe der Pantanellas zu erhalten, aber darüber hinaus …« Er schüttelte sanft lächelnd den Kopf.

Die beiden Alten wechselten einen vielsagenden Blick.

»Wir haben uns gerade darüber unterhalten«, mischte sich nun Raffaele ein, »dass die Entwicklung an der Küste seit vielen Jahren sehr negativ zu sehen ist.«

»Wie meinst du das, Papà?« Marco schenkte sich aus der Alukanne nun auch einen Espresso ein. »Den Leuten geht es gut, ihr seid quasi ganzjährig ausgebucht, die Touristen lassen sehr viel Geld an der Küste. Wir haben weder das Müllproblem von Neapel noch das Verwaltungsproblem von Rom.«

»Ahhh!« Der Zitronenhändler Lamarttine warf theatralisch die Hände in die Luft. »Da sieht man es wieder! Ihr seid noch grün hinter den Ohren, ihr Jungen!« Und an seinen Freund Raffaele gewandt: »Mein Sohn ist auch nicht besser. Er will es einfach nicht sehen.«

»Was wollen wir nicht sehen?« Marco wusste ganz genau, was jetzt kam. Sein Vater lag ihm mit der Klage seit Wochen in den Ohren.

»Wir müssen die Traditionen bewahren!« Paolo war sehr ernst geworden, und auch Raffaele nickte besorgt zu den Worten seines Freundes. »Die Küste verändert sich, und das nicht zum Guten. Zu viele Menschen. Zu viele Touristen – wir sind bald das Venedig des Südens!«

»Auf die Gefahr hin, dass ich mich wiederhole – aber achtzig Prozent von uns leben vom Tourismus.«

»Und genau das ist der Fehler!« Raffaele übernahm für seinen Freund, der erneut von einem Hustenanfall geplagt wurde, was ihn nicht davon abhielt, sich gleich wieder einen von seinen rabenschwarzen Zigarillos anzuzünden.

»Was passiert, wenn wir unsere Plantagen aufgeben und stattdessen die Berge mit Hotels und Ferienapartments bebauen, das kann man dort sehen!« Er wies auf den erodierten Hang auf der anderen Seite des Berges, wo ehemals auch eine Zitronenplantage gewesen war. Da die Kinder sie nicht von ihrem Vater übernehmen wollten, gingen die Zitronenbäume ein, die Erde wurde nicht mehr von den Bäumen der Wurzeln stabilisiert, und es kam zu kleineren

Erdrutschen. Erst im vergangenen Winter war eine größere Gerölllawine auf die Amalfitana niedergegangen. Zum Glück war niemand zu Schaden gekommen, aber seitdem war das Bewusstsein sowohl in der Bevölkerung als auch in der Stadtverwaltung gewachsen, dass es so nicht weiterging. Die Erben des Grundstücks hatten den Antrag gestellt, dass die Plantage zu Bauland umgewidmet werden sollte, aber dem wurde vorerst nicht stattgegeben. Allerdings war Marco sicher, dass man mit genügend Geld, guten »Freunden« und den entsprechenden Hebeln an der richtigen Stelle durchaus noch Erfolg haben könnte. Es war alles eine Frage der richtigen Verbindungen.

»Seit Jahrhunderten kultivieren wir die Hänge und sorgen dafür, dass die einzigartige Landschaft erhalten bleibt, aber das ist den russischen Immobilienhaien egal, die wie Heuschrecken übers Land herfallen«, assistierte nun wieder der alte Lamarttine.

»Es sind keineswegs nur die Russen«, konterte Marco. »Auch unsere eigenen Landsleute spekulieren hier ordentlich.«

»Aber sie haben kein Geld.« Paolo fuchtelte Marco mit seinem stinkigen Zigarillo vor der Nase herum. »Das Geld im Hintergrund stammt aus dem Ausland. Meinetwegen sind es nicht nur die Russen, auch Araber und Chinesen, es ist mir ganz egal, ich bin kein Rassist. Aber eines ist ganz klar: Denen sind unsere Traditionen vollkommen egal.«

»Das Gleiche mit den Häfen. Guck dir an, wie viele Fischer es bei uns noch gibt. Einen! *Einen!* Und der betreibt mehr oder weniger Hobbyfischerei für die Touristen. In unseren Häfen sind nur noch Yachten und Motorboote.«

Marco schwieg und ließ die beiden Herren sich in Rage reden. Er wusste, dass sie recht hatten. Aber er war der Meinung, dass sich das Rad der Zivilisation nicht zurückdrehen ließ. Die Amalfiküste ließ sich nicht in eine Kette beschaulicher Fischerdörfer zurückverwandeln. Dennoch war ihm auch klar, dass die Grenze des Wachstums in jeder Hinsicht erreicht war. Jetzt galt es, das zu wahren, was die Gegend hier ausmachte. Dafür war er hier. Deswegen hatte er sich entschieden, das Erbe seiner Väter anzutreten. Aber ganz ohne behutsame Erneuerung ging es auch nicht.

»Aber Jungs«, begann er, sich in die Diskussion einzumischen. »Wenn wir immer nur zurückschauen, hilft es uns auch nicht weiter. Wie sagst du immer, Papà?! Es ist, wie es ist, und es kommt, wie es kommt. Und wie es kommt, das haben wir durchaus in der Hand.«

»Du vielleicht, mein Junge.« Raffaele klopfte Marco aufs Knie. »Ich nicht mehr.«

»Wir können zumindest gemeinsam etwas bewegen, Papà. Genau darüber wollte ich mit dir sprechen. Über die Neuerungen auf der Plantage, du weißt, ich habe es ja schon mehrfach angesprochen.« Leider nicht mit Erfolg, dachte er bei sich, sagte es aber nicht laut.

»Ach!« Raffaele winkte unwirsch ab. »Lass uns nichts überstürzen. Fahr du erst einmal nach München, und wenn du zurückkommst, ist noch immer genug Zeit, darüber zu sprechen.«

Marco hatte es gewusst. So oder ähnlich fiel Raffaeles Antwort immer aus. Er sagte nie direkt, dass ihm die Neuerungen nicht passten, sondern gab stets vor, darüber reden zu wollen – aber eben nicht jetzt. Irgendwann. So langsam jedoch beschlich Marco der Verdacht, dass der richtige Zeitpunkt nie kommen würde. Nie.

»Was habt ihr vor?«, erkundigte sich Paolo Lamarttine neugierig.

Marco war sich nicht sicher, ob es günstig wäre, seine Pläne vor Paolo auf den Tisch zu legen, denn wenn dieser ein genauso alter Sturkopf wie sein Vater war, dann würde Marco niemals damit durchkommen. Er beschloss, sich bedeckt zu halten.

»Als Allererstes neue Installationen. Elektro und Wasser. Der Boiler ist schon wieder ausgefallen, und wenn mich nicht alles täuscht, stammt der ebenso wie alle Leitung noch aus der Zeit, als das Haus gebaut wurde. 1946.«

»No, no, no!« Raffaele widersprach vehement. »Den habe ich schon einmal ausgetauscht.«

»Ehrlich? Jedenfalls kann ich mich nicht daran erinnern. Das muss in den Jahren gewesen sein, als ich in München gelebt habe.« Marco war skeptisch. »Der sieht allerdings ziemlich alt aus.«

»Nein, das war früher. Mamma war mit dir schwanger. Sie hat mich dazu gezwungen, schließlich brauchte sie heißes Wasser, wenn das Baby da war.«

»Dann ist der Boiler so alt wie ich! Fast vierzig Jahre!«

Nun lachte auch Paolo schallend. »Raffaele, was soll das? So ein alter Schrott! Ich stimme deinem Jungen zu, du musst etwas unternehmen.« Er wandte sich an Marco. »Was schwebt dir vor? Welche Ideen hast du?«

»Auf alle Fälle brauchen wir Solarenergie. Fahr mal die Küste ab, auch drüben auf der französischen Seite oder bis runter nach Spanien – überall Solarzellen. Es ist doch heller Wahnsinn, dass wir das hier nicht nutzen! Vermutlich

73

könnten wir noch überschüssigen Strom verkaufen, bei den vielen Sonnentagen, die wir hier unten haben. Wir wären unabhängig vom Netz.«

Paolo nickte. »Ihr seid die Einzigen, die nicht mit Solarenergie arbeiten. Das sage ich dir schon immer, Raffaele.«

»Aber was das kostet!« Raffaele verschränkte bockig die Arme vor der Brust. »Und wen soll ich damit beauftragen? Das sind alles Verbrecher! Nachher haben wir Strom, aber einen Haufen Schulden. Ihr habt ja keine Ahnung.«

»Papà! Ich bekomme doch die Abfindung – hoffentlich –, davon können wir einen Teil reinstecken. Und dann einen Kredit aufnehmen …«

»Schulden machen? Kommt nicht infrage! Ein Pantanella macht keine Schulden, niemals!«

Marco räusperte sich. Mit so massivem Widerstand hatte er nicht gerechnet. Was war denn bloß los? Aber er beschloss, sich nicht ausbremsen zu lassen.

»Du musst auch rechnen, dass sich das sehr schnell amortisiert. Ich hatte den Eindruck, als wir schon einmal darüber gesprochen haben, dass er dir gefallen würde, unabhängig zu sein.«

»Sicher, sicher. Das hört sich ja erst mal gut an. Aber dann die Arbeiten!« Raffaele stöhnte theatralisch. »Das dauert bestimmt wochenlang. Nichts gegen meine Landsleute, aber ihr wisst, wie das läuft. Die bedienen drei Baustellen gleichzeitig und arbeiten auf jeder nur ein paar Stunden. Das zieht sich. In der Zeit haben wir nur Dreck, wahrscheinlich keinen Strom oder kein Wasser oder beides. Und die Fremden, die mir am Ende meine Plantage verwüsten. Also … das muss ich mir wirklich gut überlegen. Und jetzt basta! Lasst uns nicht mehr darüber reden.«

Paolo Lamarttine und Marco wechselten einen irritierten Blick. Der Widerstand von Marcos Papà war vollkommen irrational.

»Du bist ein störrischer Esel, mein Lieber. Das bist du immer schon gewesen. Wenn du willst, dass Euer Betrieb weiterlebt, dann musst du investieren.« Paolo stützte sich auf seinen Stock und erhob sich mühsam. »Ich muss los. Mein Sohn holt mich ab.«

Raffaele und Marco standen ebenfalls auf und begleiteten Paolo zum kleinen Parkplatz. Dort stand bereits das Auto von Stefano Lamarttine, der das Geschäft des Zitronenhandels von seinem Vater übernommen hatte.

»*Ciao!*« Stefano stand an seinem Auto und winkte lässig. »Marco, gut, dass ich dich sehe. Hör mal, ich wollte euch letztens ein Angebot mailen, aber Papà sagt, ihr habt kein Internet?«

Marco zog nur stumm die Brauen in die Höhe und guckte zu seinem Vater.

»Ach! Das auch noch! Macht doch, was ihr wollt!« Mit diesen Worten drehte sich Raffaele auf dem Absatz um und stapfte verärgert zum Haus zurück.

Der alte Paolo lachte. »Lass dich nicht beirren, Marco. Hier muss ein neuer Wind rein. Und du wirst sehen, am Ende wird es dem alten Esel gefallen.«

»Ich weiß nicht. Was hat er nur? Er geht ja sofort in die Luft!«

Paolo ließ sich von seinem Sohn auf den Beifahrersitz helfen. »Angst hat er. Angst vor der Veränderung. Aber weißt du was?«

Marco bückte sich in die Beifahrertür. Der alte Zitronenhändler zwickte ihn in die Backe, wie er es von jeher getan hatte, als Marco noch ein kleiner Junge gewesen war. »Geh deinen Weg, Marco. Sonst hat das hier keine Zukunft. Er wird das irgendwann begreifen.«

»Danke, Paolo. Danke, dass du mich bestärkst.«

Stefano Lamarttine ließ den Wagen an und lachte. »Weise Worte meines Vaters. Aber du hättest ihn mal hören sollen, als ich damals seinen Laden übernommen habe. Er hat gegen jede Neuerung protestiert. Gegen jede.«

»Ach, papperlapapp.« Paolo tat verärgert, aber Marco sah den Schalk in seinen Augen. Er warf die Autotür zu, und Vater und Sohn Lamarttine brausten von dannen.

Er hat absolut recht, dachte Marco. Papà hat Angst vor der Veränderung. Aber wie kann ich ihm die nehmen?

Amalfi, 1996

Marco

Tagelang stand seine Mutter Magdalena in der Küche, buk und kochte, legte ein und marinierte. Sie wischte sich mit den vom Mehl weiß bepuderten Händen den Schweiß von der Stirn und setzte sich immer wieder auf den Stuhl, der neben dem Herd stand.

Marco sah sehr wohl, wie erschöpft seine Mamma war. Er bot ihr auch seine Hilfe an, denn seit seine Urgroßmutter, die Nonna, gestorben war, wirbelte die Mutter allein in der Küche herum. Aber Magdalena lehnte ab, lächelte ihn nur an und strich ihm sanft über die Wange.

»Lass mich das für dich machen, *caro*, ich verwöhne dich so gerne.«

»Aber Mamma …«

»Schhh! Wer weiß, wie lange du noch bei mir bist?«

Es machte Marco traurig, das zu hören, denn er hatte keineswegs vor, seine Eltern – insbesondere seine Mamma – zu verlassen. Warum sollte er auch? Er würde demnächst sein Abitur machen und dann lange Zeit erst einmal auf der faulen Haut liegen – jedenfalls war das sein Plan.

Zuvor allerdings würde er seinen achtzehnten Geburtstag feiern. Mit einer richtig großen Party! Und das war der Grund, warum Magdalena Pantanella seit Tagen nicht aus der Küche herauskam. Sie hatte es sich in den Kopf gesetzt, Marco und seinen Gästen ein Büfett zu zaubern, mit allem, was ihr geliebter Sohn gerne aß: *verdure grillate,* ein Topf *Ribollita, Rotolo di zucca e ricotta, lasagne al forno, calamari con limone, arrosto misto*[*] und viele andere Köstlichkeiten.

Marco, ganz besonders aber Raffaele, versuchten sie davon abzubringen. Ja, Marco war es sogar ein bisschen peinlich vor seinen Freunden, dass im Garten ein Büfett aufgebaut werden sollte, er hätte es viel cooler gefunden, wenn sie einfach nur gegrillt hätten. Selber ein Feuer gemacht und alles draufgeschmissen hätten, was die Gäste mitbringen würden. Außerdem ging es bei so einer Party am allerwenigsten um das Essen. Es ging viel mehr darum, Musik zu hören, zu tanzen, quatschen, knutschen und trinken – einfach darum, zusammen abzuhängen und eine gute Nacht zu haben.

Aber seine Mamma war von der Idee mit dem großen Büfett nicht abzubringen, und so akzeptierte Marco, dass sie sich jeden Morgen wieder in die Küche schleppte, Teig knetete, Zwiebeln und Knoblauch hackte, Tomaten enthäutete und Zitronen auspresste. Verschiedene Nudeln trockneten auf der Leine, die quer durch die Küche gezogen war, oder lagen auf großen Brettern im Garten. Lasagneblätter, Ravioli, Pappardelle oder Orecchiette.

Magdalena wollte es so, und deshalb sollte sie ihren Willen bekommen. Dennoch beobachteten Vater und Sohn sehr besorgt, wie erschöpft sie war.

Sie wussten beide, dass sie krank war. Die einstmals so wunderschöne und lebhafte Frau, noch keine fünfzig Jahre

[*] Gegrilltes Gemüse, Suppe mit dicken Bohnen, eine Pastarolle mit Ricotta und Spinat, Lasagne, gebratene Calamari mit Zitronen, gebratene Fleischstücke aus dem Ofen.

alt, wurde seit Monaten immer blasser und schmaler, verlor ihre Lebenskraft und Energie. Manchmal ertappte Marco seine geliebte Mamma dabei, wie sie ihren Kopf auf die Arme legte, als würde sie schlafen wollen, und wenn er sie ansprach und sie den Kopf hob, dann war ihr Gesicht nass von den Tränen, die sie geweint hatte.

Oder er hörte, dass seine Eltern abends im Wohnzimmer miteinander tuschelten und verstummten, sobald er den Raum betrat.

Seit Monaten hatte sein Papà keine Platte mehr aufgelegt und war mit seiner wunderbaren Frau durch das Erdgeschoss getanzt. Früher, als die Nonna noch lebte, hatten sie oft getanzt, Raffaele und Magdalena, Marco mit der Nonna oder der Vater mit seiner Großmutter, und Marco durfte seine Mamma herumwirbeln. Aber in der letzten Zeit war es, als hätte ein böser Geist alle Fröhlichkeit und alles Leichte aus dem Haushalt der Pantanellas vertrieben.

Wann immer Marco danach fragte, was die Mutter habe, schüttelten seine Eltern bloß den Kopf, lächelten gequält und sagten ihm, er solle sich keine Sorgen machen.

Das machte ihn wütend. Es machte ihn so wütend, dass er in den letzten Wochen vor seinem Geburtstag nächtelang unterwegs war, nicht heimkommen wollte in dieses Haus voll Sorge, Traurigkeit und Bitternis. Er rauchte und trank und trieb sich herum, bis er sicher war, dass seine Eltern schliefen.

Dann schlich er in sein Zimmer, legte sich mit einem dicken Schädel ins Bett und hörte darauf, wie sein Herz schlug. Träge und schwer. Und manchmal, wenn die Nacht sehr dunkel war, lief auch ihm eine Träne über die Wangen.

Marco kam gerade in die Küche, als Magdalena eine große Schüssel Tiramisu in den Kühlschrank stellte. Da diese mit frischen Eiern gemacht wurde, sollte sie nur wenige Stunden vor dem Verzehr zubereitet werden, und bald schon würden die Gäste kommen.

Marco setzte sich auf den Stuhl neben dem Herd und sah zu, wie Magdalena sich die Hände an der Schürze abwischte, das dreckige Geschirr aufstapelte und heißes Wasser ins Waschbecken laufen ließ. Sie schob ihrem Sohn ein kleines Schälchen mit gezuckertem Espresso hin, dazu ein paar der selbstgebackenen Eierbiskuits.

»Da, nimm. Ist noch übrig.«

Marco tunkte einen der Kekse in den kalten Kaffee.

»Wir gehen übrigens heute Abend zu Serafina und Giovanni, Papà und ich.«

Marco nickte. Das waren die Nachbarn, sie waren eng mit seinen Eltern befreundet.

»Dann seid ihr jungen Leute ungestört.«

»Danke, Mamma.« Marco hatte einen Kloß im Hals. »Danke für alles. Du weißt, dass du das nicht tun brauchst, wir hätten auch einfach …«

»*Non se ne parla proprio**!« Seine Mamma lächelte ihn an, und zum ersten Mal fiel Marco auf, dass sich zwischen ihren Brauen eine senkrechte Sorgenfalte eingegraben hatte. Als würde sie spüren, was Marco gerade dachte, wischte sich Magdalena mit der Hand über die Stirn und wandte sich ab. »Lisabetta kommt doch auch, oder?«

* Lass gut sein.

Marco zog es vor, nicht darauf zu antworten, stattdessen nahm er ein Handtuch und begann abzutrocknen. Lisabetta – ganz schlechtes Thema.

»Wann werdet ihr eigentlich ein Paar? Ihr passt so gut zusammen.«

»Mamma, bitte nicht.« Marco liebte seine Mutter über alles, aber wenn sie mit Lisabetta anfing – und nur dann –, wollte er ihr am liebsten an die Gurgel gehen.

»Du bist doch schon so lange in sie verliebt …«

»Ich will nicht darüber reden!«

Wütend pfefferte Marco das Handtuch hin und lief in sein Zimmer. Er fummelte unter dem Kopfkissen die zerdrückte Packung Lucky Strike ohne Filter heraus, zündete sich eine an und stellte sich auf den Balkon. Sollten seine Eltern ruhig sehen, dass er rauchte. Heute war sein Geburtstag, er war endlich volljährig und konnte machen, was er wollte!

Aber seine Laune war im Keller, ausgerechnet jetzt, kurz vor der großen Party.

Er hasste Lisabetta.

Er hasste seine Mamma.

Er sah, dass seine Hände zitterten, so sehr regte ihn das Thema Lisabetta auf.

Ja, sie hatte zugesagt, heute zu kommen. Aber was hieß das schon bei ihr? Hatte sie ihm nicht auch versprochen, ihn zu heiraten, damals, als sie kleine Kinder gewesen waren?

Klar, man sagte viel, wenn man ein Kind war, aber er hatte sein Versprechen damals ernst gemeint. Und er hätte es gehalten, bis heute. Sie musste ihn nur einmal ansehen und »Ja« sagen. Und selbst wenn sie es vergessen hatte – bedeutete ihr der Kuss denn gar nichts mehr?

Der Kuss, der erste, sensationelle, der, bei dem Marco in Erinnerung noch immer die Knie weich wurden.

Der Kuss, der schon über ein Jahr her war, aber den Marco auf seinen Lippen immer noch spüren konnte, als wäre es gestern gewesen. »Ich liebe dich«, das hatte er ihr gestanden und gedacht, dass damit alles klar sei zwischen ihnen.

Aber nichts war klar gewesen. Im Gegenteil, es war so, als hätte dieser Kuss alles zerstört. Lisabetta schien nur noch auf der Flucht. War sie allein mit Marco, dann nahm sie unter einem Vorwand Reißaus. Sah er sie an, guckte sie weg. Nahm er ihre Hand oder suchte ihre Nähe, entzog sie sich. Es schien ihm, als schämte sie sich dafür, ihn geküsst zu haben.

Seit dieser Nacht, seit diesem Kuss, ging Marco durch die Hölle. Er wusste, dass es besser war einzugestehen, dass Lisabetta seine Gefühle nicht erwiderte. Dass sie in einer Laune weich geworden war – und Launen hatte sie, Lisabetta Amato, o ja! – und ihr seine Verliebtheit schlicht und einfach lästig war.

Er hätte es wissen müssen. Lisabetta war nicht zu bändigen, das war sie noch nie gewesen. Ihre Eltern und auch die drei älteren Brüder hatten immer wieder ihre liebe Not mit diesem wilden Mädchen gehabt. Als Kind spielte sie nur mit den Jungs – Marco, Mimmo, Salvatore, Pippo und Remo –, sie schnitzte, sie kämpfte, spielte Fußball und interessierte sich für Autos. Mit Puppen und schönen Kleidern konnte man sie jagen.

Irgendwann hatte allerdings auch Lisabetta akzeptiert, dass sie kein Junge war, und es schien, als hätte der liebe Gott ihr dieses Bewusstsein besonders deutlich machen wollen, denn er hatte sie im Übermaß mit weiblichen Reizen ausgestattet. Und sie verstand, sie einzusetzen! Lisabetta schminkte sich nicht und zog nach wie vor nur Hosen an sowie bequeme Oberteile, aber sie wirkte so oder so sexy, ganz gleich, was sie trug. Sie hatte das gewisse Etwas – war es ihr Augenaufschlag? Ihre Art, die wilde Lockenmähne nach hinten zu schmeißen? Wie sie beim Lachen den Hals freilegte? –, um Männer jedweden Alters aus der Fassung zu bringen.

Denn alle waren verrückt nach ihr. Alle. Marco hatte das Gefühl, dass er die gesamte Amalfiküste zur Konkurrenz hatte – und die Touristen noch dazu. Er glühte vor Eifersucht, wenn er nur die Blicke der anderen sah. Was hatte sich Marco gedacht, als er glaubte, dass ausgerechnet er diesen Wildfang bändigen würde? Dass sie ihm gehören würde, ihm allein?

Lisabettas Wildheit legte sich irgendwann, jedenfalls schnitzte und kämpfte sie nicht mehr, stattdessen stieg sie nachts aus dem Fenster ihres Elternhauses und traf sich mit der Clique. Und irgendwelchen anderen – sehr zu Marcos Leidwesen. Lisabetta hatte immer Jungs, mit denen sie herumzog. Einmal hatte er sogar seinen ganzen Mut zusammengenommen und sie gefragt, ob sie mit einem dieser Typen zusammen war, aber sie hatte wie immer den Kopf in den Nacken gelegt und ihr unnachahmlich kehliges Lachen gelacht, das klang, als schüttelte man eine Dose rostiger Nägel.

»Was geht's dich an?«, hatte sie ihm zur Antwort gegeben. »Bist du etwa eifersüchtig?«

Marcos Zigarette war so weit heruntergebrannt, dass die Glut seine Finger erreichte. Er hatte kaum daran gezogen, weil er so tief in Gedanken an Lisabetta versunken war. Er wusste, dass sie heute kommen würde, und er hoffte mit jeder Faser seines Herzens, dass sie wenigstens an seinem Geburtstag Augen nur für ihn haben würde. Eine eitle Hoffnung, das wusste er. Aber in seinen Träumen …

Wenige Stunden später dachte er nicht mehr daran, was er geträumt hatte, zu sehr war er damit beschäftigt, alle seine Gäste zu begrüßen. Es waren fast fünfzig Freunde und entfernte Bekannte gekommen, einige Gesichter hatte er noch nie gesehen, aber das machte nichts, die Hauptsache war, dass es ein großartiger Abend werden würde.

Zum Glück schien keiner der anwesenden Jugendlichen das Büfett seiner Mamma spießig zu finden, so wie er befürchtet hatte, im Gegenteil erfreute es sich großer Beliebtheit.

Bereits eine Stunde nachdem die Party startete, hatte Marco zu viel getrunken. Er war nervös, es war sehr heiß, und er war nicht dazu gekommen, eine anständige Grundlage für den Alkohol zu schaffen. Um seine Nervosität zu bekämpfen, hatte er bereits einige Cola mit Ramazotti getrunken, und er spürte, wie er heiterer und selbstsicherer wurde.

Salvatore legte auf, er jobbte manchmal als DJ im Cosmic, der Touristen-Großraumdisco an der Küste, und die Klänge von U2, Oasis und Nirvana zogen durch die laue Nacht. Der schwere Duft der Zitronen, der sich mit dem köstlichen Geruch der Speisen vermischte, das vereinzelte Leuchten kleiner Glühwürmchen, die mit den Lichtern von Amalfi wetteiferten, die Geräusche von Flüstern und Lachen unter den Zitronenbäumen, Glut, die vom Feuer emporstob – und immer wieder irgendwo Lisabettas Lockenmähne. Es fühlte sich an wie Glücklichsein, so empfand Marco es. Glück paarte sich mit Leichtigkeit, ein Gefühl, das er in den letzten Wochen und Monaten, jedenfalls seit er bemerkt hatte, dass seine Mutter krank, vielleicht sogar schwer krank war, nicht mehr gehabt hatte.

Aber heute Abend schien alles möglich. Pippo stellte sich zu ihm, reichte ihm ein *Perroni,* und gemeinsam starrten sie in Richtung Meer, dort, wo ein schwaches Leuchten über dem Horizont die Grenze zwischen Himmel und Wasser markierte.

»Alles okay?« Pippo blickte kurz zu Marco herüber, dann sah er wieder geradeaus und nahm einen Schluck aus der Flasche.

Marco nickte. Er schwankte leicht, sein Kopf drehte sich ein bisschen, trotzdem trank er das Bier in gierigen Zügen.

»Gute Party«, fuhr Pippo fort.

»Mmh.« Marco nickte.

»Du musst dir was wünschen.«

»Hä?«

Pippo lachte. »Mann, bist du breit.«

Marco lachte ebenfalls, ein bisschen dämlich, wie ihm schien. Er hätte gerne etwas Philosophisches gesagt, irgendetwas, aber ihm fiel nichts ein, und er befürchtete obendrein, dass er lallen würde.

»Du musst dir mal was wünschen«, insistierte Pippo. »Der Mond sieht heute aus wie eine Zitrone, und außerdem gibt's Sternschnuppen. Perseiden.«

Marco kniff die Augen zusammen und starrte in den Himmel. Tatsächlich, der Mond sah aus wie eine große, pralle *sfusato!* Nicht ganz rund jedenfalls, aber sattgelb.

»Perse… echt jetzt?«

Statt einer Antwort zeigte Pippo in den Himmel. Und tatsächlich, selbst mit dem Drehwurm im Kopf erkannte Marco, dass eine Sternschnuppe vom Himmel ins Meer stürzte, und noch eine! Er musste nicht lange überlegen, was er sich wünschen sollte. Er hatte nur einen großen Wunsch. Er wollte, dass Lisabetta seine Freundin wurde. Wann auch immer. Er würde Geduld haben. Aber er musste mit ihr zusammenkommen!

Kurz vor Mitternacht hatte er seinen Wunsch schon wieder verdrängt. Lisabetta hatte das Fest verlassen. Sang- und klanglos, sie hatte sich nicht mal von ihm verabschiedet. Irgendwann hatte Marco sie nicht mehr gefunden. Ob sie alleine oder in Begleitung gegangen war, wusste er nicht. Er wollte auch niemanden fragen. Lieber trank er weiter. Außerdem wollte er sich nicht anmerken lassen, wie frustriert er war. Alle Gäste schienen seine Geburtstagsparty sehr zu genießen, die Stimmung war bestens, es wurde getanzt, das Büffett war fast leer gegessen und um ihn herum nur glückliche Gesichter.

Also warum sollte ausgerechnet er, das Geburtstagskind, Trübsal blasen? Es gab doch auch noch andere Mädchen, oder nicht?

Eines davon hatte er in seinem Arm, er hatte ihren Namen vergessen. Paola? Maria? Sofia?

Egal, er war betrunken, sie wahrscheinlich auch, was sonst gäbe es für einen Grund, mit ihm zu knutschen?

Marco war fest entschlossen, seinem achtzehnten Geburtstag noch etwas Besonderes zu geben. Vielleicht hatte er Glück, und sie blieb heute Nacht bei ihm. Sie war hübsch und süß, was also war daran verkehrt?

»Was ist das?«, fragte Paola-Maria-Sofia neben ihm und zeigte in die Dunkelheit.

Marco kniff die Augen zusammen. Vermutlich meinte sie den Lift.

»Das Metallgestell da? Das ist ein Aufzug. Für die Zitronen.«

Das Mädchen sprang auf. »Cool! Ein Lift für die Zitronen? Wohin kann man damit fahren?«

»Na, nach Amalfi runter.« Blöde Frage. Wohin sollte der Lift sonst führen? »Fast bis zu Via Santo Aegidio.«

Ohne auf ihn zu warten, lief das Mädchen zur Liftanlage. »Kann ich damit fahren? Jetzt?«

»Nein, das ist nur für die Zitronen, nicht für Menschen.«

Marco kam jetzt auch mühsam auf die Beine. Er hatte ein komisches Gefühl. Das lief gerade nicht gut hier.

»Komm da weg, das ist nichts, bitte ...«

Aber das Mädchen war schon auf das Gestell geklettert, und zu allem Überfluss rief sie noch die anderen Leute herbei.

Marco wollte diese Aufmerksamkeit nicht, der Aufzug und alles drum herum war Teil der Arbeit seines Vaters. Da hatten die Partygäste nichts verloren.

Aber es war schon zu spät. Irgendjemand hatte dieser Paola-Maria-Sofia geholfen, in den Transportkorb zu steigen, und jetzt suchten ein paar der Jungs nach einem Schalter, mit dem man den Strom einschalten konnte.

»Marco, sei kein Spielverderber!« »Hey, weiß jemand, wo man das Ding anschmeißt?« »Ich fahre nach Amalfi!« »Kommt, lasst uns alle mit dem Lift nach unten fahren.«

Marco mühte sich nach Kräften um Schadensbegrenzung, aber irgendeiner hatte es zumindest geschafft, den Strom einzuschalten, denn plötzlich gingen die Lichter der Anlage an. Großer Jubel brach aus, Gejohle und Pfiffe, Marco jedoch wurde augenblicklich schlecht. Ihm brach der Schweiß aus, und er versuchte, dieses vermaledeite Mädchen aus dem

Transportkorb zu zerren. Zu seiner Erleichterung hörte er, dass Pippo ihm beistand, er schien sich mit einem der Gäste um den Einschalthebel für die Stromzufuhr zu zanken.

Um den Aufzug in Gang zu setzen, brauchte man allerdings einen Schlüssel, und Marco war heilfroh, dass dieser zum jetzigen Zeitpunkt sicher in der Küchenschublade lag. Trotzdem hörten seine Gäste nicht auf, seinen Namen zu rufen und ihn aufzufordern, endlich den Lift zu starten.

Plötzlich brüllte jemand. Sehr laut und sehr wütend.

»Was macht ihr da?! Haut ab! Alle miteinander!«

Das war sein Papà! Marco nahm wahr, wie Raffaele sich einen Weg durch die Gäste bahnte, sie zur Seite schubste und versuchte, den Stromschalter zu erreichen.

Das Mädchen, das Marco noch am Arm hielt, kletterte augenblicklich fügsam aus dem Transportkorb und versteckte sich in der Menge. Das Gelächter, die Rufe und Pfiffe verstummten sofort, alle Augenpaare richteten sich auf Raffaele Pantanella, der wütend zu seinem Sohn blickte.

»Marco, was machst du da? *Scemo*[*]! Ihr geht alle nach Hause, die Party ist vorbei!«

Marco stand da wie ein begossener Pudel, er sah, wie Pippo versuchte, auf Raffaele einzureden, aber der wollte nicht hören und schob ihn unwirsch zur Seite. Nach und nach leerte sich der Garten, die Gäste verzogen sich murrend. Marco blieb wie angewurzelt auf seinem Platz stehen, er fühlte sich unglaublich elend. Lisabetta, die ihn schon wieder nicht geküsst hatte. Das Übermaß an Alkohol, das seinen Kopf vernebelte und ihm Übelkeit verursachte. Die Party, die aus dem Ruder gelaufen war. Sein wütender Vater.

[*] Dummkopf

So hatte er sich seinen achtzehnten Geburtstag ganz bestimmt nicht vorgestellt.

Jetzt fiel sein Blick auf seine Mamma. Sie stand unter der großen Kastanie, hielt ihr Schultertuch vor der Brust zusammen und sah ihn an. Sie streckte eine Hand nach ihm aus.

»*Vieni, caro, vieni*«, rief sie leise.

Und Marco ging zu ihr. Er umarmte sie und legte den Kopf auf ihre Schulter.

»Ich hab das nicht gewollt«, murmelte er.

»Ich weiß«, gab seine Mutter zurück. »Und Papà weiß das auch. Pippo hat ihm gesagt, dass du nichts dafür kannst.«

»Aber …«

Er spürte, wie seine Mamma ihm mit ihren sanften Händen über den Rücken strich.

»Seine Nerven, Marco. Ihm geht es nicht gut.«

»Dir geht es nicht gut!«, fuhr Marco auf. Er hob den Kopf und sah seiner Mutter in die Augen. Sie lächelte.

»Das ist dasselbe, weißt du? Versprich mir«, sie nahm jetzt Marcos Hände in ihre und drückte sie fest, »versprich mir, dass du auf deinen Papà aufpasst. Was auch immer geschieht, er braucht dich.«

Dann ließ sie ihn los und ging zum Haus. Marco sah ihr nach, einen Kloß im Hals. Er wusste, was seine Mutter ihm damit sagen wollte. Noch niemals zuvor in seinem Leben war ihm so elend zumute gewesen.

Ein halbes Jahr später starb Magdalena Pantanella mit nur achtundvierzig Jahren an Blutkrebs in den Armen ihres Mannes.

Drei Tage später verließ Marco sein Elternhaus und kehrte lange Zeit nicht zurück.

Amalfi, heute

Lisabetta

Lisabetta bremste scharf und fuhr so nah an den Bürgersteig, dass Raffaele bequem aussteigen konnte. Der Autofahrer hinter ihr hupte, er war genervt, weil sie hier einfach anhielt, denn natürlich war an dieser Stelle der viel befahrenen, aber einspurigen Straße Halteverbot, aber was scherte sie das schon? Sollten sich die anderen doch gedulden. Sie sahen schließlich, dass ein alter Mann aus dem Auto stieg, Herrgott noch mal!

Raffaele beeilte sich, aus dem Auto zu kommen, schmiss die Beifahrertür zu und beugte sich durchs Fenster.

»Du brauchst mich nicht abzuholen, Lisa. Ich habe noch ein paar Besorgungen zu machen und fahre dann mit dem Bus nach Hause.«

Hinter ihr begann ein wütendes Hupkonzert. Lisabetta warf Raffaele eine Kusshand zu und gab Gas. Im Wegfahren sah sie ein hübsches kleines Geschäft mit Tischdecken, Vorhängen und dergleichen. Gerne hätte sie dort ein bisschen gestöbert, aber sie würde hier in der Altstadt von Positano so schnell keinen Parkplatz finden. Der kleine Tischwäscheladen war ihr heute zum ersten Mal aufgefallen, er lag fast versteckt auf halber Treppe nach unten, und sie nahm sich vor, beim nächsten Besuch mehr

Zeit mitzubringen und dem Geschäft einen Besuch abzustatten.

Außerdem wartete Pippo bei ihr zu Hause in der Wohnung. Also wendete Lisabetta bei der nächsten Gelegenheit und steuerte ihren kleinen Cinquecento wieder zurück nach Amalfi.

Sie brachte Raffaele Pantanella ein bis zwei Mal in der Woche zur Physiotherapie nach Positano, wenn Marco keine Zeit hatte oder in München war. Der alte Herr hatte sich vor Wochen das Bein gebrochen, damals, als alles angefangen hatte. Die Liebe zu Marco und das Ende ihrer Ehe. Zwar war das Bein von Raffaele inzwischen gut geheilt, aber er ging nach wie vor fleißig zu seiner Physiotherapie, und sowohl Marco als auch Lisabetta lobten ihn dafür.

Für Lisabetta waren die Fahrten nach Positano keine lästige Pflicht, sie hatte ohnehin wenig anderes zu tun.

Allerdings musste sie mit ihrer Wohnung endlich vorankommen, am besten wäre diese bezugsfertig, wenn Marco nächste Woche aus München zurückkäme.

Als sie die Wohnung aufsperrte, wäre sie um ein Haar in den großen Werkzeugkasten getreten, der im Flur stand. Pippo war mit einem Zollstock in der Küche zugange, er hatte einen Bleistift hinters Ohr geklemmt und robbte auf allen vieren auf dem Küchenboden herum.

Als er Lisabetta hereinkommen sah, unterbrach er seine Arbeit.

»Ich habe mir schon mal ein paar Gedanken gemacht«, erklärte er ihr lächelnd. »Aber zuerst sagst du mir, was du dir vorgestellt hast.«

Lisabetta zuckte mit den Schultern. »Na, das Übliche. Mülleimer unter der Spüle – die muss ja dahin, wo der

Wasseranschluss ist. Daneben Arbeitsfläche und hier der Herd. Keine Spülmaschine, lieber habe ich viel Platz für mein Geschirr.«

Pippo nickte, hörte zu und machte ihr ein paar Detailvorschläge. Er hatte gute Ideen, Lisabetta hingegen zeigte ihm, was sie sich auf Pinterest bereits gespeichert hatte. Sie hatte jede Menge Ideen zum Styling der Küche – Farbe, Fliesen, Vorhänge –, Pippo dagegen brachte technisches Know-how mit. Sie verbrachten über eine Stunde damit, sich gegenseitig Ideen zuzuwerfen, bis Pippo auf die Uhr blickte.

»Lisa, ich muss los, ich bin heute viel zu spät dran mit dem Eis.«

»Ich danke dir so sehr, Pippo!« Lisabetta umarmte ihren alten Freund. »Du bist der Beste!«

Pippo zuckte nur mit den Schultern. »Ich weiß.«

»Sag, hast du Lust, am Abend zum Essen zu kommen? Ich koche für Raffaele, und zu zweit ist es ein bisschen fad.«

Pippo sagte freudig zu und war schon fast die Treppe hinunter, als Lisabetta einer spontanen Eingebung folgte. »Kannst du vielleicht die Deutsche mitnehmen? Nathalie? Ich habe Marco versprochen, dass ich mich ein bisschen um sie kümmere.«

Da war es wieder. Lisabetta konnte genau beobachten, wie Pippo in sich zusammensackte. Seine Schultern hingen plötzlich, und sein Blick wurde trüb. Es schien, als sei jegliche positive Energie aus dem Mann herausgeflossen. Was hatte es nur mit Pippo und dieser Frau auf sich? Sie hatte Marco bereits ihre Beobachtung mitgeteilt, aber dieser schwor hoch und heilig, dass die Rothaarige und ihr alter Freund sich nicht kennen konnten.

Aber irgendetwas löste die Rothaarige bei Pippo aus, und Lisabetta würde noch dahinterkommen!

Als sie die Tür hinter Pippo zumachte und allein in ihrer Wohnung stand, die darauf wartete, endlich eingerichtet zu werden, verließ auch Lisabetta jegliche Energie. Der ganze Tag lag noch vor ihr, sie hatte heute keine andere Arbeit, als mit dem Einrichten und Auspacken voranzukommen. Aber wo sollte sie beginnen? Lisabetta starrte auf die vielen Umzugskartons, die sich in dem Zimmer, das einmal ihr Wohnzimmer werden sollte, stapelten.

Daneben Stühle, ein Sofa und die Kommode. Alte Ikea-Tüten mit allem möglichen Kleinzeug, zusammengerollte Teppiche und Bilder in Pappe.

Lisabetta seufzte. Sie beschloss, sich erst einmal einen *caffè* auf dem kleinen Campingkocher zuzubereiten. Währenddessen öffnete sie die Fenster im Schlafzimmer und machte einen halben Schritt nach vorne auf den französischen Balkon. Dieser war gerade mal so breit, dass sie Blumenkästen darauf stellen konnte, und Lisabetta malte sich aus, dass sie Clematis pflanzen wollte, die sich an den gusseisernen Balkongittern emporranken könnten. Eine englische Rose würde sich dort auch gut machen, dazu ein paar duftende Kräuter. Sie blickte hinunter in die schmale Gasse. Hierher würden sich kaum Touristen verirren, die Gasse war eng, düster, und es gab keinen Laden. Der Putz blätterte von den verwitterten Fassaden, und alles wirkte so komplett anders als dort, wo die Touristen flanierten. Aber es war echt, hier lebten Menschen, die aus Amalfi stammten oder die hierhergezogen waren, um zu arbeiten. Keine Apartments, die an Feriengäste vermietet wurden. Gassen wie diese waren rar geworden, umso mehr liebte Lisabetta dieses Flair.

Es war das Amalfi ihrer Kindheit, ihrer Eltern und Großeltern.

Ein paar Häuser weiter saß eine alte Frau auf einem Schemel vor ihrem Haus und strickte. Als sie Lisabetta sah, winkte sie, und Lisabetta winkte ihr zurück. Zwei kleine Jungs trieben einen Fußball vor sich her, gefolgt von einem kläffenden Hund. Von irgendwoher wehten Fetzen eines klassischen Klavierkonzerts, und Lisabetta lächelte unwillkürlich. Zum ersten Mal hatte sie das Gefühl, dass sie sich hier wirklich wohlfühlen könnte.

Sie holte sich ihren *caffè*, schaufelte drei Löffel Zucker hinein, dann koppelte sie ihr Smartphone mit der kleinen tragbaren Box, die Marco ihr geschenkt hatte, und stellte sich eine Playlist zusammen. Jetzt konnte es losgehen! Sie wusste, wo sie anfangen würde: im Schlafzimmer!

Die Wände waren bereits gestrichen, in schlichtem Weiß. Lisabetta wollte unbedingt einen Kontrast zu dem Schlafzimmer, das sie mit ihrem Mann Remo geteilt hatte. Remo liebte es schwülstig. Sie hatten ein ausladendes Bett mit gepolstertem Kopfteil gehabt, Nachttische mit verspielten Lampen, schwere Vorhänge, alles in Rot- und Orangetönen. Wie oft hatte Lisabetta vorgeschlagen, das Zimmer umzugestalten, aber Remo war jedes Mal entsetzt gewesen. Das Zimmer hatten seine Eltern ihnen zur Hochzeit spendiert! Es war heilig!

In ihrer eigenen Wohnung wollte Lisabetta alles anders haben. Das Schlafzimmer war klein, zwölf Quadratmeter, umso wichtiger war ihr, dass es einerseits gemütlich, andererseits nicht zu überladen war. Natürliche Materialien, helle Farben, viel Pflanzengrün.

Lisabetta räumte hin und her, packte Kisten aus, schleppte die Kommode ins Zimmer, schraubte den Kleiderständer zusammen und bekam immer bessere Laune. Die Zeit verging wie im Flug, und als es an der Tür klingelte, schreckte sie richtiggehend hoch.

Sie öffnete und sah sich Remo gegenüber. Ihrem Ex.

»*Scusami*, Lisa. Matteo hat mir die Adresse gegeben.«

Lisabetta verschränkte die Hände vor der Brust.

»Ich weiß nicht, ob das eine gute Idee von unserem Sohn war.«

Remo blickte sie an und zuckte nur stumm mit den Schultern. Es ging ihm nicht gut, das sah sie sofort. Lisabetta konnte in Remo lesen wie in einem offenen Buch – vermutlich war es umgekehrt ebenso.

Er schaute sie an wie ein geprügelter Hund, und Lisabetta trat zur Seite, um ihn in die Wohnung zu lassen.

Ihr Noch-immer-Mann war ein Sonnyboy, wie er im Buche stand. Durchtrainiert, braun gebrannt, mit einem strahlenden Gebiss, das Hemd immer einen Knopf zu weit geöffnet, damit man – besser gesagt frau – einen Blick auf die Goldkette über dem Brusthaar werfen konnte. Remo war außerdem ein Großmaul, nie um einen Spruch verlegen, stets schien er vor guter Laune und Tatendrang zu strotzen.

Aber Lisabetta kannte ihn gut genug, um zu wissen, dass es in ihm ganz anders aussah. Remo hatte sich von klein auf diese Fassade zugelegt, um nicht verletzt zu werden, denn das war er: verletzlich. Und er war getrieben von Dämonen, die ihm manch dunkle Stunde und leider auch Aggressionen bescherten.

Davon wusste sie ein Lied zu singen, und das war letztlich ausschlaggebend für die Trennung gewesen. Und nicht etwa Marco. Der war einfach nur zur richtigen Zeit wieder in ihr Leben getreten.

Darüber hinaus hatte Lisabetta allen Grund, Remo dankbar zu sein. Er hatte sie aus einem tiefen Tal geholt, damals, als sie neunzehn Jahre alt war. Er war der Einzige, der zu ihr gehalten hatte, er hatte sich mit dem Wunsch, Lisabetta zu heiraten, gegen seinen dominanten Vater durchgesetzt.

Dafür war Lisabetta aber nicht nur dankbar, sie liebte Remo auch. Immer noch, auch wenn sie nicht mehr mit ihm zusammenleben konnte und wollte. Sie liebte ihn auf eine tiefe, freundschaftliche, fast schwesterliche Art. Und sie wollte ihn nicht verletzen – was durch die Trennung jedoch unweigerlich geschehen war. Dass es ihm nun so schlecht ging, tat ihr leid, aber ihre Ehe war von Anfang an nicht richtig gewesen und die Trennung nicht mehr rückgängig zu machen. Nicht für sie. Sie fühlte sich ihm gegenüber schuldig, deshalb bereute sie ihre unfreundliche Begrüßung sofort.

»Komm rein«, sagte sie und ließ Remo in den Flur. Er ging neugierig durch die Wohnung.

»Hübsch hier.«

Remo war verlegen. Das war er nur ihr gegenüber, bei jedem anderen markierte er immer den starken Mann.

»Ja. Ich bin sehr glücklich, dass ich sie gefunden habe. Sie ist genau richtig für mich.«

Remo warf einen Blick ins Schlafzimmer. »Aber du bist noch nicht eingezogen?«

Sie schüttelte den Kopf. Remo sah sie an. Er konnte eins und eins zusammenzählen und wusste, dass sie noch bei den Pantanellas wohnte.

»Wie geht es dir?«, erkundigte er sich. Es klang aufrichtig.

»Gut. Sehr gut.« Lisabetta lächelte ihn an. »Wieso tust du dir das an?«

»Was? Dich zu fragen, wie es dir geht?«

Sie nickte. »Du weißt doch, wie die Antwort lautet.«

Darauf schwieg Remo. Sie standen voreinander und sahen sich verlegen an. Schließlich löste Lisabetta die Situation und bot Remo etwas zu trinken an. Sie führte ihn in die Küche und erzählte ihm, was sie sich vorhin mit Pippo dazu ausgedacht hatte.

»Pippo will mir eine Arbeitsplatte machen. Und den Unterbau. Oben kommen Regale hin. Ich habe mir auch schon schöne Fliesen ausgesucht.« Sie redete und redete, wollte alles tun, um nicht der unangenehmen Leere zwischen ihnen Raum zu geben. Remo schien darüber erleichtert zu sein.

»Bei Fliesen kann ich dir helfen«, warf er nun ein. »Du weißt doch, ich kenne diesen Kerl in der Nähe von Neapel. Er hat eine Manufaktur … also, wenn du willst.«

»Gerne.« Lisabetta lächelte ihren Mann an. »Darauf komme ich sicher zurück.«

Remo freute sich. »Tja dann … ich muss wieder los.«

Jetzt war es an Lisabetta, erleichtert zu sein. Sie brachte Remo zur Tür. Aber bevor er die Wohnung verließ, hatte er noch etwas auf dem Herzen.

»Lisa, wie ist das mit der Scheidung?«

»Keine Ahnung, was meinst du? Mir ist es eigentlich egal. Wir können das machen, wie du willst.«

Remo stieß einen Seufzer aus. »Also, wenn es für dich okay ist … dann würde ich gerne noch damit warten. Du kennst meine Familie. Eine Scheidung, also das ist … Bei uns hat sich noch niemand jemals scheiden lassen. Solange meine Mamma noch lebt, möchte ich ihr das ersparen.«

Lisabetta nickte. »Ich versteh schon. Ich habe nicht vor, so schnell wieder zu heiraten. Also von mir aus.«

»Danke!« Remo wollte Lisabetta umarmen, aber sie wich einen Schritt zurück. Daraufhin stürmte er die Treppe hinunter. » *Ciao!* Man sieht sich! Wegen der Fliesen: Ruf an!«

Lisabetta schloss die Tür. Remos Familie. Die war immer schon ein Problem gewesen. In Remos Familie war die Fassade am wichtigsten. Die Fassade aus tiefer Gläubigkeit – dabei schreckten sie vor Gewalt und Kriminalität nicht zurück. Die Fassade, ehrbare Geschäftsleute zu sein – dabei war Remos Vater, als er noch lebte, eine große Nummer in der organisierten Kriminalität gewesen. Und einer der Gründe dafür, dass Lisabettas eigener Vater Nino sie verstoßen hatte, als sie ihm offenbarte, dass sie Remo heiraten würde. Da passte es ins Bild, dass Remos Mutter es vorzog, dass ihr Sohn offiziell noch verheiratet war und die ruchlose Ehefrau in Sünde getrennt von ihm lebte, als zuzugeben, dass die Ehe des ach so großartigen Sohnes gescheitert war. Amalfi war klein, und es wurde geredet. Zwar nicht unter der jüngeren Generation, aber unter den Alten.

Meinetwegen, dachte Lisabetta, ich habe mit den Zatrellis jetzt nichts mehr am Hut. Außer dass meine beiden Söhne ihren Namen tragen …

Sie verbrachte noch eine Weile in der Wohnung, bis das Schlafzimmer fertig war. Es fehlte noch jede Menge Dekoration, aber dafür wollte Lisabetta sich Zeit nehmen. Wollte erst einmal einziehen und dann im Lauf der Zeit erspüren, wo noch etwas fehlte, was sie umstellen konnte oder was vielleicht doch nicht in die Wohnung passte.

Als Lisabetta am späteren Nachmittag, bepackt mit zwei großen Tüten voll Leckereien, ins Pantanella-Haus zurückkehrte, war Raffaele im Garten mit Wäscheaufhängen beschäftigt. Er pfiff fröhlich vor sich hin, und die rote Katze strich ihm miauend durch die Beine.

»*Ciao,* Raffaele, du scheinst ja beste Laune zu haben?«, begrüßte sie ihn.

Der alte Herr guckte nur verschmitzt. »Alles wunderbar, Lisa. Mir geht es gut.«

Lisabetta bückte sich durch die nasse Wäsche, stellte ihre Einkäufe in der Küche ab und ging erst einmal nach draußen, um frische Kräuter zu ernten, die sie für ihr Essen benötigte. Sie wollte einen großen Topf Lammfleisch mit Tomaten und viel Knoblauch und Rosmarin schmoren. Zwei, drei Stunden musste das Gericht langsam vor sich hin köcheln, Zeit genug, um den Hefeteig für das Ciabatta-Brot anzusetzen, das sie noch backen wollte.

Dazu gab es einen großen grünen Salat mit viel Gemüse und eingelegten Salzzitronen. Diese Tradition hatte Marco aus Deutschland mitgebracht, die Italiener waren keine Salatesser, aßen allenfalls Tomatensalat oder ein paar grüne Blätter vom Romana-Salat mit Essig und Öl zum *Scaloppine.* Aber Lisabetta gefiel die deutsche Sitte, eine große Schüssel Salat zum Essen zu reichen, mit allem, was der Garten gerade hergab. Sie variierte ständig neu, experimentierte mit Kräutern und Soßen. Heute also würde sie die in Salzlake eingelegten *sfusati amalfitani* daruntermischen, klein gehackt, dazu frische Kapern.

»Ich habe übrigens Pippo eingeladen, mit uns zu essen, du bist für den Wein zuständig.«

Raffaele erschien zwischen den Laken. »Oh, das tut mir leid. Aber ich habe heute schon etwas vor.« Raffaele zog ein zerknirschtes Gesicht.

Das war tatsächlich überraschend. Marcos Vater ging nie

abends aus. Höchstens einmal im Monat, und dann besuchte er Giuseppe, seinen Nachbarn.

»Paolo hat mich eingeladen«, beeilte sich Raffaele zu erklären. »Du weißt schon, ein Gläschen hier und da, ein bisschen Alte-Männer-Geschwätz.«

»Na gut. Kein Problem. Dann essen Pippo und ich alleine.«

Raffaele nickte fröhlich und verschwand zwischen den Laken, um weiter die Wäsche aufzuhängen. Lisabetta starrte ihm hinterher und schüttelte leicht den Kopf. Es geschehen noch Zeichen und Wunder, dachte sie bei sich. Aber es freute sie, dass Raffaele endlich aus seinem Schneckenhaus zu kommen schien, in das er sich seit zwanzig Jahren, seit dem Tod von Magdalena, zurückgezogen hatte.

Zwei Stunden später, es war kurz nach sieben, verabschiedete sich Raffaele von ihr. Er trug seinen Sonntagsanzug, war frisch rasiert und roch nach seinem Aftershave.

»Gehst du zu Fuß?«, erkundigte sich Lisabetta. »Oder kann ich dich fahren? Ist kein Problem.«

»Nein, danke, Bewegung tut mir gut, sagt meine Physiotherapeutin. *Buonasera!*« Er verschwand mit einem Pfeifen durch den Garten in Richtung Parkplatz.

Lisabetta griff zu ihrem Handy. Sie hatte vergessen, Nathalie zu fragen, ob sie Lust hatte, zum Essen zu kommen.

»*Ciao,* Nathalie, bitte entschuldigen Sie die Störung«, sagte sie, als die Deutsche sich meldete.

»*Buonasera,* Lisabetta, schön, Sie zu hören, Sie stören mich keineswegs.«

»Marco hat mir die Nummer gegeben. Ich möchte Sie zum Essen bei mir einladen – haben Sie Lust vorbeizukommen?«

Nathalie stieß einen tiefen Seufzer aus. »Unbedingt! Ich kann Ihnen gar nicht sagen, wie sehr ich mich darüber freue. Jeden Abend im Hotelrestaurant zu essen macht keinen großen Spaß.«

»*Perfetto!* Pippo holt Sie ab, sagen wir, in einer halben Stunde?«

Eine Antwort von Nathalie wartete Lisabetta gar nicht erst ab, stattdessen rief sie Pippo an, um daran zu erinnern, dass er die Deutsche im *Hotel Bella Vista* aufgabeln solle.

Wäre doch gelacht, wenn sie heute Abend nicht herausfinden würde, warum Pippo so komisch wurde, wenn es um diese Rothaarige ging!

Pippo

Ich steige da nur ein, wenn Sie mir zum Nachtisch ein Eis spendieren.«

Die Rothaarige – Nathalie Wagner, wie Pippo nun wusste – schien doch nicht so humorfrei, wie sie aussah.

»Selbstverständlich. Melonensorbet, Nocciola oder Ziege-Walnuss – gerne auch von allen dreien eine Kugel.« Pippo grinste entwaffnend.

Die Deutsche zog belustigt eine Augenbraue in die Höhe, dann schwang sie sich neben Pippo in die Ape und versuchte, ihre langen Beine unterzubringen. Die High Heels zog sie umstandslos aus und hielt sie in der linken Hand, während sie sich mit der rechten an der Tür festklammerte. Der vordere Sitz der Ape war für zwei nicht allzu breite Personen gemacht, und Pippo konnte ihn mühelos alleine belegen. Zum Glück war die Frau neben ihm schmal, um nicht zu sagen, dürr.

Er gab jetzt Gas, der Auspuff stieß eine blaue Wolke aus, und los ging die Fahrt – vom Hotel, wo ihnen der Portier hinterherwinkte, bis zum Grundstück der Pantanellas. Auf dem Weg dorthin erklärte Pippo Nathalie – auf Englisch –, welche Gebäude sie gerade passierten, und erzählte ihr ein bisschen über Amalfis Geschichte. Als sie auf der Piazza am imposanten Dom vorbeifuhren, berichtete Nathalie, dass sie diesen tagsüber bereits besichtigt hatte.

»Stand in Ihrem Reiseführer auch etwas über die Treppen?«, erkundigte sich Pippo.

Nathalie war verwundert. »Die Treppen? Nein, aber ich habe auch keinen Reiseführer dabeigehabt, ich war ja nicht darauf eingestellt, hier als Touristin unterwegs zu sein.«

Pippo nickte. »Es heißt, wer es schafft, die Treppen in einem Atemzug hoch zu laufen, hat einen Wunsch frei.«

Sie sahen beide nach rechts, wo die monumentale Freitreppe im hellen Abendlicht leuchtete.

»Wie viele Stufen sind das?«, erkundigte sich Nathalie.

»Siebenundsechzig.«

»Und? Haben Sie es schon mal geschafft?«

Pippo lächelte wehmütig und nickte. Und ob er es geschafft hatte. Mehrmals sogar. Als er noch schlanker, jünger und sportlicher gewesen war. In der Zeit nach den Malediven … Aber sein innigster Wunsch hatte sich dennoch nicht erfüllt.

Bis heute nicht.

Nathalie warf ihm von der Seite einen Blick zu und verstand. Pippo war ihr dankbar, dass sie nicht weiter in ihn drang. Überhaupt war es angenehm, mit ihr in seinem Eiswagen zu sitzen, durch Amalfi zu düsen und sich zu unterhalten.

Der Schock, der ihn ereilt hatte, als er Annes Doppelgängerin das erste Mal gesehen hatte, legte sich langsam. Zwar hatte sein Herz wie wild geschlagen, als er sie aus dem Hotel herauskommen sah, aber jetzt, wo sie direkt neben ihm in dem kleinen dreirädrigen Gefährt saß, wurde Pippo mehr und mehr bewusst, dass Nathalie Wagner außer dem Äußeren nicht viel mit Anne Barcley gemein hatte.

Sie roch nicht wie Anne. Die Deutsche bevorzugte starkes teures Parfum, während Anne dezent nach Maiglöckchen und ihrem eigenen Geruch geduftet hatte.

Sie trug – selbstverständlich – ganz andere Kleider als seine große Liebe. Anne war im Hotel wie alle Angestellten in die Business-Uniform – Kostüm mit weißer Bluse – gezwängt worden. Privat liebte sie es leger. Kleine Hängekleidchen oder weite Hosen mit Trägertop. Niemals wäre sie, so wie die Anwältin neben ihm, am Abend zu einer privaten Einladung im Bleistiftrock mit High Heels erschienen.

Auch Nathalies Ausstrahlung und Körpersprache konnte sich von der von Anne nicht deutlicher unterscheiden. Während die Deutsche kontrolliert und distanziert rüberkam, war Anne kumpelhaft ungezwungen gewesen.

All diese Unterschiede ermöglichten Pippo überhaupt den Umgang mit ihr, und er spürte, wie er sich nach und nach entspannte. Diese Entspannung setzte bereits jetzt, nach zehn Minuten gemeinsamer Fahrt auf der Ape, ein, wie er es sich erhofft hatte. Das war nicht Anne. Das war nicht seine große Liebe. Blieb die Frage, ob es durch den Umgang mit Nathalie möglich war, sich von seinem Liebestraum zu heilen?!

Lisabetta erwartete sie im Garten, wo sie den Tisch bereits liebevoll gedeckt hatte.

»Noch kann man abends draußen sitzen, das wollen wir ausnutzen, oder nicht?«

»Es ist herrlich!« Nathalie schien aufrichtig begeistert. Vom Sitzplatz vor dem Haus, der von Weinranken überdacht war, hatte man einen wundervollen Blick über Amalfi und die Bucht. Amalfi lag wie in einem Canyon, westlich und östlich begrenzt von der Steilküste, auf der sich terrassierte Gärten auftürmten. Dort wurden Zitronen und Oliven kultiviert, bis die Hänge schließlich in die Macchia mündeten, die wilde Heidelandschaft zwischen den Felsen. Wo früher Eselstrails entlang geführt hatten, schlängelten sich heute verschiedene Wanderwege.

Lisabetta verschwand kurz im Haus und kam mit einem großen Schmortopf zurück, aus dem es herrlich duftete. Pippo lief augenblicklich das Wasser im Mund zusammen. Auf dem Tisch stand bereits eine große Schüssel grüner Salat – typisch deutsch, dachte Pippo –, und unter weißen Baumwollservietten verbarg sich frisch gebackenes Ciabatta, das Lisabetta erst vor Kurzem aus dem Ofen geholt hatte.

Es war ein herrliches Essen, Lisabetta eine großartige Köchin, und sowohl Pippo als auch Lisabetta selbst langten ordentlich zu. Nathalie war zurückhaltender. Es schmeckte ihr sichtlich, aber sie aß langsam, kaute ewig auf dem Fleisch herum und pickte überhaupt wie ein Spatz. Das Ciabatta zerbröselte sie, anstatt mit ihm die Soße aufzutunken. Auch den hervorragenden Wein genoss sie mit Vorsicht. Es war ein Taurasi, den Lisabetta von einem befreundeten Winzer bezog. Dieser verkaufte seine Ware auch auf dem Markt, und die beiden kannten sich persönlich. Pippo hielt sich beim Wein allerdings ebenfalls zurück, er mochte es nicht, wenn ihm der Alkohol zu Kopf stieg, und sein letzter richtiger Rausch lag bestimmt fünfzehn Jahre oder mehr zurück. Zu einem guten Essen wie diesem passte der rote Taurasi hervorragend, aber er genoss lieber in Maßen.

Nicht so Lisabetta. Sie aß, trank, erzählte, lachte – alles mit großer Leidenschaft und Intensität. Es war herrlich anzuschauen, wie fröhlich sie war. Pippo kannte seine Freundin seit Ewigkeiten, aber in den letzten Jahren hatte er sich sehr um sie gesorgt. Es war, als ob sich Mehltau auf ihrer fröhlichen Seele abgesetzt hätte, so verkrampft und traurig war sie gewesen. Seit Marco hier war und die beiden – endlich! – zusammen waren, freute sich Pippo über Lisabettas gelöste Stimmung. Sie war wieder die wilde Lisabetta, das unbändige Mädchen, das er seit seiner Kindheit kannte.

Auch Nathalie war weniger streng und humorlos, als er sie aufgrund ihres Aussehens eingeschätzt hatte. Sie besaß durchaus Humor. Er war nicht so offensichtlich, hatte nichts Schenkelklopfendes, aber ihr war eine feine Ironie zu eigen.

Pippo beobachtete Nathalie genau und meinte zu bemerken, dass sie eigentlich anders war, als sie sich auf den ersten Blick – im durchgestylten Outfit, mit dem zentimeterdicken Make-up, den gebügelten Haaren – präsentierte. Sie war offen, weltgewandt und auch neugierig, stellte Pippo und Lisabetta Fragen, deren Antworten sie aufrichtig zu interessieren schienen. Dennoch war und blieb sie eine Fremde.

Es war auch eine schwierige Konstellation an dem Abend, und wäre das Essen von Lisabetta nicht so grandios und die Atmosphäre nicht so gewesen, wie sie war – der Abend wäre zwangsläufig zum Scheitern verurteilt.

Da waren Pippo und Lisabetta. Zwei Menschen, die sich von Kindesbeinen auf kannten. Sie sprachen eine Sprache – nicht einfach nur italienisch, sondern sie beherrschten die Codes, die nur zwei Menschen kannten, die miteinander vollkommen vertraut waren. Es genügte ein Wort, eine Andeutung, und der andere wusste genau, was gemeint war. Da musste jeder andere, der nicht zu diesem auserwählten Kreis der alten Jugendfreunde gehörte, zwangsläufig außen vor bleiben.

Nun aber kam noch die Sprachbarriere hinzu. Sie unterhielten sich auf Englisch, der Sprache, die sie alle einigermaßen – Pippo und Nathalie besser, Lisabetta schlechter – beherrschten.

Noch dazu kam Nathalie als Anwältin aus einer vollkommen anderen Welt. Pippo und Lisabetta wussten ja bereits von Marco, dass Stefan Renke von seinen Angestellten verlangte, dass sie eigentlich rund um die Uhr im Dienst waren und den Beruf über alles stellten. Nathalie schien entweder kein Privatleben zu haben oder sie wollte nicht darüber sprechen, was beides gleichermaßen traurig war. Pippo und Lisabetta brachten lediglich in Erfahrung, dass Nathalie aus der Umgebung von Köln stammte, mehrere Geschwister und einige Neffen und Nichten hatte. Es war weder die Rede von einem Partner – oder einer Partnerin – noch von Haustieren oder Freunden. Es ging immer nur um den Job. Um Fälle, die sie gewonnen hatte, oder um Geschehnisse in der Kanzlei.

Öde.

Als Nathalie sich einmal auf die Toilette verabschiedete, blickte Lisabetta Pippo an und schüttelte den Kopf. »Gibt es so etwas?«

»Was meinst du?«, fragte Pippo zurück, obwohl er die Antwort kannte.

»Na, sie erzählt nur von ihrer Arbeit!« Lisabetta war richtig aufgebracht. »Ich gebe mir solche Mühe, sie ein bisschen auszuhorchen, was sie für ein Mensch ist, aber da kommt nichts.«

»Lisa«, Pippo sah, dass sich seine Freundin ein weiteres Glas Wein einschenkte, und versuchte, sie ein wenig zu beschwichtigen, »du kennst das doch von Marco. So ist der Job eben! Ich kenne das aus der Hotelbranche auch. Was glaubst du, warum ich damit aufgehört habe?!«

»Schrecklich.« Lisabetta kippte den Wein wie Wasser, was Pippo mit Unbehagen sah. Hatte Lisabetta immer schon so hastig getrunken?

Nathalie kam von der Toilette zurück. »Jetzt haben wir die ganze Zeit von mir geredet.« Sie lächelte Lisabetta an. »Nun bin ich auch ein wenig neugierig. Was machen Sie beruflich?«

Lisabetta, sonst nie um eine Antwort verlegen, öffnete den Mund, um zu antworten, schloss ihn dann aber wieder und drehte das Weinglas in ihren Händen.

»Nichts«, gab sie schließlich zurück. »Ich bin Hausfrau und Mutter. Aber meine Söhne sind aus dem Haus und jetzt ...« Sie zuckte mit einem entschuldigenden Lächeln die Schultern. »Ich hole die Nachspeise.« Damit stand sie auf und ging ins Haus.

Nathalie und Pippo sahen sich an.

»Das tut mir leid«, sagte die Deutsche schließlich. »Ich wusste nicht, dass ich da einen wunden Punkt treffe.«

»Ich wusste auch nicht, dass es einer ist. Ist nicht Ihre Schuld.« Tatsächlich hatte Pippo Lisa noch nie so erlebt. Sie wirkte immer so mit sich im Reinen, er wunderte sich, dass es ihr plötzlich unangenehm war zuzugeben, dass sie keinen »richtigen« Beruf hatte. Das wollte so gar nicht zu ihr passen. Vielleicht lag es am Alkohol?

»Zwei Kinder, ist doch super«, kommentierte Nathalie ein wenig hilflos.

Lisabetta trat aus dem Haus, in den Händen trug sie ein Tablett mit Espresso und Tassen sowie einen Teller mit Tennerezze al limon*. Sie schien wieder guter Dinge zu sein,

* Zitronenkekse

stellte das Tablett ab, goss den Espresso in die kleinen Tässchen und erkundigte sich bei Nathalie, was diese für den kommenden Tag geplant hatte.

»Ihr Freund Mimmo hat mir geraten, einen Ausflug nach Capri zu machen.«

»Perfekt! Dann gibt Ihnen Mimmo bestimmt auch die Verbindungen für die Boote und alles. Aber wenn Sie noch Tipps brauchen«, Lisabetta war sichtlich bemüht, einen Themenwechsel herbeizuführen, »dann wenden Sie sich gerne an mich oder Pippo.«

»An einem Tag müssen Sie unbedingt wandern«, bekräftigte Pippo. »Es gibt kaum etwas Schöneres als den Weg nach Maiori!«

»Wandern?« Nathalie lachte und zeigte auf ihre Schuhe. »Entschuldigung, aber ich und wandern …«

Daraufhin redeten beide auf sie ein: dass man unmöglich an der Amalfiküste Urlaub machen könne, ohne einen der traumhaften Wanderwege zu begehen. Schließlich habe man nur von dort oben einen einzigartigen Blick! Man könne die Gegend mit ihren herrlichen Steilküsten, aber auch das weite Meer und die Inseln bewundern.

Lisabetta erkundigte sich nach Nathalies Schuhgröße und bot ihr sogar ihre Wanderschuhe an, und tatsächlich schwand nach und nach der Widerstand der Rothaarigen. Schließlich sagte sie zu, dass Pippo sie am übernächsten Tag im Hotel abholen und mit ihr in die Berge fahren solle. Von dort würden sie ein Stückchen dem »Sentiero dei dei«, dem Pfad der Götter, folgen. Der Wanderweg hieß nicht ohne Grund so, er war einer der attraktivsten der Küste.

Pippo und Lisabetta versicherten Nathalie: Wenn sie in der Gegend erst einmal eine halbe Stunde gelaufen wäre, würde sie nicht mehr aufhören wollen, so bezaubernd waren die Ausblicke, die man von dort hatte.

Pippo schlug vor, dass er Nathalie bereits um halb neun am Hotel abholen würde. So würden sie dem Strom der Wandertouristen einigermaßen entgehen, und Pippo würde danach trotzdem pünktlich mit seinem Eiswagen seine Tour beginnen können.

Nathalie, derart in die Zange genommen, konnte nicht aus und sagte zu. Sie würde einen Versuch machen – aber nur Pippo und Lisabetta zuliebe! Lisabetta gab ihr ihre Schuhe mit, und so neigte der gemeinsame Abend seinem Ende zu. Lisabetta weigerte sich, ihre Hilfe beim Abräumen in Anspruch zu nehmen, deshalb brachte Pippo Nathalie wieder zurück zum Hotel.

»Also: übermorgen um halb neun«, bekräftigte sie. »Aber machen Sie sich nicht allzu große Hoffnungen, mich zu mehr als einer halben Stunde Herumkraxeln zu bewegen.« Damit verabschiedete sie sich von Pippo auf die italienische Art mit Wangenküsschen und stöckelte zum Hoteleingang.

Pippo schüttelte den Kopf. Was für eine komische Frau. Er konnte sie noch immer nicht ansehen, ohne Herzklopfen zu bekommen, zu sehr ähnelte sie Anne. Aber er spürte nichtsdestoweniger, dass ihm der Umgang mit ihr guttat. Das Jahr auf den Malediven, das so wunderschön und gleichzeitig so schrecklich gewesen war, drang dadurch mit Macht in sein Bewusstsein. Er hatte versucht zu vergessen, aber das war ihm nicht gelungen. Und er wusste: Es war nicht gut für seinen seelischen Haushalt gewesen. Er hatte jetzt die Chance auf Heilung. Darauf, wieder mehr zu sein als der gut gelaunte Dicke.

Er würde wieder zu sich selbst finden.

Als er mit der Ape in Richtung seines Hauses fuhr, über-
holte er in einer der Haarnadelkurven einen einsamen Spa-
ziergänger. Er ging dort im Finsteren – auf der Straße gab
es keinerlei Beleuchtung – ganz allein und sehr langsam.
Pippo bremste.

»Raffaele! *Buonasera,* was machst du hier?«

Lisabetta hatte Pippo bereits berichtet, dass Marcos Vater
ausgegangen sei, zu einem Treffen mit Paolo Lamarttine.
Sehr ungewöhnlich, aber Pippo ging es wie Lisabetta: Er
fand es schön, dass Raffaele sich aus seinem Schneckenhaus
hinaus bewegte.

Jetzt trat Raffaele neben das dreirädrige Gefährt.

»*Buonasera,* Pippo. Ich bin auf dem Nachhauseweg.«

Raffaele sah sehr müde, aber auch glücklich und gelöst
aus.

»Steig ein!« Pippo rutschte ein Stück zur Seite. »Ich nehm
dich mit. Bei deinem Schneckentempo bist du erst in einer
Stunde zu Hause.«

Raffaele nickte und nahm auf dem Beifahrersitz Platz.
»Das ist nett, ich danke dir. Hinunter ging es leichter.«

Sie lachten beide.

»Die Lamarttines hätten dich auch nach Hause fahren
können«, stellte Pippo empört fest. »Lassen die einen alten
Mann nachts alleine durch die Gegend laufen!«

»Ich wollte es so. Reg dich nicht auf.« Raffaele tätschelte
Pippo begütigend das Knie. »Aber ich habe meine Kräfte
wohl ein bisschen überschätzt.«

»Was macht dein Bein?«

»Ach, so weit, so gut. Aber ich gehe noch zur Therapie.
Besser ist besser.«

Pippo nickte zufrieden. Raffaele Pantanella war zeit seines

Lebens so etwas wie sein Ziehvater gewesen. Und als sein eigener Vater Sergio gestorben war, den eine innige Freundschaft mit Raffaele verbunden hatte, kümmerte sich Pippo intensiv um den alten Zitronenbauern. Dieser hatte ihn stets behandelt wie seinen leiblichen Sohn, und seit Marco zurückgekehrt war, waren sie wie eine kleine Familie – zusammen mit Lisabetta.

Es war schön, dass sie sich alle so lange kannten und einander so sehr verbunden waren, Pippo genoss die Geborgenheit seiner Wahlfamilie sehr.

Auf dem Parkplatz der Pantanellas bremste Pippo und ließ Raffaele absteigen. Bevor sich der alte Herr ins Haus verabschiedete, hielt Pippo ihn noch auf.

»Sag mal, weißt du, ob Lisabetta etwas hat? Sie war vorhin beim Essen für einen Moment ziemlich deprimiert.«

Raffaele trat an die Ape und musterte Pippo. »Machst du dir Sorgen?«

Pippo zog nur die Schultern hoch.

»Das musst du nicht. Sicher, es geht ihr gut mit Marco und allem. Aber weißt du, auch wenn Remo ein unmöglicher Typ ist – sie waren zwanzig Jahre zusammen. Sie haben zwei Kinder miteinander. Das streift man nicht von heute auf morgen ab.«

»Du hast recht.« Pippo blickte Raffaele dankbar an. »Ihr Alten seid uns eben doch ein bisschen an Weisheit voraus, was?!«

Raffaele hob abwehrend beide Hände. »Auf keinen Fall! Werde bloß nicht so ein alter Esel wie ich, Pippo! Ich weiß gar nichts. Ich mache mir nur so meine Gedanken.«

»*Buonanotte.* Schlaf gut.«

»*Buonanotte!*« Damit verschwand Raffaele in der Dunkelheit seines Gartens. Der Schein von zwei erleuchteten Fenstern im Haus wies ihm den Weg.

Pippo fuhr noch ein kleines Stück den Berg weiter hinauf, nun auf einem steilen Feldweg, bis er die Ape abstellte und ein paar Stufen zu seinem Haus erklomm. Er war müde, aber sehr zufrieden mit dem Tag. Und er freute sich auf übermorgen, wenn er Nathalie zu einem kleinen morgendlichen Ausflug entführen würde.

Als er zwei Tage später pünktlich um halb neun vor dem *Bella Vista* vorfuhr, stand bereits ein BMW-Cabrio in der Einfahrt. Pippo wusste, wem es gehörte, und noch bevor er seinen Motor ausgestellt hatte, trat auch schon Remo aus dem Hotel und winkte ihm.

»*Ciao,* Pippo.«

»*Ciao.* Was machst du hier so früh?«

Remo grinste sein breites Zahnpastalächeln. »Ich hole die Deutsche ab. Wir machen einen Ausflug nach Neapel.«

»Aber …«

»Es tut mir sehr leid, Pippo.« Nathalie war jetzt auch aus dem Hotelfoyer zu ihnen getreten. »Aber wandern ist doch nicht so meins. Da hat mir Signore Zatrelli angeboten, mir Neapel zu zeigen. Wir haben uns gestern hier im Hotel kennengelernt.«

Pippo blieb jede Antwort im Hals stecken. Remo zwinkerte ihm zu.

»Du musst doch sowieso arbeiten, Pippo. Wer soll denn sonst den Leuten das Eis verkaufen? Da dachte ich, ich nehme dir das ab.«

Mit diesen Worten ging Remo zu seinem Wagen und öffnete die Beifahrertür für Nathalie.

Die stand noch mit verlegener Miene bei Pippo.

»Es tut mir leid. Ich wollte Sie nicht kränken, aber ich dachte, für Sie ist es auch besser, wenn Sie sich nicht mit mir herumschlagen müssen.«

Pippo nickte nur. Er hatte einen dicken Kloß im Hals. Er konnte nichts anderes tun, als zuzusehen, wie Nathalie zu Remo stöckelte, im Cabrio Platz nahm, Remo ihm zuwinkte und dann selbst in den BMW sprang. Der Wagen startete, und dann waren die beiden verschwunden.

Pippo war fassungslos. Und er spürte, wie eine leise Ahnung von dem Gefühl, das er damals gehabt hatte, zurückkehrte. Das Gefühl der Machtlosigkeit und Demütigung. Wenngleich das, was Remo und Nathalie da gerade abgeliefert hatten, lächerlich war im Vergleich zu dem, was Anne mit ihm gemacht hatte.

München, heute

Marco

Marco hatte sich zu Luis ins Bett gekuschelt und las seinem Sohn aus »Harry Potter und der Stein der Weisen« vor.

Eigentlich waren Bücher doof.

Vorlesen war für kleine Kinder.

Und Kuscheln unwürdig.

Und die Harry-Potter-Filme hatte Luis auch schon alle gesehen.

Aber dennoch konnte sich Marco des Gefühls nicht erwehren, dass der Zwölfjährige all das jetzt sehr genoss. Schließlich war Kranksein eine Ausnahmesituation, und da durfte man wieder ein kleiner verschmuster Junge sein.

Und Marco selbst genoss es sowieso! Er hatte bereits Sabrina alle sieben Harry-Potter-Bände vorgelesen und liebte die fantastische Geschichte. Außerdem fehlten ihm seine Kinder rund um die Uhr. Früher, als er noch als Anwalt gearbeitet hatte, war er oft genervt gewesen, wenn er abends nach Hause kam und die Kinder an ihm zerrten und wenn er sich dies ansehen und jenes mit ihnen machen sollte. Aber seit er nicht mehr sieben Tage in der Woche und 24 Stunden am Tag arbeitete, sondern stattdessen zwei Wochen am Stück in Amalfi lebte, sog er jede Sekunde Gemeinsamkeit mit Sabrina und Luis gierig auf.

Als sie an der Stelle angekommen waren, an der Harry beim ersten Quidditch-Turnier beinahe abstürzt, merkte Marco, dass der Junge in seinem Arm ziemlich schwer geworden war. Leise klappte er das Buch zu, löschte das Licht und saß noch ein paar Minuten neben seinem schlafenden Sohn. Er lauschte auf Luis' tiefe Atemzüge und dachte an seine Mamma zurück, die sich stets aufopfernd um ihn gekümmert hatte, wenn er krank gewesen war. Sie fehlte ihm, Magdalena Pantanella. Und es fehlte ihm, dass er nicht mehr klein sein konnte. War man erwachsen und obendrein Vater, musste man selbst sehen, wie man klarkam. Dabei steckte in ihm und sicherlich in jedem Menschen immer noch das kleine Kind.

Schließlich wand Marco sich vorsichtig aus der Umarmung, bettete Luis aufs Kopfkissen und deckte ihn sorgfältig zu, bevor er sich aus dem Zimmer schlich.

Er ließ die Tür einen Spalt offen stehen, damit er hörte, wenn Luis nach ihm rief, und ging hinunter ins Wohnzimmer. Seine Tochter Sabrina war mit Freunden auf der Wiesn unterwegs. Es war schließlich Samstagabend und Sabrina kürzlich siebzehn geworden, da gab es Spannenderes, als mit dem Vater auf dem Sofa zu sitzen.

Im Gegensatz zu Amalfi war es hier abends schon ziemlich frisch, auch wegen der Nähe zum Starnberger See. Trotzdem setzte Marco sich auf die Terrasse, zündete das Windlicht an und schenkte sich ein Glas Wein ein. Es war schön hier. Er bedauerte, dass er das Haus und die Gegend nie wirklich genossen hatte. Er war zu sehr in seiner Arbeit verstrickt gewesen, und jetzt war es vorbei. Er war in dem Haus, das ihm auf dem Papier zusammen mit Geli gehörte, nur noch ein geduldeter Gast. Geli lebte hier mit den Kindern, aber auch das war zeitlich begrenzt. Sabrina würde bald Abitur machen, Luis in acht Jahren. Über kurz oder lang würden die Kinder ausziehen, und er konnte sich beim besten Willen nicht vorstellen, dass Geli alleine in dem großen Anwesen bleiben wollte.

Überhaupt war fraglich, wie lange er noch regelmäßig kommen musste, um die Kinder zu betreuen. Sabrina war groß und unabhängig. Sie freute sich, wenn er da war, aber er bekam sie nur noch selten zu Gesicht.

Und Luis … es ging so schnell. Im Nu würde er in Sabrinas Alter sein, und spätestens dann war Marco hier nicht mehr gefragt.

Sein Handy klingelte. Es war ein Face-Time-Anruf von Lisabetta. Marco nahm sofort an.

»Hallo, Süße!«

Lisabetta strahlte ihn durch die Kamera an, sodass Marcos Herz sofort schneller schlug.

Schöne Lisabetta.

Wilde Lisabetta.

Meine Lisabetta.

»*Ciao, caro!* Schau mal, ich hab WLAN!« Sie lachte aus vollem Halse.

»Hast du meinen Papà um die Ecke gebracht? Oder wie hast du das geschafft?« Marco war ehrlich verwundert.

»*No, no.* Ich bin bei Matteo in der WG. Weißt du, in Nandos Bar will ich nicht gehen.«

Nandos Bar war *der* Treffpunkt in Amalfi. Die Bar lag direkt am Strand und hatte den besten Hotspot. Die Pantanellas waren – noch! – internetfrei, und Lisabetta hatte in ihrer eigenen Wohnung noch keinen Router.

Sie plauderten darüber, wie ihre Tage verliefen, Lisabetta erzählte von dem Abend mit Nathalie und dann ganz stolz, dass sie sich aufgerafft hatte, in ihrer Wohnung loszulegen.

»Das Schlafzimmer ist fast fertig!«

»Das ist ja auch das Wichtigste.«

»Marco!« Lisabetta tat empört, grinste aber frech. Dann erzählte sie noch von den Küchenplänen, die sie mit Pippo zusammen entwickelt hatte.

Sie sprachen fast eine halbe Stunde, bis Marco hörte, dass Luis nach ihm rief, und das Gespräch mit Lisabetta beendete.

»*Ciao, amore! Ti amo.*«

»*Anch'io ti amo!*« Lisabetta küsste den Bildschirm, dann wurde dieser schwarz.

Am nächsten Tag hatte Marco zwei Patienten, denn Sabrina hatte das starke Oktoberfestbier weniger gut vertragen, als sie dachte, und lag nun mit Flattermagen und einem dicken Schädel ebenfalls im Bett. Zum Glück war Wochenende, und keines der beiden Kinder musste in die Schule. Am Abend wollte Geli vorbeikommen, um etwas mit ihnen allen zu besprechen, und Sabrina nahm Marco das Versprechen ab, ihrer Mutter auf gar keinen Fall zu verraten, dass sie am Vorabend betrunken nach Hause gekommen war.

»Keine Sorge, Liebes. Wir kriegen dich schon wieder hin, bis Mama kommt.«

Marco gab seiner Tochter einen Waschlappen aus dem Eisfach, den diese sich stöhnend auf die Stirn legte.

Geli wohnte in der Woche, in der Marco da war, bei ihrem Freund in der Stadt. Wenn sie am Ende von Marcos Woche nach Hause kam und sie die »Übergabe« machten, stellte Marco jedes Mal fest, wie entspannt seine Frau aussah – obwohl sie ihre Kinder in der einen Woche immer sehr vermisste. Aber es tat ihr offensichtlich gut, ein Leben außerhalb ihres Daseins als Hausfrau und Mutter zu führen. Marco drückte ihr fest die Daumen, dass der Wiedereinstieg in den Job klappte. Was nach siebzehn Jahren Kinderpause nicht ganz einfach war. Er vermutete, dass ihre Bitte nach einem Familientreffen mit dem Vorstellungsgespräch in Frankfurt zu tun hatte. Dass das mit dem Job klappen würde, wünschte er sich sehr für Geli. Schließlich hatte sie ihm deutlich zu verstehen gegeben, dass ihre Ehe nicht zuletzt deshalb in eine Schräglage geraten war, weil nur er gearbeitet hatte. Und das im Übermaß! Auf diese Weise hatte sie keine Unterstützung von Marco bekommen, die es ihr ermöglicht hätte, sich auch wieder als Anwältin zu betätigen.

Als Geli schließlich am Abend kam und sie alle an ihrem großen Esstisch saßen, fühlte sich dies sehr seltsam an. Wie eine Familie, obwohl sie das so gar nicht mehr waren.

Luis war noch zittrig auf den Beinen und blass, vorsichtig knabberte er an einer Reiswaffel. Sabrina hatte sich gut erholt, sie wollte sogar gleich wieder mit einer Freundin um die Häuser ziehen, aber Marco hatte ihr das sanft, aber bestimmt ausgeredet.

Geli dagegen war das blühende Leben, sie platzte förmlich vor guter Laune. Bei der Begrüßung hatte sie Marco sogar in einem Anfall von Überschwang umarmt.

Marco hatte gekocht, Pasta bianca, selbstgemachte Focca-chia und Salat. Geli war aufrichtig beeindruckt.

»Euer Papa findet zu seiner alten Form zurück«, erklärte sie fröhlich den Kindern. »Als ich ihn kennengelernt habe, konnte er noch gut kochen, aber danach … Tja.«

»Lass gut sein, Geli.« Marco hatte keine Lust darauf, alte Rechnungen zu begleichen.

»Was denn? Das war total positiv gemeint.«

»Schon klar.«

»Und schon ist die gute alte Familienharmonie wieder da!«, warf Sabrina sarkastisch ein.

Luis mümmelte an seiner Reiswaffel und blickte verunsi-chert von einem zum anderen. Marco wusste, dass sich sein Sohn noch immer wünschte, Mama und Papa kämen wieder zusammen. Er war eben doch erst zwölf, für ihn war die Trennung zu plötzlich gekommen. Sabrina dagegen nahm die Trennung gelassen hin, sie war alt genug gewesen, um die Spannungen zwischen ihren Eltern wahrzunehmen, und hatte Marco erst kürzlich gestanden, dass sie es jetzt fast angenehmer fand, weil eigentlich alle besserer Stimmung waren. Außerdem gab es in ihrem Freundeskreis eine Reihe Trennungs- und Patchwork-Kinder.

»Also, ich muss euch etwas erzählen.« Geli hob ihr Glas. »Frankfurt war ein voller Erfolg! Ich hab den Job – zu neun-zig Prozent.«

»Wow! Gratulation!« Marco prostete ihr zu. Er freute sich aufrichtig, genauso wie Sabrina.

»Cool, Mama, du rockst das, super!«

Nur Luis schien wenig begeistert. »Warum musst du denn arbeiten? Du bekommst doch Geld von Papa.«

Geli lachte und strubbelte Luis über den Kopf. »Luis, das

hat damit nichts zu tun. Ich möchte gerne wieder arbeiten, weißt du? Du gehst in die Schule, in der Zeit arbeite ich. Ich verspreche dir, du merkst das gar nicht.«

Luis guckte skeptisch.

Auf Nachfragen erzählte Geli, dass sie eine halbe Stelle hatte, was zum Einstieg perfekt war. Sie würde sich allerdings in der übrigen Zeit einarbeiten, diverse Fortbildungen wahrnehmen müssen, um wieder richtig reinzukommen. Ihre zukünftige Chefin war eine Powerfrau, die vier Kinder hatte und trotzdem immer gearbeitet hatte.

»Außerdem habe ich mir überlegt, ob wir uns nicht eine schöne Wohnung in S-Bahn-Nähe suchen sollen. Ich möchte nicht mit dem Auto nach München pendeln und das große Haus ...«

Jetzt sprang Luis auf. »So ein Scheiß! Ich zieh nicht um!« Damit rannte er in sein Zimmer.

Geli und Sabrina sahen sich betroffen an. Sabrina zuckte nur mit den Schultern. »Der kriegt sich schon wieder ein.«

»Zu viele Veränderungen«, meinte Marco und stand auf, um nach Luis zu sehen.

»Lass mich.« Geli drückte Marco wieder zurück auf den Stuhl. »Ich rede mit ihm.«

Damit verließ sie den Tisch, sodass Marco und Sabrina alleine zurückblieben. Sabrina wartete einen Moment, bevor sie leise sagte: »Luis vermisst die Mama, wenn sie bei Lutz ist. Und dich, wenn du in Amalfi bist.«

Marco nickte. Er wusste, wie schwer es für den kleinen Kerl war, mit der veränderten Familiensituation klarzukommen. Aber er hatte keinen Vorschlag, wie man es für ihn besser gestalten konnte.

Als Geli nach einer Stunde immer noch nicht wiedergekommen war, klopfte Marco vorsichtig an die Zimmertür. Niemand antwortete. Er öffnete die Tür einen Spalt und blickte hinein. Im Schein der Nachtlampe sah er, dass Mutter und Sohn Arm in Arm eingeschlafen waren. Leise schloss er die Tür wieder.

Später trat Geli zu Marco auf die Terrasse.

»Sorry«.

Er lächelte. »Kein Problem. Geht mir doch nicht anders.«

»Ich setz mich noch kurz zu dir, aber dann muss ich los.«

»Okay.« Marco goss ihr Wasser ein. »Toll mit dem Job, ich freu mich.«

»Ich hab auch ein bisschen Schiss.« Geli lachte verlegen. »Kann ich das überhaupt noch alles? Pack ich das, mit Kostüm ins Büro? Mit Mandanten sprechen, Gesetzestexte verstehen?«

»Aber klar, da kommst du schnell wieder rein.«

Geli lächelte dankbar, dann schwiegen sie ein paar Minuten.

»Für Luis ist das alles ein bisschen viel«, fuhr Geli schließlich fort. »Ich verstehe das. Aber ich hab das ernst gemeint mit der Wohnung.«

»Ich kann auch noch mal mit ihm reden«, bot Marco an.

»Lass mal. Er braucht ein bisschen Zeit. Aber ich würde das Haus lieber verkaufen. Sabrina hat schon gesagt, dass sie nach dem Abi reisen will. Und ob sie danach in München studiert … wohl eher nicht.«

»Du würdest gerne mit Lutz zusammenziehen?« Lutz war Gelis Freund, einer der Gründe, warum sie Marco im Sommer mit der Trennung konfrontiert hatte.

»Nein. Nicht, solange Luis noch bei mir wohnt. Aber das Haus … es ist unser Haus, verstehst du? Das Haus, das ich immer für die Familie wollte. Und jetzt … Ich möchte nicht mehr in unserem Familienhaus wohnen.« Geli guckte zerknirscht. »Verstehst du das? Oder ist das doof?«

»Ich versteh das. Und Luis wird das auch verstehen. Er braucht eben noch ein bisschen.«

»Danke, Marco.« Geli stand auf. »Wir sehen uns dann Ende nächster Woche. Wenn was ist – du hast ja meine Nummer.«

Damit verschwand sie zu ihrem Auto, und wenig später hörte Marco den Motor anspringen.

So fühlt es sich also an, wenn sich eine Familie auflöst, dachte Marco, und ihm wurde für einen Moment eng in der Brust. Er war glücklich in Amalfi, überglücklich mit Lisabetta, die er immer schon geliebt hatte. Aber gleichzeitig war er traurig über den Verlust seiner Familie und dass er und Geli es nicht geschafft hatten. Nicht als Paar jedenfalls.

Es hatte sich nichts verändert. Der Aufzug, die klimatisierten Räume, der opulente Blumenstrauß am Empfang, sogar Aylin saß noch hier. Und sie freute sich aufrichtig, Marco zu sehen. Er nahm sie zur Begrüßung in den Arm und drückte sie einmal fest. Das wäre ein absolutes No Go gewesen, als er noch hier gearbeitet hatte, aber jetzt durfte er sich auch mal eine herzliche Geste leisten.

»Na du, noch nicht gefeuert?« Er zwinkerte ihr zu. Es war früher ein Spiel gewesen, sich morgens damit zu begrüßen, wer gerade gefeuert worden war. Vor Stefan Renkes Jähzorn war niemand sicher.

Aylin lachte. »Beschrei's bloß nicht!« Sie senkte die Stimme. »Aber ich suche einen neuen Job. Falls du was hörst …«

Marco nickte. »Ich denk an dich.«

»Dass du freiwillig noch mal die heiligen Hallen betrittst …« Aylin schüttelte sich. »Du kannst gleich durchgehen, Stefan wartet auf dich.«

»So ganz freiwillig ist es leider nicht«, gab Marco zurück und trat den Weg zum Chefzimmer an.

Stefan hatte seine Beine auf den Schreibtisch gelegt, er benutzte die alten Codes also immer noch. Marco wusste genau, was Stefan damit ausdrücken wollte: Ich bin ein wilder Typ und schere mich nicht um Konventionen. Außerdem bin ich der Oberboss, und du darfst höchstens meine Füße küssen. Und last, but not least darfst du meinen neuesten, sündhaft teuren USA-Sneaker-Import bewundern.

An Marco prallte das vollkommen ab. Vor allem jetzt, wo er ein freier Mann war. Er setzte sich ungerührt Stefan gegenüber und strahlte seinen ehemaligen Chef an.

»Marco!« Stefan nahm die Füße vom Tisch und beugte sich weit vorneüber, als wolle er mit einem Satz über den Tisch hechten. »Gut siehst du aus!«

»Mir geht's auch gut.«

»Aber? Was führt dich zurück in die Höhle des Löwen? Ist das Geld aufgebraucht?«

Stefan lachte über seinen eigenen Witz.

Marco lachte nicht, aber er lächelte unverdrossen. Dieser Mann auf der anderen Seite des Schreibtisches war ihm völlig fremd. Seit Jahren hatte er unter ihm gearbeitet, unter seinem Regime gelitten, hatte Tinnitus, Magenprobleme und schließlich ein Burn-out bekommen – aber jetzt, wo er hier saß, konnte ihm das alles nichts mehr anhaben. Gut, im Aufzug auf dem Weg nach oben war ihm der Schweiß ausgebrochen, da hatte er noch einmal gemerkt, was die Erinnerung an die Zeit hier in ihm auslöste. Aber nun, im direkten Kontakt mit Stefan, wurde er innerlich ganz kalt.

»Nathalie hat mich besucht.«

Stefan lehnte sich wieder zurück. »Das war zu erwarten.«

»Warum hast du ihr gekündigt?«

»Sie hat mich genervt. Sie will so unbedingt Partner in der Kanzlei werden … zu viel Ehrgeiz. Und dann: Sie ist eine Frau.«

Marco schwieg. Was sollte man zu so viel Ignoranz und Chauvinismus auch sagen? Manchmal fragte er sich, ob Stefan den Mist, den er verzapfte, tatsächlich selber glaubte.

»Sie ist eine der besten Anwälte, die du in der Kanzlei hast. Du solltest alles tun, um sie zu behalten.«

Renke zuckte nur mit den Achseln und gab sich gleichgültig. Marco kam zum eigentlichen Grund seines Besuches.

»Jedenfalls wollte ich dir ein bisschen Druck machen. Ich warte noch immer auf meine Abfindung.«

»Tja, mein Lieber.« Jetzt grinste sein ehemaliger Chef maliziös. »Ich fürchte, da kannst du lange warten.«

Mit dieser Antwort hatte Marco gerechnet. Wenn Stefan sich einmal in eine Idee verbissen hatte, dann ließ er sich durch ein Gespräch oder gute Argumente nicht davon abbringen.

»Du hast rechtlich nichts in der Hand, und das weißt du so gut wie ich. Was soll das Spielchen also?«

»Ich spiele auf Zeit. Es ist Schikane. Ich blute dich aus.«

Marco war fassungslos. Dass Stefan Renke ein Arschloch war, war hinlänglich bekannt. Aber dass er so niedere

Gefühle ihm gegenüber hegte, schockierte Marco doch. Und dass Renke damit nicht hinterm Berg hielt, noch mehr.

»Warum? Was soll das? Aus Rache, weil ich gegangen bin?«

Marco war klar, dass er seine Abfindung bekommen würde. Rechtlich war die Sache eindeutig. Aber was Stefan sagte, stimmte leider auch: Er konnte einen Rechtsstreit darüber anzetteln, der sich hinziehen würde. Und der Marco viel Geld kosten würde. Wenn Renke ihn schikanieren wollte, dann war dies durchaus der richtige Weg. Renke hatte immerhin die Kanzlei im Rücken, damit mehr Geld und den längeren Atem.

»Weil ich will, dass du zurückkommst.« Stefan Renke sah jetzt ernst aus.

Marco erkannte überrascht, dass dieser Typ gerade einen ehrlichen Moment hatte. Das kam im Leben von Renke selten vor.

»Du kannst jeden anderen haben! Was willst du mit mir? Du magst mich noch nicht einmal besonders!«

»Stimmt. Aber ich erkenne, wenn ich einen Profi vor mir habe. Und du bist einer, Marco. Einer von den besten. Komm zurück.«

Marco stand auf. »Sorry, Stefan, aber der Zug ist abgefahren.«

Jetzt stand auch Stefan Renke auf. Sie blickten sich direkt in die Augen.

»Dann gibt es Krieg. Denk drüber nach.«

Marco verließ das Zimmer. Er ging den langen Gang zum Empfang hinunter und musste sich sehr zusammennehmen, um nicht zu rennen. Ihm war schlecht. Der Ton im Ohr kam zurück. Grußlos ging er am Empfang vorbei zum Treppenhaus, Aylin blickte ihm fragend hinterher.

Im Treppenhaus nahm Marco drei Stufen auf einmal. Er musste raus hier. Raus an die frische Luft. Unten angekommen, riss er die Tür auf und stand in der warmen Herbstsonne auf der belebten Straße. Er atmete ein paar Mal tief, um sich zu beruhigen. Niemals hätte er gedacht, dass Renke zu so etwas fähig wäre. Nicht mal er.

Aber gut, dachte Marco, als sein Herzschlag sich wieder normalisierte, diesen Kampf nehme ich auf.

Amalfi, heute

Lisabetta

Lisabetta sah Marco durch die Schleuse kommen, und in ihrem Bauch fing es an zu kribbeln. Sie liebte ihn. Liebte ihn so sehr, dass sie meinte, körperliche Schmerzen zu haben, wenn sie ihn erblickte. Ihr Herz zog sich zusammen, als stünde sie vor einem Infarkt. Aber kaum schloss ihr Liebster sie in die Arme, waren alle Symptome verschwunden, dann war sie einfach nur entspannt, warm und versöhnt mit dem Hier und Jetzt.

Wie konnte es sein, dass beinahe zwanzig Jahre hatten vergehen müssen, bis sie diese Liebe erleben konnte?

Nun hatte auch Marco sie entdeckt und grinste. Er wurde demnächst 40, aber er grinste noch immer wie ein kleiner Junge. Er lachte auch wie der Marco, den sie von früher kannte. Es war ein unbeschwertes Jungenlachen. So hatte er gelacht, wenn sie einander gekitzelt hatten – man musste ausgestreckt auf der Wiese liegen, und der andere kitzelte mit einer Vogelfeder die Fußsohlen und Achselhöhlen. Wer es am längsten aushielt, hatte gewonnen – und das war immer Lisabetta gewesen. Marco war meistens schon vor Lachen zusammengebrochen, wenn sie sich nur mit der Feder in seine Nähe bewegt hatte. Er zog beim Lachen seine Nase kraus, sie konnte sich nicht sattsehen daran. Ein Grund mehr, ihn zum Lachen zu bringen.

Marco steuerte durch die anderen Wartenden auf Lisabetta zu, breitete seine Arme aus, und sie flog ihm entgegen, als hätte sie ihn monatelang nicht gesehen.

»Die Woche war viel zu lang ohne dich, *amore*«, sagte sie, als sich ihre Lippen wieder voneinander lösten.

»Das kann ich dir sagen.«

Marco zog die Augenbrauen hoch. Er musste nicht viel erzählen, sie hatten jeden Abend Mitteilungen ausgetauscht. Aber eines wusste Marco noch nicht, und Lisabetta brannte darauf, ihn damit zu überraschen.

Sie gingen zu ihrem Auto, Marco warf seine Tasche auf den Rücksitz, und Lisabetta gab Gas.

»Wir können auch in Neapel essen gehen«, schlug Marco vor, aber Lisabetta schüttelte den Kopf.

»Nein, lass uns nach Hause fahren. Du bist doch sicher froh, wenn du erst mal duschen kannst, und dann kuscheln wir uns ein.«

»Ersteres ist mir nicht so wichtig, Letzteres umso mehr.« Marco legte Lisabetta liebevoll die Hand in den Nacken, und sie genoss seine Berührung außerordentlich. Es waren diese kleinen Gesten, die sie so liebte und die sie von Remo nicht gewöhnt war. Remo hatte niemals mit ihr Händchen gehalten oder ihr in der Öffentlichkeit einfach so den Arm gestreichelt. Wenn Remo körperlich wurde, liebevoll, dann wollte er Sex. So einfach war der Mann gestrickt. Dass es zwischen einer zarten Berührung und dem Akt an sich noch jede Menge Zwischentöne gab, wusste Remo nicht. Oder es war ihm egal.

Ganz anders war es mit Marco. Sie fassten einander ständig an, kurz nur und beiläufig, es war, als wollten sie sich ständig einander versichern, prüfen, ob der andere da war und dass sie einander nahe waren.

Wenn sie zusammen auf dem Sofa saßen und fernsahen, streichelte Marco ihre Füße – freiwillig! Allerdings gab Marco zu, dass er all das bei Geli auch nicht mehr gemacht hatte, höchstens früher einmal, bevor sie vom Familienleben überfordert und er vom Beruf ausgelaugt geworden war. Umso mehr schien er jetzt zu genießen, dass er fähig war, ein liebevoller Partner zu sein, aber auch, dass er selbst Zärtlichkeiten – zumal in der Öffentlichkeit – zulassen konnte.

Während der Fahrt nach Amalfi hörten sie Musik von Paolo Nutini und genossen es, dass sie endlich wieder zusammen waren. Lisabetta wünschte sich, dass diese wunderschöne, unbelastete Zeit mit Marco ewig andauern möge.

Schließlich lenkte sie den Wagen in Amalfi in Richtung Altstadt und nicht in die Berge hinauf, dorthin, wo sich das Anwesen der Pantanellas befand.

Marco registrierte das verwundert. »Wir fahren zu dir?« Er sah überrascht aus. Lisabetta hatte ihm nicht genau mitgeteilt, was sie in der Woche in der Wohnung geschafft hatte, sie hatte ihn überraschen wollen. Und die Überraschung gelang ihr vollends.

»Wow!« Marco stand in der Küche und fand keine Worte mehr. »Das hat alles Pippo gebaut?«

Lisabetta nickte. »Ohne Pippo wäre hier noch immer nichts«, gestand sie ein. »Gar nichts.«

Pippo hatte in der Woche ganze Arbeit geleistet. Er hatte eine wunderbare Arbeitsplatte aus Eichenholz maßgeschreinert und als Unterbau dafür Regale gebaut. Lisabetta hatte sofort ihr Geschirr, einige Vorräte und ihre Sammlung verschiedener Öle eingeräumt. Gasherd und Spüle hatte sie vom Vormieter übernommen, schließlich hatte sie kein

Geld, um sich einfach so neue Geräte zuzulegen. An der Wand waren zwei lange Regale angebracht, die sich über die gesamte Wandlänge erstreckten. Hier hatte Lisabetta viel Platz für alle anderen Küchenutensilien, weiteres Geschirr, die Espressokannen und vor allem: ihre verschiedensten bunten Blechdosen, in denen sie Gewürze aufbewahrte. Sie hatte über viele Jahre besondere Blechdosen gesammelt, alte und neue. Freunde hatten ihr aus allen Ecken der Welt schöne Dosen mitgebracht, und Lisabetta bewahrte darin ihre Schätze auf. Sie sammelte viele Kräuter selbst, trocknete und mörserte sie. Manches kaufte sie auch auf dem Markt, Safran, Vanille, Kardamom oder spezielle Chili-Mischungen.

»Die Kacheln habe ich noch nicht ausgesucht, ich brauche deinen Rat.«

Sie deutete auf fünf verschiedene Keramikfliesen, die ihr der Bekannte von Remo als Muster mitgegeben hatte. Da die Küche in strahlendem Grün-Türkis gestrichen war, wünschte sich Lisabetta marokkanische Muster, sie fand, das passte am besten. In jedem Fall würde die kleine Küche heiter und fröhlich aussehen – ganz so, wie sich Lisabetta ihr zukünftiges Leben hier vorstellte.

Marco besah sich die Kacheln, bewunderte sie und lobte die Qualität, bevor er instinktiv auf die zeigte, die Lisabetta ebenfalls am besten gefiel. Damit war die Sache beschlossen.

»Aber jetzt Schluss mit Einrichtung«, sagte Lisabetta resolut. Sie umschlang Marco und presste ihren Körper an seinen.

»Noch nicht, ich würde gerne das Schlafzimmer besichtigen«, flüsterte Marco und suchte ihre Lippen.

Lisabetta zog Marco mit sich, während sie gleichzeitig versuchte, ihm das Hemd über den Kopf zu ziehen. Marco hatte währenddessen seine Hände überall – er schälte sich küssend aus dem Hemd, öffnete die Knöpfe seiner Hose und tastete immer wieder nach Lisabetta.

Das konnte nicht gut gehen, auf der kleinen Schwelle ins Schlafzimmer stolperte Lisabetta rückwärts, Marco verhedderte sich in der Hose, die ihm mittlerweile um die Knie schlotterte, und so purzelten sie beide unelegant übereinander in Lisas Zimmer. Lisabetta hielt sich das schmerzende Steißbein, brach aber in Lachen aus, als sie sah, wie Marco, am Boden liegend, versuchte, sich aus seinen Klamotten zu befreien. Er fluchte lachend, hatte es aber schließlich geschafft und kroch in Boxershorts zu Lisabetta auf das Bett. Sie kicherten gemeinsam über ihre Unbeholfenheit, die erotische Stimmung war kurzfristig verflogen und hatte Heiterkeit Platz gemacht. Sie konnten kaum aufhören, über ihre Ungeschicktheit zu lachen, und als sie schließlich wieder zu Atem kamen, stand Lisabetta auf, um alle Kerzen im Raum anzuzünden, die sie zuvor wohlweislich verteilt hatte, um den Raum möglichst romantisch wirken zu lassen.

An der Wand standen noch Umzugskisten, die sie mit einem Tuch verhüllt hatte, auch waren noch keine Lampen angeschlossen, aber trotzdem wirkte das kleine Räumchen eingerichtet und gemütlich. Lisa kroch wieder zu Marco auf das Bett und zog die dünne Leinendecke über ihrer beider Körper.

»Ich habe dich vermisst«, flüsterte sie.

»Du hast mir furchtbar gefehlt«, gab Marco zurück, bevor er seine Lippen über ihren Körper wandern ließ und die wunderbar weibliche Landschaft erkundete, die ihm so unendlich vertraut war. Lisabetta gab sich seinen Berührungen hin, Leidenschaft nahm von ihrem Körper und Geist Besitz, und sie vergaß eine Zeit lang alles um sich herum, es gab nur sie und Marco und ihre Liebe.

Eine Stunde später wandten sich beider Gedanken wieder ganz Profanem zu: Sie hatten Hunger. Lisa hatte über Tag eine Lasagne vorbereitet, deshalb sprang Marco aus dem Bett und schaltete den Ofen an.

»Wir müssen über Geld reden«, empfing Lisabetta ihn, als er zu ihr ins Zimmer zurückkehrte.

»Warum das denn?« Marco wirkte perplex. Er angelte nach seinen Boxershorts.

»Weil wir keines haben. Deshalb. Wer Geld hat, muss sich auch keine Gedanken darüber machen«, führte Lisabetta aus, »aber wir schon.«

»Ich habe Geld. Im Moment jedenfalls. Und hoffentlich auch in Zukunft. Ich möchte nicht, dass du dir darüber Gedanken machst.« Marco legte sich wieder neben sie und strich ihr sanft über die Stirn in dem Versuch, ihre sorgenvollen Gedanken zu vertreiben. Das brachte Lisabetta augenblicklich auf die Palme.

»Lass das!«

Marco erschrak und nahm seine Hand weg.

»Das hat Remo auch immer so gemacht. Ich solle mir keine Gedanken machen, er regele das schon! Und weißt du, wohin mich seine Fürsorge geführt hat?« Sie blickte Marco direkt in die Augen, und die Ahnungslosigkeit, die sie darin sah, steigerte ihre Wut noch mehr.

»Ich sitze in einer Wohnung, die ich nicht bezahlen kann, weil ich kein eigenes Geld habe und auch nicht die Chance, welches zu verdienen!« Ärgerlich pustete sie sich eine der widerspenstigen Locken aus dem Gesicht.

Marco setzte sich auf. »Okay. Ich verstehe.«

»*Senti*, Marco«, fuhr Lisabetta etwas milder gestimmt fort. »Remo zahlt mir etwas Unterhalt, und du sorgst auch für mich. Das ist ganz großartig, und ich bin sehr dankbar dafür, aber weißt du, wie sich das anfühlt?«

Er schüttelte den Kopf. »Ich kann es mir aber denken.«

»Ich bin abhängig. Ich bin nicht selbstständig. Das ist mir ganz besonders aufgefallen, als ich mich mit Nathalie unterhalten habe.«

»Du vergleichst dich mit Nathalie?« Marco guckte verständnislos.

»*No!*« Lisabetta wischte den Einwurf mit unwirscher Geste beiseite. »Zuerst habe ich gedacht: Ach, diese arme Frau. Sie kennt nur ihren Beruf, sie hat nicht viele Freunde, nur Kollegen und Mandanten. Von Kindern ganz zu schweigen. Aber dann hab ich mir gedacht – hör auf, dich über sie zu erheben!« Lisabetta redete sich jetzt richtig in Rage. »Warum bin ich besser als sie? Ich will mich nur so fühlen, weil sie etwas hat, was ich nicht habe.«

»Und das ist …?«

»Freiheit.«

Lisabetta war nun sehr ernst. Sie hatte viel nachgedacht in der Woche, in der Marco in München gewesen war. Und sie hatte erkannt, dass sie so nicht einfach weitermachen wollte.

»Wenn unsere Beziehung Bestand haben soll, Marco, dann muss ich etwas Grundlegendes ändern. Ich muss mein eigenes Geld verdienen. Ich weiß, dass ich mich dann anders fühlen werde. Gleichberechtigt. Es muss nicht viel sein, aber ich will nie wieder komplett von der Gunst eines Mannes abhängig sein. Nie. Wieder.«

Marco schwieg. Er schwieg so lange, dass Lisabetta schon befürchtete, sie habe ihn verletzt.

Aber schließlich fand er endlich seine Sprache wieder. »Du hast absolut recht. Ich bewundere dich. Und ich tue alles, um dich darin zu unterstützen.«

Lisabetta schmolz augenblicklich dahin. Ihre Anspannung war sogleich verflogen. Wunderbarer Marco! Was hatte Remo gesagt, wenn sie sich dahingehend geäußert hatte?! »Wieso willst du arbeiten? Bringe ich nicht genug Geld nach Hause?« Er hatte gar kein Verständnis dafür gehabt, dass Lisabetta sich etwas Eigenes außerhalb ihres Haushaltes schaffen wollte.

Jetzt erkannte Lisabetta, dass immer nur Angst dahintergesteckt hatte. Angst, sie zu verlieren. Remo hatte stets versucht, sie in einen goldenen Käfig zu sperren, und letzten Endes war es genau das, was ihm schließlich zum Verhängnis geworden war.

Lisabetta angelte sich ihr T-Shirt. »Komm, lass uns in die Küche gehen. Wir trinken ein Glas und essen. Nackt redet es sich nicht gut über ernste Themen.«

Kurz darauf saßen sie an dem winzigen Esstisch, den Lisa in die Küche gequetscht hatte, machten sich über die Lasagne her und tranken kalten Weißwein.

»Hast du irgendwelche Pläne? Vorstellungen, was du gerne machen würdest?«, erkundigte sich Marco zwischen zwei Bissen.

»Wenn ich das hätte, würde ich es machen. Eine lange Ausbildung kann ich mir nicht leisten. Es müsste schon etwas sein, wo ich relativ schnell etwas verdienen kann. Ich habe mir gedacht, am besten in der Tourismusbranche. Aber interessiert mich das? Ich weiß nicht …«

Marco zuckte mit den Achseln. »Du bist hier geboren, du kennst alle und jeden, warum nicht? Du kannst ja überlegen, ob du spezielle Führungen anbieten kannst.«

»Ich hab das Gefühl, das gibt es schon alles.« Lisabetta war zögerlich. »Aber ich denke drüber nach. Weißt du, Pippo hat mit seinem Eis auch eine Nische gefunden. Er ist wirklich nicht reich, aber er kommt hin.«

»Was sagt denn Gabriella? Kannst du bei ihr einsteigen?«

Lisabetta winkte ab. »Gabriella hat zwei Jahre gebraucht, bis sie das erste Mal schwarze Zahlen geschrieben hat. Vorher war es ein reines Minusgeschäft. Und selbst jetzt hält es sie gerade so über Wasser. Von dem Marktgeschäft allein kann sie sowieso nicht leben, es geht nur, weil sie die Sachen auch im Internet verkauft.«

Marco nickte. »Das will ich für uns auch aufbauen. Wir brauchen dringend eine Website. Und ich will nicht abhängig von den Lamarttines sein. Das ist unsere einzige Einnahmequelle, und das ist nicht gut.«

»Vielleicht kann ich dich mit Gabriella zusammenbringen? Wir produzieren unsere eigenen Pantanella-Sachen, und sie verkauft sie? Ich kann ja wirklich alles, Limoncello und Gelees, Gebäck …«

Marco war begeistert. »Abgesehen davon, dass du dann wieder am Pantanella-Tropf hängst, finde ich das eine super Idee. Sprich mal mit ihr. Außerdem habe ich gedacht, wir sollten auch ins Agriturismo-Geschäft einsteigen und vermieten.«

»Was willst du denn vermieten?« Lisabetta lachte. »Das Zimmer von der Nonna? Also ich weiß nicht …«

»Nein.« Marco war ernst. »Ich würde gerne etwas bauen. Vielleicht zwei kleine Bungalows, so ähnlich wie die von Pippo. Tiny houses, das ist ein super Trend. Ökologisch, am besten Passivhäuser.«

Lisabetta war baff. »Du hast Ideen …«

Marco seufzte. »Ideen habe ich viele. Aber erstens würde ich dazu Geld in die Hand nehmen müssen – das ich mir von Stefan Renke erst einmal erstreiten muss. Und ich muss meinen Dickschädel von Vater rumkriegen.«

»Dabei immerhin kann ich dir helfen.« Lisabetta schmunzelte. Sie wusste, dass sie Raffaele besser um den Finger wickeln als ihn Marco mit Argumenten überzeugen konnte.

Sie sprachen noch bis spät in die Nacht über Zukunftspläne und Ideen, und was Lisabetta die ganze Woche über belastet hatte – der Gedanke daran, dass sie einen Beruf suchen musste – wurde nun, im Gespräch mit ihrem Liebsten, ganz leicht.

Am nächsten Tag half sie ihrer Freundin Gabriella wieder auf dem Markt. Sie hatte wenig geschlafen, höchstens vier Stunden, aber Lisabetta fühlte sich trotzdem nicht zerschlagen, so sehr hatte sie der Gedankenaustausch mit Marco motiviert. Nach den ersten Stunden Arbeit – sie hatten den Marktstand aufgebaut, alles aus dem Auto geräumt und die Ware kunstvoll aufgestapelt – holte Lisabetta für sich und Gabriella einen Cappuccino.

Nour und Jalil Sabia, ein Ehepaar aus Syrien, hatten einen kleinen alten Wohnwagen zum Kaffeestand ausgebaut und boten Kaffeespezialitäten aus aller Welt an. Lisabetta konnte sich noch gut an die Empörung der Einheimischen erinnern. Syrer? Was wollen die uns über Kaffee erzählen? Wir sind die große Kaffeenation! Espresso, Latte macchiato, Cappuccino – das ist alles italienisch oder etwa nicht?

Niemand kaufte bei den Sabias. Sie wurden von den Marktleuten und den Einheimischen boykottiert. Nur die Touristen kauften bei den beiden Syrern – ohne freilich zu wissen, dass es Syrer waren. Und sie schwärmten. Immer öfter hörten Gabriella und Lisabetta, wie irgendjemand sagte, wie gut der *caffè* dort am Stand sei. Bis sich die ersten Marktleute aus der Deckung wagten und sich nun auch einen Becher holten – natürlich nur aus Neugier! Und siehe da: Der *caffè* am Stand des syrischen Ehepaares war hervorragend. Nichts auszusetzen. Den konnte man trinken. Fast so gut wie zu Hause.

Nach mittlerweile zwei Jahren dachte keiner der Verkäufer hier mehr darüber nach, ob die Sabias nun aus Syrien stammten oder nicht. Der Kaffee war fabelhaft, und es kam sogar vor, dass die italienischen Kunden eine Vorliebe für die syrische Kaffeespezialität mit gezuckertem Wasser und Kardamom entwickelten.

Lisabetta wartete gerade darauf, dass die beiden *cappuccini* fertig würden, als sie sah, wie ihr Ex-Mann Remo sich durch die Massen schlängelte. Lisabetta hoffte, dass er nicht auf der Suche nach ihr war, aber dann stellte sie fest, dass er ziemlich vergnügt aussah. Und in der nächsten Sekunde erkannte sie auch den Grund dafür. An seiner Seite ging Nathalie! Und auch sie sah recht zufrieden drein. Und damit nicht genug. Als die beiden näher kamen, erkannte Lisabetta, dass sie Händchen hielten!

Remo hatte also nicht viel Zeit verstreichen lassen, um sich über sie hinwegzutrösten, was nur gut sein konnte. Denn im Grunde wünschte sich Lisabetta eine neue Partnerin für

Remo, weil sie wusste, dass er nicht allein sein konnte und außerdem sonst nie über sie hinwegkommen würde. Aber ob ausgerechnet die deutsche Urlauberin die richtige Wahl war, bezweifelte sie stark.

Jetzt hatte auch Remo Lisabetta entdeckt.

»*Ciao!*«, rief er über die Köpfe der anderen Marktbesucher hinweg und wedelte mit der freien Hand. Keine Frage, er wollte seiner Ex-Frau unbedingt demonstrieren, was er für einen Fang gemacht hatte.

Er und Nathalie kamen zu Lisabetta, und diese sah, dass die Augen ihres Ex-Mannes stolz glänzten. Keine Frage, er freute sich, dass er mit seiner »Beute« vor ihr prahlen konnte.

»Ich muss euch ja nicht mehr vorstellen«, sagte Remo leutselig. »Ihr kennt euch ja, soweit ich weiß?«

Lisabetta grinste. »*Ciao,* Nathalie. Schön, Sie zu sehen. Wie war die Woche? Sie sehen ziemlich entspannt aus.«

»Herrlich! Dass Urlaub so schön sein kann.« Nathalie zwinkerte Lisabetta zu. »Remo war so lieb und hat sich als Guide angeboten. Er hat mir so viele schöne Ecken gezeigt.«

»Das freut mich. Im Übrigen ist Marco wieder da. Er wollte sich später sowieso mit Ihnen in Verbindung setzen.«

»Danke. Dann warte ich auf seinen Anruf.«

Jetzt erst schien Nathalie zu merken, dass die Stimmung zwischen Remo und Lisabetta irgendwie seltsam war.

»Woher kennt ihr euch eigentlich – sorry, Lisabetta, ich duze Sie, wenn das okay ist? –, oder kennen sich Amalfitaner alle untereinander?«

»Einmal das«, Lisabetta warf Remo einen scharfen Blick zu – unglaublich, dass er Nathalie nicht gesagt hatte, wer er war! –, »und dann waren wir zwanzig Jahre verheiratet. Oder sind es eigentlich noch immer.«

»Oh.« Nathalie wurde ein wenig blass um die Nasenspitze, Remos Lächeln gefror.

»Habe ich das nicht erwähnt?« Remo tätschelte scheinheilig Nathalies Hand. »Doch, doch, ich habe es dir bestimmt erzählt.« Er beugte sich zu ihr, um sie zu küssen, aber die Rothaarige zeigte zu einem Stand auf der gegenüberliegenden Seite. »Die haben ganz schöne Gürtel da drüben. Ich schau mir das mal an.« Erhobenen Hauptes verließ sie das Noch-immer-Ehepaar Zatrelli.

Lisabetta blickte Remo kopfschüttelnd an. »Was soll das?«

»Was?« Remo spielte den Ahnungslosen. »Mimmo hat uns zusammengebracht. Er meinte, ich soll ihr die Gegend zeigen. Und sie ist verdammt attraktiv.«

»Vertreib dir die Zeit, wie du willst, Remo, ihr seid beide erwachsen. Aber spiel nicht mit ihr. Das wäre nicht fair.« Lisabetta nahm ihre beiden Kaffeetassen und wollte zu Gabriellas Stand zurück.

Remo fasste sie am Arm, seine fröhliche Fassade war in Sekundenbruchteilen in sich zusammengefallen. »Ihr Herz ist mir egal, Lisa. Ich will deins. Komm zu mir zurück. Ich liebe dich, bitte.«

Lisabetta schüttelte ihn ab und ließ ihn einfach stehen. Es würde nicht einfach werden mit Remo. Wer weiß, was er sich einfallen ließ, um sie zurückzuerobern. Höchste Zeit, dass sie von ihm keine Unterhaltszahlungen mehr nahm. Höchste Zeit, auf eigenen Füßen zu stehen.

Pippo

Z wei Kugeln Melone-Minze in der Waffel bitte … Ach nee! Doch lieber Limone.«

»Zwei Kugeln Limone also.«

»Nein, eine Limone, eine Melone.«

»Alles klar. Hier bitte, drei Euro.«

»Die Mama hat mir zwanzig Euro gegeben.«

»Puh, egal, das schaffen wir schon. Bitte. *Ciao!*«

»Einmal Heidelbeere in der Waffel.«

»Du hast dich vorgedrängelt! Ich war dran!«

»Sie haben mir nur fünfzehn Euro rausgegeben, ich krieg aber siebzehn.«

»Haben Sie auch Streusel?«

»Ich nehme Limone und Heidelbeere und Melone. Mit Streuseln.«

»Waffel oder Becher?«

»Giancarlo, jetzt geh mal nach vorne, der Mann nimmt ja dauernd jemand anders dran.«

Pippo schwitzte. Die Sonne stand hoch am Himmel, jetzt war noch einmal ein ganzer Schwung Urlauber neu angereist, dazu die Wochenendtouristen aus Italien. Es war Zeit, dass die Saison zu Ende ging. Er spürte, dass er ausgelaugt war, die Saison war lang und anstrengend gewesen, und trotz des gemütlichen Tagesablaufs hatte er keinen einzigen Tag Pause oder gar Urlaub gemacht.

Genau genommen arbeitete er seit Mitte März durchgehend. In der vergangenen Woche hatte er außerdem Lisabettas Küche gebaut. Klar, das hätte er nicht machen müssen. Um ehrlich zu sein, hatte Lisa selbst ihn immer davon abzuhalten versucht. Aber Pippo wollte und musste auf andere Gedanken kommen, und da half es ihm, rund um die Uhr beschäftigt zu sein. Er wollte so lange arbeiten – schreinern, Eis machen, Raffaele helfen, sich um die Ziegen kümmern –, bis er abends ins Bett fiel und *sie* nicht mehr in seinem Kopf herumspukte.

Sie.

Anne.

In der Person von Nathalie.

Seit sie hier aufgetaucht war, war er nicht mehr derselbe. Zwar hatte er sich vorgenommen, endlich das alte Trauma, das ihn seit damals verfolgte, aufzuarbeiten, aber wie zum Teufel sollte er das tun? Zur Therapie gehen. Schon klar. Aber bis er da einen Termin bekam … Er wollte diese Sache *jetzt* angehen. Sofort. Tief in sich drin spürte Pippo, dass das Drama zwanzig Jahre in ihm gegärt hatte und jetzt endlich raus musste. Drängte! Schluss mit der alten Geschichte!

Die Frage war nur: Wie?!

Eigentlich hatte Pippo sich vorgestellt, dass er sich mit Nathalie beschäftigen würde. Schöne Sachen mit ihr unternehmen. Sich mit ihr anfreunden und endlich erkennen, dass Anne kein Geist war, den man nicht bekämpfen konnte, sondern eine Frau aus Fleisch und Blut. Und dass er sie überwunden hatte. Irgendwie hatte Pippo sich eingeredet, dass ihm Anne weniger dämonisch erscheinen würde, wenn er Nathalie mochte – und sie ihn. Wenn er mit einer Frau, die aussah wie die größte und gleichzeitig traurigste Liebe seines Lebens, einfach gut befreundet sein konnte.

Wahrscheinlich war das total naiv gewesen, dachte er sich nun, während er an seinem kleinen Eiswagen stand und schwitzte.

Aber leider hatte er sowieso keine Chance, an Nathalie heranzukommen. Er hatte sie jetzt mehrfach gefragt, ob sie Lust auf diesen oder jenen Ausflug hätte, aber sie hatte ihm jedes Mal einen Korb gegeben. Und Pippo wusste genau, warum. Wegen Remo.

Remo sah umwerfend – wenn auch etwas proletenhaft – gut aus, Pippo war dick. Vielleicht sogar fett.

Remo hatte kein Geld, tat aber so, als ob. Pippo dagegen war Geld vollkommen egal.

Remo fuhr BMW, Pippo einen alten Eiswagen mit drei Rädern.

Remo machte der Deutschen schöne Augen, Pippo wollte nur Freundschaft.

Remo fuhr mit Nathalie nach Capri und zum Shoppen nach Neapel. Pippo hatte als Trumpf schöne Wanderungen und eine Papierfabrik im Ärmel.

Also war glasklar, was eine Frau wie Nathalie bevorzugte.

Pippo nutzte aus, dass kein neuer Kunde zu seinem Stand gestürmt kam, schloss die Eisbehälter sorgfältig und fuhr von Praiano ein paar Kilometer weiter nach Positano, seiner letzten Station. Es war schon recht spät, halb vier am Nachmittag. Eine Stunde würde er in Positano bleiben, so plante er, und sich dann auf den Rückweg machen. Das Eis war schon so gut wie ausverkauft, vielleicht würde er sogar früher Feierabend machen können. Das käme ihm sehr entgegen, er war erschöpft und hoffte, sich noch ein wenig aufs Ohr legen zu können, bevor er mit Marco den Kühlschrank zu Lisabetta fahren würde. Lisa hatte einen guten gebrauchten bekommen, den die beiden Männer später in Minori abholen und in Lisas neue Wohnung bringen wollten.

In Positano stellte er sich schließlich nicht an den Spiaggia Grande, den zentralen Strand, sondern an den kleineren Spiaggia del Fornillo, in die Nähe des Wehrturmes aus der alten Stadtmauer. Als er den kleinen Wagen in eine gute Position gebracht und mit seiner Glocke gebimmelt hatte, die allen am Strand und in der näheren Umgebung klarmachte, dass der Eisverkäufer vor Ort war, meinte er, in der Ferne Raffaele Pantanella zu erkennen.

Pippo wollte winken, aber dann sah er, dass der Mann, den er für Raffaele gehalten hatte, schnell in einem Geschäft verschwand. Pippo wusste, dass Raffaele in Positano zur Physiotherapie ging, es war also nicht ganz weit hergeholt, dass es sich tatsächlich um ihn handelte. Aber Raffaele würde das Bimmeln auch gehört haben, und wenn er später mit nach Amalfi fahren wollte, würde er sich schon rühren.

Mit dem Eis war es, wie er schon vermutet hatte: Melone und Limone waren nach einer guten halben Stunde bereits ausverkauft, er hatte nur noch *Mirtillo* im Behälter. Erleichtert brach er auch hier die Zelte ab und steuerte die Ape stadtauswärts auf die Amalfitana in Richtung Heimat.

Pippo war noch keine fünf Kilometer gefahren, als er auf den ersten Stau traf. Da die Straße hier eine große Biegung machte, konnte Pippo sehen, dass die Polizei weiter entfernt die Straße einseitig wegen eines Auffahrunfalls gesperrt hatte. Er seufzte. Diese Idioten! Es kam immer wieder vor, dass

Fahrer sich überschätzten und versuchten, trotz der vielen Kurven, die eine gute Sicht auf längere Strecken unmöglich machten, langsamere Fahrzeuge zu überholen. Da sich die Amalfitana aber so schmal an die steilen Felsen schmiegte – zur einen Seite die schroffen Berge, zur anderen Seite steil abfallend ins Meer –, brach der Verkehr durch solche Vorfälle augenblicklich zusammen.

Pippos Ape schob sich mit den anderen Fahrzeugen Zentimeter für Zentimeter näher. Kurz vor der Unfallstelle sah Pippo, dass er eines der Fahrzeuge, die in den Unfall verwickelt waren, kannte. Es war der BMW von Remo! Typisch, schimpfte Pippo vor sich hin, der Typ fuhr wie der Henker, und es war nicht das erste Mal, dass er einen Unfall verursachte. Hauptsache, es war niemand zu Schaden gekommen!

Der Polizist winkte Pippo gerade an der Unfallstelle vorbei und grüßte ihn – natürlich kannten alle hier Pippo Battaglia, den Eismann mit der grünen Ape –, da sah Pippo auf der kleinen Steinmauer, die die Amalfitana zum Meer hin begrenzte, Nathalie sitzen! Er schwenkte direkt nach den Unfallfahrzeugen ein, machte dem Polizisten ein Zeichen und parkte den dreirädrigen Wagen möglichst so, dass er nichts und niemandem im Weg stand. Dann winkte er Nathalie, die sofort zu ihm kam.

»Herr Balotelli!«

»Battaglia«, verbesserte Pippo amüsiert. »Aber sag doch einfach Pippo bitte.«

»Nathalie. Danke, Sie … dich schickt der Himmel!«

»Ist etwas passiert?«

Nathalie warf einen kurzen Blick auf die Unfallstelle. »Wie man's nimmt. Es ist nur ein Blechschaden, aber trotzdem …«

Sie seufzte und es war nicht zu übersehen, dass sie extrem genervt war. »Fährst du zurück nach Amalfi?«

Pippo nickte. »Kann ich dich mitnehmen?«

Ohne zu antworten und ohne einen Blick zurück zu Remo zu werfen, der mittlerweile auf Pippo aufmerksam geworden war und ein wenig bedröppelt aus der Wäsche guckte, schwang sich Nathalie auf den Beifahrersitz des Eiswagens.

Pippo schaute zu Remo und bedeutete diesem mit Gesten, dass er Nathalie mitnehmen würde. Remo sah alles andere als erfreut aus.

Auf der Fahrt erzählte Nathalie, was passiert war. Remo war mit überhöhter Geschwindigkeit unterwegs gewesen und hatte schon mehrere gewagte Überholmanöver getätigt, als Nathalie ihn bat, das doch bitte zu unterlassen. Sie wolle lieber die herrliche Aussicht von der Küstenstraße genießen, als ständig um ihr Leben fürchten zu müssen. Aber Remo hatte nur gelacht und gemeint, er habe Straße und Wagen voll im Griff.

»Hatte er wohl nicht«, beendete sie mit säuerlicher Miene die Erzählung. »Zum Glück ist nicht mehr passiert, es ist nur Blech. Aber es war komplett überflüssig.«

Gerne hätte Pippo kommentiert, dass dies nicht passiert wäre, wenn sie sich auf einen Ausflug mit ihm eingelassen hätte, die Ape hatte perfekte Reisegeschwindigkeit. Wunderbar entschleunigt. Aber er verkniff sich die Bemerkung, denn er wollte nicht kleinlich wirken.

»Ob du mich vielleicht bei Marco absetzen könntest?«, erkundigte sich Nathalie nun.

»Kein Problem, da will ich sowieso hin. Wir treffen uns später.«

»Ich muss auch dringend mit ihm sprechen. Wir müssen jetzt die Klage gegen unsere Kanzlei offensiv angehen. Und ich habe schon viel zu lange Urlaub gemacht.«

»Eine Woche! Das ist zu kurz für diese herrliche Gegend!«

»Ja, mag sein.« Nathalie warf ihm einen schnellen Seitenblick zu. »Um ehrlich zu sein, ist es wirklich traumschön. Aber ich bin Nichtstun nicht gewohnt. Ich kann das schlecht.«

»Damit hätte ich kein Problem.« Pippo steuerte den Eiswagen jetzt in Amalfi auf die Straße, die zu ihm nach Hause und zu den Pantanellas führte. »Ich könnte mich den ganzen Tag mit anderen Sachen außer Arbeiten beschäftigen.«

»Ein Albtraum!« Nathalie lachte.

Jetzt waren sie am Grundstück von Marco und Raffaele angekommen. Pippo hatte den Motor der Ape noch nicht einmal ausgemacht, da kam Marco bereits vom Haus den Kiesweg herauf auf sie zu.

»*Ciao.*«

Pippo bemerkte den ernsten Gesichtsausdruck des Freundes.

»Ist was, Marco?«

Dieser nickte. »Wir werden den Kühlschrank nachher nicht holen. Und das Gespräch mit dir, Nathalie, würde ich auch lieber auf morgen verschieben, tut mir leid.«

Nathalie runzelte die Stirn, aber sie protestierte nicht, wohl weil sie ebenso wie Pippo bemerkte, dass Marco etwas belastete. Dieser wandte sich jetzt direkt an Pippo.

»Ich muss warten, bis mein Papà nach Hause kommt. Ich möchte es ihm gerne selber sagen.«

»Was sagen?«, erkundigte sich Pippo ahnungsvoll.

»Paolo ist tot. Sein Sohn hat mich gerade angerufen.«

Und an Nathalie gewandt erklärte Marco: »Paolo Lamarttine ist der beste Freund meines Vaters. Er war über achtzig.«

»Herzinfarkt?«, fragte Pippo. Es hätte ihn nicht gewundert. Paolo hatte Kette geraucht. Laut eigenem Bekunden, seit er zwölf Jahre alt war.

Marco schüttelte den Kopf. »Er hat einen Witz erzählt. Und darüber hat er selbst so sehr gelacht, dass er keine Luft mehr bekommen hat. Er ist vom Stuhl gekippt und war tot.«

Sie schwiegen betroffen.

»Ganz ehrlich?!« Pippo fand als Erster seine Sprache wieder. »Das ist kein schlechter Tod. Und er passt zu Paolo.« Er bekreuzigte sich, und Marco tat es ihm gleich.

Marco

Rein äußerlich hatte sich nichts verändert – die Gesichts-
züge des toten Paolo Lamarttine waren keine anderen
als die des lebenden. Und dennoch war er nicht wiederzuer-
kennen. Alles, was den alten Zitronenhändler ausgemacht
hatte, war verschwunden. Der Schalk in den Augen, wenn
er einen angesehen und einen Scherz gemacht hatte. Sein
verschmitztes Lächeln. Seine Hände, die wie eine Horde
Schmetterlinge seinen Kopf umtanzt hatten, wenn er redete. Das rasselnde Lachen, das immer in einem Hustenanfall
geendet hatte.

All das fehlte nun, da er hier aufgebahrt in seinem Haus
lag.

Es war, wie es schon bei seiner Nonna gewesen war, erinnerte sich Marco jetzt. Die Seele hatte den Körper verlassen,
auch wenn dieser nahezu unversehrt war. Erst im Tode erkannte man, dass sie es war, die den Menschen ausmachte,
und nicht etwa die Hülle des Körpers.

Die vierundzwanzigstündige Aufbahrung des Leichnams
zu Hause war hier im südlichen Italien noch gang und gäbe.
Marco konnte sich gut an die Totenwache erinnern, als seine Nonna gestorben war. Sie war von seinen Eltern gewaschen und hergerichtet worden, der Pfarrer war lange da

gewesen, es wurde gebetet, Kerzen wurden angezündet, und einige Frauen aus dem Dorf hatten sich zu der Toten ins Zimmer gesetzt und die ganze Zeit über geweint, geklagt und gebetet.

Marco war damals dreizehn Jahre alt gewesen, und das Treiben war ihm sehr unheimlich vorgekommen, obwohl er stets behauptet hatte, sich vor nichts zu fürchten. Auch jetzt verspürte er Unbehagen, während er mit seinem Vater neben dem Bett stand, in dem der Tote lag. Es war finster im Zimmer, die helle Sonne drang nicht durch die geschlossenen Fensterläden, lediglich der Schein der vielen Kerzen erhellte den Raum. Die Luft war erfüllt vom Geruch nach Weihrauch und Kampfer, der ihm leichte Übelkeit verursachte, und er fragte sich, wie die Frauen des Dorfes es aushielten, in dieser stickigen Atmosphäre vierundzwanzig Stunden auszuharren. Paolo hätte es zu Lebzeiten keine Minute hier drin ausgehalten.

Raffaele hatte sich tief über den alten Freund gebeugt, er murmelte leise, und Marco war sicher, dass sein Vater den Verstorbenen an eine Anekdote aus ihrem gemeinsamen Leben erinnerte.

Schließlich richtete sich Raffaele wieder auf, nickte seinem Sohn zu, sie bekreuzigten sich und verließen das Zimmer. Die trauernden Frauen nahmen scheinbar keine Notiz von ihnen, sie waren in ihren Klagen und Gebeten versunken.

Draußen stand Stefano, der Sohn von Paolo, und nahm die Beileidsbezeugungen entgegen. Als Marco und Raffaele ihn in den Arm genommen hatten, bedeutete Stefano ihnen, mit ihm in die Küche zu kommen. Dort standen eine Flasche Grappa und einige leere Gläser auf dem Tisch. Stefano Lamarttine goss ein.

»*Salute*. Auf Paolo!«, sagte Raffaele und kippte den Grappa in einem Zug. »Der Nächste bin dann ich. Ihr werdet sehen, es dauert nicht mehr lange, dann seid ihr mich auch los.«

»Ach was, Raffi! Schau dich an«, gab Stefano zurück, »du bist total fit! Außerdem lebst du einigermaßen gesund, du arbeitest, trinkst in Maßen, und vor allem: Du rauchst nicht.«

Daraufhin prosteten sie einander erneut zu, wie durch Zauberhand hatte sich Raffaeles Gläschen wieder gefüllt.

»Es war ein guter Tod«, sagte Stefano, nachdem auch er sein Glas geleert hatte. An dem Glanz in seinen Augen konnte Marco erkennen, dass es heute nicht der erste Grappa für ihn war, was nur allzu verständlich war!

»Im Übrigen müsst ihr euch keine Sorgen machen«, fuhr Stefano nun fort. »Unsere Geschäftsbeziehungen bleiben, wie sie waren. Die Konditionen – ich weiß, dass Papà immer hart mit dir verhandelt hat, Raffaele, aber du weißt auch, dass er dir immer mehr entgegengekommen ist als allen anderen – bleiben die gleichen. Marktpreis minus zehn Prozent. Allerdings«, und damit wandte er sich an Marco, »würde ich gerne einige Dinge in Zukunft nur noch online abwickeln. Das verstehst du doch sicher.«

Marco warf seinem Papà einen raschen Seitenblick zu, bevor er antwortete. »Ich plane gerade mit Papà, was wir verändern müssen. Und einer der ersten Schritte wird sein, dass wir bald online sind. Nächste Saison, versprochen.«

Er reichte Stefano die Hand, und dieser schlug ein. Raffaele Pantanella guckte skeptisch, schwieg jedoch.

»Wir haben über den Winter viel Arbeit vor uns, und du wirst der Erste sein, der davon profitiert, Stefano«, fügte

Marco noch hinzu, bevor er sich mit seinem Vater verabschiedete und Platz machte für die nächsten Trauergäste, die nun nachrückten.

Sie waren erst ein paar Schritte vom Haus der Lamarttines entfernt, als Raffaele anfing, sich zu beschweren. »Warum sagst du so etwas? Dass wir im Winter viel Arbeit haben?! Und überhaupt! ›Ich plane mit Papà ...‹ von wegen! Du machst deine Pläne ohne mich!« Ungeduldig zerrte Raffaele an der schwarzen Krawatte. »Ihr habt keinen Anstand, ihr jungen Leute. Redet vom Geschäft während der Totenwache! Das macht man nicht, das gehört sich nicht!«

»Papà ...« Marco wollte sich gerne rechtfertigen, aber sein Vater hörte nicht auf ihn und lief einfach schimpfend ein paar Meter vor ihm her.

»Dieser Stefano – hat er keinen Respekt vor seinem Vater?! Spricht vom Internet, als wäre er im Büro und nicht in einem Totenhaus! Wenn Paolo das wüsste, das würde ihn ins Grab bringen!«

»Da ist er schon«, konnte Marco sich die Bemerkung nicht verkneifen und beeilte sich, hinter seinem erbosten Vater herzulaufen.

So ging es den ganzen Weg bis nach Hause, und als sie dort ankamen, war Raffaele so erschöpft, dass er sich hinlegen musste. Bevor er aber die Treppe zu seinem Schlafzimmer erklomm, drehte er sich zu Marco um.

»Ich weiß, dass du keinen Stein auf dem anderen stehen lässt, wenn ich erst einmal nicht mehr bin, Marco. Aber solange ich lebe, bleibt hier alles beim Alten.«

Marco blickte ihm hinterher und schwieg. Was regte seinen Vater nur so dermaßen auf? Bestimmt war es nicht nur

Stefanos Bemerkung über das Online-Geschäft. Vielmehr glaubte Marco, dass Raffaele durch den Tod seines besten Freundes bis ins Mark erschüttert war und sich deshalb diesen Nebenschauplatz ausgesucht hatte. Er müsste nur einmal darüber schlafen, dann würde er wieder zur Vernunft kommen. Richtig übel nehmen konnte er Raffaele seine ungerechten Anschuldigungen nicht. Irgendwie war sein Papà in der letzten Zeit emotional sehr aufgewühlt. Dass nun ausgerechnet sein engster Freund das Zeitliche gesegnet hatte, erschütterte ihn in seinen Grundfesten.

Marco beschloss, sich ein bisschen mit Büroarbeit abzulenken. Lisabetta war bei ihrer Familie, auch ihr Vater Nino war einer der Freunde Paolo Lamarttines gewesen, sicher konnte auch er heute ihren Beistand gut brauchen.

Nathalie hatte ihm ihren Entwurf einer Klageschrift gegen Stefan Renke ausgedruckt, den Marco in Ruhe durcharbeiten wollte.

Außerdem hatte Geli angerufen und ihm aufgeregt erzählt, dass sie den Teilzeitjob als Anwältin tatsächlich bekommen hatte, was auch für Marco in vielerlei Hinsicht erfreulich war. Zum einen freute er sich für Geli, dass sie nun, wo die Kinder größer waren, noch einmal die Chance bekam durchzustarten. Die Vorteile einer berufstätigen Mutter würde auch Luis irgendwann begreifen, schließlich war er zwölf und brauchte keineswegs rund um die Uhr ein Kindermädchen. Und last, but not least konnte Marco seine Unterhaltszahlungen etwas herunterfahren; das kam ihm im Moment, da er zwar Arbeitslosengeld bekam, aber noch keine Abfindung von der Kanzlei, sehr gelegen.

Im Haus war es mittlerweile fast zu kühl, um zu arbeiten. Im Sommer, wenn die Temperaturen sich stetig über dreißig Grad bewegten, ließ es sich dort gut aushalten. Die Böden waren gefliest, die Wände lediglich mit Kalk verputzt, und außerdem stand das Haus gut eingewachsen im Schatten alter Bäume. Aber jetzt, Anfang Oktober, wenn es tagsüber zwar noch warm, aber nachts doch schon recht frisch war, war es im Garten deutlich angenehmer.

Marco machte sich eine große Karaffe mit Eiswasser, in das er die Scheiben zweier frischer Amalfi-Zitronen vom Baum schnitt, und gab sich größte Mühe, sich auf die Klageschrift zu konzentrieren. Aber seine Gedanken schweiften ständig ab.

Vor zwei Monaten war er als glücklicher Mann in seine alte Heimat gekommen, mit der Absicht, die Zitronen-Plantage seiner Familie zu übernehmen und mit Lisabetta zusammenzuleben. Noch immer stand er zu diesem Traum und wusste, dass ihn all das glücklich machte. Das Anwesen seiner Kindheit, die Jugendfreunde, der Geruch der Zitronen, das Zirpen der Grillen, der Blick auf die traumhafte Meeresbucht von Amalfi. Gleichzeitig spürte er aber auch, dass noch sehr viel Arbeit vor ihm lag. Das Glück kam leider nicht einfach so von selbst ins Haus geflattert. Lisabetta würde nur vollkommen glücklich und zufrieden sein, wenn sich ihr Traum, finanziell unabhängig zu sein, erfüllen würde. Mit seinem Vater musste er über dringend notwendige Investitionen sprechen – aber von welchem Geld sollten sie diese bezahlen, wenn er die Abfindung nicht bekam?

Würde er das alles hinbekommen, noch dazu, wenn er ständig nach München pendeln musste? Im Moment war er von der Situation ein klein wenig überfordert. Allerdings stresste es ihn nicht in dem Maß, dass er wieder Ohrgeräusche, Herzrasen oder Magenprobleme bekam. Diese Zeit war ein für alle Mal vorbei! Im Grunde ging es ihm gut, jetzt musste er nur Kraft sammeln und sich nicht aus dem Gleichgewicht bringen lassen.

Marco legte Nathalies Klageschrift-Entwurf zu Seite. Stattdessen schloss er die Augen und verschränkte die Arme hinter dem Kopf. Er atmete tief ein und versuchte, sich ganz auf seine Umgebung zu konzentrieren. Die Gerüche in der Luft – Zitronen, natürlich, aber auch Rosmarin, Gras, frisch gewaschene Wäsche, Kaffee. Geräusche – die Vögel in den Bäumen, das sanfte Rauschen der Blätter, Zikadenzirpen, dann und wann das leise, freundliche Meckern der Ziegen im Zitronenhain. Die Sonne, die kleine warme Lichtflecken auf seinem Oberkörper tanzen ließ.

Er war zu Hause, keine Frage. Hier tankte er Kraft. Das Leben war gut zu ihm, er würde die Hürden, die jetzt auf ihn zukamen, gut meistern.

Die rote Katze strich um seine Beine. Sie drückte sich fest an ihn und rieb ihren Kopf an seinen Waden. Marco kraulte sie hinter den Ohren, was sie mit noch lauterem Schnurren quittierte, dann stand er auf und füllte ihr etwas Futter in den Napf. Eine Zeit lang sah er ihr zu, dann beschloss er, zu der Sitzbank hochzugehen, die Raffaele so liebte, und von dort über die Küste zu blicken.

Der Gang durch den Zitronenhain, vorbei an den zum Teil jahrzehntealten Bäumen würde ihm guttun, er bekäme den Kopf frei und könnte sich erden. Davon abgesehen war es gut, mindestens einmal am Tag durch den Zitronengarten zu gehen und sich den Zustand der Bäume einzuprägen. Es waren über tausend, und Raffaele kannte jeden einzelnen von ihn. Manchen hatte er Namen gegeben und sprach mit ihnen.

Sein ganzes Leben lang hatte Marco sich für diesen Spleen seines Vaters geschämt, aber seit er hier war, verstand er die Marotte des alten Mannes mehr und mehr. Die Bäume wurden auch ihm immer vertrauter, er meinte sie wispern zu hören, wenn er durch sie hindurchstreifte und die Äste ihn mit ihren Blättern streichelten.

Außerdem hatte er gespürt, wie es unter ihrer Rinde pulsierte, wenn man nur die Hände auf den Stamm legte und sich auf die Kraft der Lebewesen konzentrierte. Ja, Marco schloss nun nicht mehr aus, dass auch er eines Tages so verschroben werden würde wie sein Papà und anfing, mit den Bäumen zu reden.

Die Sitzbank lag am obersten Ende des Hains, beschattet von einer Kastanie. Von hier aus hatte man den perfekten Blick auf das Tyrrhenische Meer, die steile Küste, den Ort Amalfi, aber auch das auf Dach des Pantanella-Hauses. Kein Wunder, dass dies der Lieblingsort seines Vaters war, dachte Marco, als er hier oben ankam. Man fühlte sich wie der König der Welt. Der König der kleinen amalfitanischen Zitronenwelt. Von allen Lasten befreit.

Marco setzte sich, zog die Flipflops aus und genoss den warmen Sand und das trockene Gras unter seinen Füßen. Am Horizont sah er die weißen Kondensstreifen von Sportflugzeugen, auf dem Wasser verfolgte er den Weg der Boote und Yachten. Je länger er dort saß, desto heiterer und leichter wurde ihm. Sein Kopf leerte sich vollkommen, sein Körper entspannte sich, seine Glieder wurden schwer.

Marco erwachte, als sich sein Vater plötzlich und unerwartet neben ihn setzte.

»*Scusa,* Marco.«

Raffaele legte Marco seine Hand auf den Unterarm. »Ich habe schlimme Sachen gesagt vorhin. Es tut mir so leid.«

»Schon gut, Papà.« Marco hatte nicht gemerkt, dass er eingeschlafen war, und fühlte sich nun leicht benommen. »Es ist okay.«

Raffaele nickte. »Danke. Danke dir. Dass Paolo gestorben ist …« Er schüttelte den Kopf und bekreuzigte sich. »Es ist nicht die Trauer, die ich bei deiner Mutter gespürt habe, wie könnte es auch? Aber …« Er hielt inne und suchte nach Worten. »Der Tod rückt näher. Ich kann seinen Atem spüren.«

Marco griff nach der Hand seines Vaters und drückte sie zum Zeichen, dass er verstand. Er erwiderte nichts, sondern ließ dem Schweigen zwischen ihnen Raum. Erst als er das Gefühl hatte, dass auch Raffaele zur Ruhe kam, antwortete er.

»Papà, Paolo war ein bisschen älter als du, aber er war auch ein kranker Mann. Das bist du nicht. Du wirst nicht ewig leben, aber die Zeit, die dir noch bleibt, kann ganz wunderschön werden. Ich bin jetzt da, Lisabetta und Pippo. Du bist nicht mehr allein. Deine Enkel kommen zu Besuch, sie lieben dich, das weißt du.«

Jetzt strahlte Raffaele. »Ah! Die Enkel! So liebe Kinder!«

Marco nahm seinen Mut zusammen. »Und um die Kinder geht es mir auch. Ich möchte diese Farm erhalten. Ich möchte aber, dass sie nicht einfach nur da ist, so wie sie immer da war. Ich möchte, dass sie überlebt.«

Nun drehte sich Raffaele ganz zu ihm und sah ihm aufmerksam in die Augen. Marco fühlte sich ermutigt weiterzusprechen. Es war der richtige Zeitpunkt, das wusste er.

»Ich möchte, dass die *sfusato amalfitano* unserer Familie auch Platz in den neuen, modernen Zeiten hat. Ich wünsche mir, dass es uns gelingt, alles, was an Tradition gut und wichtig ist, zu bewahren. Aber wir müssen erstens auch auf dem Markt bestehen – der sich sehr gewandelt hat – und zweitens ökologischer denken. Sonst stirbt die Plantage mit dir.«

Raffaele holte tief Luft, blieb aber stumm. Marco bemerkte jedoch, dass sich in den Augen des Alten das Wasser sammelte. Rasch stand sein Papà auf, stützte sich auf seinen Stock und trat den Rückweg an.

»Komm, mein Junge. Es ist Zeit fürs Abendessen.«

Marco stand auf. Die Worte waren zu Raffaele durchgesickert, das hatte er gemerkt. Aber würde sein Vater jemals darauf reagieren?

»Und dann erzählst du mir von deinen Plänen«, sagte dieser jetzt über die Schulter, als könne er die Gedanken seines Sohnes lesen. »Von dieser Regenwasseraufbereitungsanlage und den Solarzellen und der ganzen Spinnerei.«

Marco konnte sich ein Lächeln nicht verkneifen. Raffaele hatte sich also sehr wohl alles gemerkt, was er ab und an fallen ließ. Dieser störrische alte Esel!

Er folgte ihm auf dem steinigen Weg durch den Zitronenhain zum Haus.

Sie saßen an diesem Abend noch lange beisammen, und Marco erläuterte Raffaele Punkt für Punkt, wie er sich die Zukunft auf der Plantage vorstellte. Er wollte eine behutsame Erneuerung – automatische Förderbänder oder Sprinkleranlagen hielt er für zu teuer, störanfällig und überflüssig. Er wollte an der Methode mit den Erntehelfern, die die Zitronen per Hand ernteten und die Kisten selbst zu dem kleinen Lastenaufzug brachten, festhalten. Dieser Punkt war auch Raffaele sehr wichtig. Er war fest davon überzeugt, dass sich auf der Plantage menschliche Arbeit nicht durch Maschinen ersetzen ließ, und das sah Marco genauso. Ihm schwebte allerdings vor, ihre Farm in Zukunft energiesparender aufzustellen – mit Solarzellen, die die südliche Sonne in Strom umwandeln sollten, mit welchem sie wiederum eine kleine Wasseraufbereitung betreiben konnten. Und damit auch die Pumpen, die das aufbereitete Wasser in neu verlegte Leitungen pumpten, mit welchen der Hain bewässert werden sollte. Dass man all das digital steuern konnte, faszinierte seinen Vater ungemein, und nach einigen Stunden des Zusammensitzens und Redens, Essens und Trinkens war Raffaele auf einmal Feuer und Flamme für die Pläne seines Sohnes.

Er willigte sogar ein, dass Marco sich sofort darum bemühte, Breitbandkabel bis ins Pantanella-Haus verlegen zu lassen.

»Dann können wir auch alles Mögliche online abwickeln, Papà. Futterbestellung für die Ziegen genauso wie einen kleinen Online-Shop. Wir können unsere Zitronen und ein paar Produkte selbst vertreiben, damit wir auch in dieser Beziehung unabhängiger sind. Matteo bastelt uns eine Website.«

Nur mit den Plänen für ein Agriturismo hielt Marco noch hinter dem Berg. Er wollte Raffaele keinesfalls überfordern. Außerdem wusste er selbst noch nicht, ob er das wirklich wollte.

»Wenn wir einen Kredit aufnehmen – nur so lange, bis ich die Abfindung habe –, dann könnten wir diesen Winter schon durchstarten.«

Raffaele schüttelte nur immer wieder den Kopf. »Wie soll das alles gehen, Marco? Wer soll das bezahlen?«

»Die Investition haben wir in ein paar Jahren locker wieder erwirtschaftet, Papà. Hab ich dir doch vorgerechnet. Wir zahlen nicht mehr für Wasser und Strom – das haben wir dann alles selbst! Wir müssen nur jetzt etwas Geld in die Hand nehmen.«

»Aber finde mal jemanden, der das alles baut! Die Handwerker ziehen uns doch über den Tisch.«

»Ich wollte Salvi ansprechen. Du weißt doch, Salvatore, mein alter Kumpel. Der ist Installateur, Heizungsbau und so. Der kennt sich aus. Und dann können wir ganz viel auch in Eigenleistung machen – zusammen mit Pippo.«

Raffaele nickte. » *Va bene. D'accordo …*[*]«

Er stand auf und holte eine Flasche Strega aus dem Schrank. Dann stellte er zwei Gläschen auf den Tisch und goss ein. Feierlich reichte er seinem Sohn eines der Gläser, dabei blieb er stehen.

»Auf dich, Marco, und deine Pläne. Auf die Zukunft!«

»Auf die Zukunft, Papà!«

Die Gläschen stießen klirrend aneinander, die beiden Männer tranken, und dann umarmten sich Vater und Sohn innig.

Als Marco in dieser Nacht auf seinem Balkon mit Lisabetta Kurznachrichten austauschte, war er unglaublich erleichtert. Er wusste, dass er die bevorstehenden Aufgaben bewältigen würde – mit Raffaele, Lisabetta und Pippo an seiner Seite.

---

[*]   Also gut, ich bin einverstanden …

Am nächsten Tag stand er schon vor sechs Uhr auf. Er war motiviert durch das Gespräch mit seinem Vater und drehte eine frühe Runde durch den Zitronenhain. Fütterte die Ziegen, gab ihnen frisches Wasser und lief die zweihundertsechsundvierzig Steinstufen hinunter nach Amalfi. Er wollte eine Runde im Meer schwimmen, bevor die letzten späten Badegäste kamen, und danach einen kleinen *caffè* bei Lisa in ihrer neuen Wohnung trinken.

Er durchquerte die schmalen Gassen Amalfis, in denen sich die Kühle der Nacht noch hielt, lief die unzähligen Treppen durch die Altstadt, überquerte schließlich die Amalfitana, lief auf dem steinigen Strand zum Steg und tauchte an dessen Spitze mit einem Hechtsprung ins Wasser. Ein paar Yachten dümpelten verschlafen in der Bucht, weiter draußen waren zwei der letzten Fischerboote zu sehen, ansonsten war alles noch ruhig, und Marco hatte das Gefühl, das Meer ganz für sich allein zu haben. Mit kräftigen, weit ausholenden Zügen schwamm er gen Horizont und fühlte sich frisch und stark. Er spürte, dass dies ein guter Tag werden würde.

Nach dem kurzen Besuch bei Lisabetta erklomm Marco schließlich am späten Vormittag wieder die Treppen zum Pantanella-Grundstück – sehr viel mühsamer, als er sie einige wenige Stunden zuvor noch hinuntergelaufen war. Oben angekommen, sah er, dass sie Besuch hatten. Stefano Lamarttines Wagen stand auf dem Parkplatz, und noch bevor Marco sich wundern konnte, was der Besuch bedeutete, sah er schon Stefano und Raffaele ihm entgegenkommen, Ersterer mit von Sorgen zerfurchtem Gesicht.

»Stefano!«, begrüßte Marco ihn. »Was können wir für dich tun?«

»Ich muss etwas mit euch besprechen«, antwortete dieser. »Etwas Unangenehmes. Lasst uns uns lieber hinsetzen.«

Raffaele und Marco wechselten einen verwunderten Blick. Was sollte das wohl sein? Sie hatten beide keine Ahnung, was Stefano von ihnen wollte.

Als sie im Wohnzimmer am großen Tisch Platz genommen hatten, holte Stefano ein zusammengefaltetes Papier aus seiner Jacketttasche und räusperte sich. »Ich war heute beim Notar, um die Unterlagen durchzusehen, die mein Vater hinterlassen hat.«

Er stockte und drehte verlegen das Papier in seinen Händen. Schließlich seufzte er und reichte es Raffaele. Der faltete das Papier auseinander, las und wurde auf der Stelle bleich.

»Das kann nicht sein.«

Mit diesen Worten reichte er die Kopie an seinen Sohn weiter. Marco überflog die Wörter auf dem Zettel, und in der Tat war der Inhalt ungeheuerlich.

Es handelte sich um einen Schuldschein. Datiert war er vom 2. September 1942. Darin überschrieb Vittorio Pantanella – das war der Vater von Raffaele – ein Drittel seines Grundstücks an Ignazio, den Großvater von Mimmo! Offensichtlich handelte es sich um Spielschulden, das Papier war außerdem von Zeugen unterzeichnet worden – und einer der Zeugen hieß Leonardo Lamarttine.

»Mein Großvater«, erläuterte Stefano jetzt. »Anscheinend ist die Schuld nie beglichen worden.«

»Wie kann das sein?« Marco verstand die Welt nicht mehr.

»Soviel ich weiß, ist Ignazio im Krieg gefallen. Ich kann es mir nur so zusammenreimen, dass mein Großvater das Schriftstück verwaltet hat, sozusagen als Unparteiischer. Ich vermute aber, dass er die Existenz verschwiegen hat. Und so hat es offensichtlich nach ihm auch mein Vater gehalten.« Jetzt wandte sich Stefano direkt an Raffaele. »Aus Solidarität mit dir, Raffaele.«

»Wenn so lange Jahre niemand davon wusste, warum jetzt schlafende Hunde wecken?«, erwiderte dieser.

Nun musterte Stefano intensiv seine Fingernägel, bevor er stockend antwortete.

»Claudia – meine Frau – war heute mit mir beim Notar.«

Marco entfuhr ein Fluch. Stefano musste nichts weiter sagen, sie alle hier am Tisch wussten, dass Claudia eng mit Natalia, der Ehefrau von Mimmo, befreundet war. Und das hieß nichts weiter, als dass Mimmo mit Sicherheit schon jetzt wusste, dass er ein Anrecht auf ein Drittel des Grundbesitzes der Pantanellas hatte.

Was hatte er noch vor zwei Stunden gedacht?, erinnerte Marco sich nun. Dass heute ein guter Tag werden würde?! Nun, da hatte er sich eindeutig zu früh gefreut.

Amalfi, 1997

Lisabetta

Immer und immer wieder fuhr sie mit den Händen sanft über den Bauch. Sie konnte es spüren, das Leben, das da heranwuchs, in ihr, in ihrem Körper. Ein Kind ... wie sie. Sie war doch auch noch ein Kind.

Ein erneuter Weinkrampf schüttelte Lisabetta, tiefe Verzweiflung hatte sie erfasst. Wie konnte etwas so Schönes gleichzeitig so furchtbar sein?

Das Mädchen biss sich ins Handgelenk, damit die Eltern und ihre Brüder ihr Schluchzen nicht hörten. Es war tiefste Nacht, aber sie konnte nicht schlafen. Seit Wochen schon, seit sie geahnt hatte, was mit ihr los war, lag sie nachts wach.

Und weinte.

Sie war neunzehn Jahre alt, sie hatte gerade eben ihre Schule abgeschlossen, dieser Sommer sollte der Sommer ihres Lebens werden. Sie war so sorglos und frei von quälenden Gedanken an die Zukunft gewesen, hatte die Tage und Nächte unbeschwert genossen. Partys gefeiert, Freundschaften geschlossen und ja, das erste Mal in ihrem Leben mit einem Jungen geschlafen.

Und nun lag sie hier, war schwanger von einem Typen, den sie nicht besonders gut kannte, schlimmer noch, von dem sie nicht einmal eine Adresse hatte! Jörg aus Tübingen.

Das war alles. Einen Namen und eine unbekannte deutsche Stadt.

Was sie von ihm wusste, war, dass er wunderbare hellblaue Augen gehabt hatte und blonde Locken. Dass er Nirvana-Fan war und göttlich Gitarre spielen konnte. Dass er surfte, besser als die einheimischen Jungs von der Küste. Dass er sang wie Kurt Cobain und dass sie Gänsehaut bekommen hatte, als er mit den Fingerspitzen ihr Gesicht zum ersten Mal berührt hatte …

Er hatte ihr gefallen, sehr gut gefallen, aber dass sie sich auf ihn eingelassen hatte, mehr als auf alle anderen Jungs vor ihm, hatte damit zu tun, dass er keiner von hier war. Keiner aus ihrer Clique, keiner von der Küste.

Sie wollte das erste Mal mit jemandem erleben, der fremd war, der irgendwann wieder abreiste und das Geheimnis mit sich nahm. Denn sie hatte es ja bei Freundinnen erlebt, hatte gehört, wie die Jungs untereinander redeten. »Angela ist steif wie ein Brett« oder »Adriana geht ab wie eine Rakete«. Sie hatte dieses Geprotze und dumme Geschwätz immer schrecklich gefunden und nie gewollt, dass jemals so über sie geredet wurde.

Deshalb war sie zu Jörg in das Zelt gekrochen. Hatte mit ihm Gras geraucht und Wein getrunken. Und dann …

Es war auch für ihn das erste Mal gewesen, das hatte sie natürlich gerührt. Sie waren beide unheimlich nervös, deshalb war es auch nicht richtig toll gewesen.

Aber sie hatten es wieder versucht. Und wieder. Und irgendwann war es dann wirklich schön gewesen.

Und das mit der Verhütung … sie hatten es versucht, aber Jörg war eben Anfänger, und sie wollte keine Spielverderberin sein.

Jetzt war sie schwanger. Im vierten Monat. Und Jörg längst wieder in Tübingen.

Lisabetta weinte sich jede Nacht in den Schlaf. Sie wollte nicht mehr essen und mit niemandem reden. Sie ging allen aus dem Weg. Das Seltsame daran war, dass sich keiner um sie Sorgen zu machen schien. Ihre Eltern arbeiteten rund um die Uhr. Ihre Brüder interessierten sich nie für sie. Richtig gute Freundinnen hatte sie nicht. Und ihre Clique …

Ach ja, die Clique. Marco, Pippo, Mimmo und Salvi. Und eigentlich auch Remo. Seit sie mit der Schule fertig waren, war es nicht mehr so wie früher. Jeder machte sein Ding, und ganz besonders Lisabetta hatte ihr Ding gemacht. Sie konnte nicht erklären, warum sie plötzlich nicht mehr mit den Jungs abhängen wollte. Sie wollte leben, ihre Grenzen sprengen, sie wollte einfach mehr!

Nun dachte sie mit Wehmut an ihre Jungs. Wie gerne würde sie jetzt mit ihnen in der Höhle sitzen, oben am Wanderweg. In der geheimen Höhle, in der nur sie sich trafen. Pippo war für das Feuer zuständig, Marco brachte Wein mit, und dann saßen sie da und blödelten herum.

Erneut wurde Lisabetta von Tränen geschüttelt und drehte sich auf die Seite. So war ihre Kindheit gewesen, ihre Jugend, und sie hatte das Gefühl, dass nun alles vorbei war. Ihr Leben. Ihre Unbedarftheit. Das Abenteuer. Sie sollte das Leben doch eigentlich noch vor sich haben, es sollte jetzt beginnen, jetzt! Sie hatte so große Pläne gehabt. Sie wollte reisen und studieren, als Au-Pair nach Amerika gehen …

Stattdessen lag sie hier und wusste, dass sie Mutter werden würde.

Und sie wusste, dass sie ihre Familie verlieren würde. Nie

und nimmer würde ihr Vater ein uneheliches Kind akzeptieren. Und nicht nur das! Das Kind eines Mannes, den sie nicht kannte. Eines Fremden, der längst über alle Berge war.

Lisabetta wusste, ihre einzige Chance war es, von hier zu verschwinden. Sie musste ihren Eltern die Schande ersparen. Und sich selbst auch. Es wäre kein Leben hier in Amalfi, wo jeder jeden kannte und alle über alles redeten.

Was für ein Leben wäre das auch für ihr Kind!

Nein, sie musste von hier verschwinden. Am besten, sie bemühte sich sofort um eine Au-Pair-Stelle. Sie würde so schnell wie möglich nach Amerika gehen und dort das Kind zur Welt bringen.

Und dann?

Lisabetta wischte sich die Tränen aus dem Gesicht und starrte an die Decke. Sie hatte ihre Flucht in Gedanken schon so oft geplant, warum brachte sie nicht den Mut auf, es einfach zu tun? Warum rief sie nicht morgen früh bei der Vermittlungsstelle an?

Sie hatte das Gefühl, dass ihr das Leben aus den Händen geglitten war. Und sie fühlte sich schrecklich allein damit, so allein. Sie brauchte Hilfe, jemanden, dem sie sich anvertrauen konnte.

»Lisa!«

Jemand rief nach ihr. Vor ihrem Fenster. Sie wusste sofort, dass es Marco war, und stand auf, um ihm zu öffnen.

Marcos blasses, von seinen dunklen Locken eingerahmtes Gesicht schien ihr hell aus dem Dunkel des Gartens entgegen. Er sah traurig aus. Und wütend. So war er in der letzten Zeit oft, dachte Lisabetta, traurig und wütend. Er hatte seine Unbeschwertheit verloren, er, der immer gelacht und Quatsch gemacht hatte.

Kein Wunder, denn seine Mutter war erst kürzlich gestorben.

Magdalena, auch Lisabetta hatte sie sehr geliebt. Magdalena Pantanella wurde von allen geliebt, sie war sanft gewesen und liebevoll, sie hatte immer gesungen, und nie hatte Lisabetta ein böses Wort von ihr gehört.

Leukämie, nichts zu machen, das hatte Marco ihnen eines Abends in der Höhle erzählt, und während sie ihn fassungslos ansahen und Worte der Teilnahme suchten, hatte er mit den Achseln gezuckt und getan, als sei nichts weiter.

Leukämie. Nichts zu machen.

Und nun stand er hier, nachts, vor ihrem Fenster, traurig und wütend. Früher war er so oft gekommen, manchmal mitten in der Nacht, und hatte sie aus dem Schlaf geholt. Aber auch das hatte aufgehört.

Lisabetta kam es vor, als hätte jemand eine Bombe in ihre kleine Freundesclique geworfen. Nichts war mehr wie früher, ihr Zusammenhalt war zerbrochen, als hätte es ihn nie gegeben. Aber jetzt versuchte sie, sich zusammenzunehmen.

»Marco, was gibt's?«

»Hast du geweint?«

Lisabetta nickte und wischte sich rasch die Augen trocken. Sollte sie es ihm sagen? Jetzt war die Gelegenheit, mit jemandem zu reden. »Ist egal, nichts Wichtiges.«

Marco nickte und schwang seine Beine über das Fensterbrett, auf dem er dann sitzen blieb. Er fragt gar nicht nach, stellte Lisabetta fest. Interessiert es ihn denn nicht?

»Ich wollte dir das geben.« Marco hatte etwas aus seiner Jeanshosentasche gefummelt und reichte es Lisabetta. Sein Blick war düster.

Sie nahm den Gegenstand. Es war sein kleines Kindertaschenmesser in der Lederhülle. Er trug es immer mit sich herum. Sie sah ihm in die Augen.

»Warum? Es ist … du hast es immer dabei! Nein, Marco, ich nehme es nicht.«

Sie streckte es ihm entgegen, aber er wollte es nicht zurücknehmen.

»Ich hau ab, Lisa.«

»Was?« Ihr wurde schlecht. Sie setzte sich zurück auf ihr Bett. Sie wusste, was er gesagt hatte. Und sie wusste, was er meinte. Er hatte so oft darüber gesprochen, aber sie hatte es nie für möglich gehalten, dass Marco wirklich Ernst machen würde.

Jetzt sah er ihr offen in die Augen. Lisabetta schien es, als könne sie in dem Moment tief in seine Seele blicken.

»Ich weiß nicht, was ich hier soll. Mit meinem Vater halt ich's nicht aus. Der hat nur die Zitronen im Kopf. Und ist immer mies drauf. Ist ihm doch egal, ob ich da bin oder nicht.«

Er schüttelte sich die Locken aus dem blassen Gesicht.

»Ich nehm den ersten Zug nach Neapel. Rucksack hab ich gepackt. Und dann mal sehen. Vielleicht geh ich nach Afrika.«

Lisabetta sah ihn an, sie wollte ihm so gerne sagen, dass er dableiben solle, dass sie ihn brauchte. Dass sie schwanger war und nicht wusste, was sie machen sollte.

Aber statt etwas zu sagen, quollen ihr Tränen aus den Augen. Sie weinte hemmungslos, alles war einfach nur vergeblich.

Marco sah sie verlegen an, sicher dachte er, dass sie wegen ihm weinte. Er beugte sich zu ihr und küsste sie auf die Haare.

»*Ti amo*, Lisa.«

Dann sprang er aus dem Fenster zurück in den Garten, und die Schwärze der Nacht verschlang ihn.

Marco, bleib! Hilf mir! wollte sie rufen, aber sie war vollkommen unfähig, auch nur einen Laut herauszubringen. Die Nachricht, dass er gehen, Amalfi verlassen würde, ließ sie wie gelähmt zurück.

Lange stand sie am offenen Fenster und starrte hinaus in die Dunkelheit, immer in der Hoffnung, dass sein schmales weißes Gesicht erscheinen und er ihr sagen möge, dass alles nur ein Scherz war.

Aber er kam nicht.

Marco war weg.

Sie hatte es nicht geschafft, ihren ältesten und besten Freund um Hilfe zu bitten.

Dabei war sie Marco von all ihren Freunden am engsten verbunden. Sie wusste, dass er sie liebte, dass er in sie verliebt war, seit sie sich kennengelernt hatten, damals, mit Pippo an der heißen und staubigen Straßenkehre vor ihrem Haus. Sie hatten ein Hüpfspiel gespielt, und Marco hatte von der ersten Sekunde an Streit gesucht. Bloß um sie gleich nach dem Spiel zu fragen, ob sie am nächsten Tag schon etwas vorhatte. Wie alt waren sie damals gewesen? Sieben, acht, neun? Lisabetta wusste es nicht, aber sie konnte sich wie in einem Film an jedes Bild erinnern.

Seit diesem Tag hatte sie gewusst, dass sie einen festen Platz in seinem Herzen hatte. Er hatte sie zwei Mal gefragt, ob sie ihn heiraten wolle. Als kleiner Junge auf dem warmen Deck der *Undine* und erst kürzlich noch einmal.

Beim ersten Mal hatte sie Ja gesagt, beim zweiten Mal hatte sie ihn ausgelacht.

Mit einem Mal wusste Lisabetta, was sie versäumt hatte.

Was sie nicht gesehen hatte, weil sie es nicht hatte sehen wollen.

Warum, um Himmels willen, war sie niemals ihrem Herzen gefolgt?

Warum hatte sie nicht Marco lieben können, so, wie er sie liebte?

Weil er schon immer da war?

Weil sie seiner so sicher war?

Hatte sie seine Liebe verschmäht, weil sie keine Herausforderung gewesen war?

Aber all das, all ihre Fehler und Versäumnisse der Vergangenheit waren mit einem Male egal.

Lisabetta wusste, was sie tun musste. Packen, und zwar schnell. Wann ging der erste Bus nach Neapel? Kurz nach fünf, das wusste sie, unten an der Hauptstraße. Sie hatte noch vier Stunden Zeit, sie würde jetzt heimlich ihre Sachen zusammensuchen und sich dann noch ein wenig hinlegen. Sie fühlte sich zu schwach, um jetzt gleich aufzubrechen und dann an der Bushaltestelle so viele Stunden zu warten. Außerdem war die Gefahr groß, dass ihre Eltern noch einmal einen Blick in ihr Zimmer warfen, um zu kontrollieren, ob sie auch wirklich zu Hause war. Zu oft war sie nachts aus dem Fenster gestiegen und hatte sich auf den Weg in die Disko oder die Campingplätze gemacht.

Sie fischte ihre große Reisetasche unter dem Bett hervor und warf hinein, was sie meinte zu brauchen. Klamotten, ihr Tagebuch, ein Kuscheltier. Später, wenn alle schliefen, würde sie ihre Kosmetiktasche im Bad packen.

Ein Badeanzug. Als der in der Tasche landete, musste Lisabetta sich auf die Lippen beißen. Badeanzug? Wofür? Sie bekam langsam einen dicken Bauch, was dachte sie eigentlich? Dass sie mit Marco am Strand herumlungern könnte?! Trotzdem blieb der Anzug drin. Das Taschenmesser von Marco steckte sie in die Hosentasche. Sie war sich so sicher, dass dies die richtige Entscheidung war. Abhauen mit Marco, der sie liebte. Und sie liebte ihn!

Erschöpft legte sich Lisabetta aufs Bett, stellte sich den Wecker auf halb fünf und machte die Augen zu.

Als der Wecker klingelte, war sie wie benommen. Trotzdem hievte sie sich mühsam aus dem Bett, die Knochen wie zerschlagen, der Kopf wattig.

Lisabetta huschte ins Bad, wusch sich rasch, putzte die Zähne und steckte das Nötigste in den Kosmetikbeutel. Sie konnte sich unterwegs kaufen, was sie brauchte – Duschgel, Shampoo. Sie wollte nicht, dass ihrer Familie auf den ersten Blick auffiel, dass sie ihre Sachen mitgenommen hatte und verschwunden war.

Es war noch dunkel, als sie mit ihrer Reisetasche den Weg nach Amalfi hinunter antrat. Aber die Vögel waren bereits wach und sangen mit Inbrunst. Lisabetta fühlte sich entsetzlich schwach, aber im Herzen haderte sie keine Minute mit ihrem Entschluss. Marco würde sie bestimmt mitnehmen, und zu zweit würde alles viel leichter sein. Sie waren jung, und auch mit Baby gab es eine Zukunft für sie.

Lisabetta lief die ersten Treppen der Altstadt hinab, als ihre Beine plötzlich unter ihr nachgaben. Der Würgereiz kam schnell, aber heftig. Zitternd beugte sie sich über ein Mäuerchen und erbrach sich in den dahinterliegenden Garten. In der letzten Zeit hatte sie oft mit dieser morgendlichen Übelkeit zu kämpfen, aber heute war es besonders schlimm. Ihr wurde schwarz vor Augen, ihr brach der

Schweiß aus, ihr Körper zeigte ihr deutlich, dass er zu wenig Schlaf und Erholung bekommen hatte.

Sie setzte sich auf die Treppen und legte den Kopf auf die Arme, um wieder zu Kräften zu kommen. Als sie endlich in der Lage war, sich aufzurichten und weiterzugehen, war es kurz vor fünf. Der Bus!

Lisabetta packte ihre Tasche und lief, so schnell sie konnte, aber es war mühsam mit der Reisetasche, die ihr treppab gegen die Beine schlug.

Als sie die Amalfitana endlich erreichte, schweißüberströmt, sah sie gerade noch die Rücklichter des Busses.

Marco!

Fassungslos starrte Lisabetta dem Bus hinterher, sah die Rücklichter kleiner und kleiner werden. Da fuhr ihre Hoffnung hin. In einer Stunde kam wieder ein Bus, aber wie sollte sie Marco finden? Irgendwo in Neapel? Das traute sie sich nicht zu.

Es war vorbei, der kurze Glaube daran, dass sich doch noch alles zum Besseren wenden würde, war in sich zusammengefallen, zunichtegemacht.

Lisabetta ließ die Reisetasche fallen. Ein einsames Licht kam jetzt aus der Richtung, in die der Bus verschwunden war, auf sie zu. Ein Motorrad. Als es Lisabettas Höhe erreicht hatte, bremste der Fahrer und schwenkte hinüber auf ihre Straßenseite.

Es war Remo.

Lisabetta wusste, dass er frühmorgens Zeitungen ausfuhr, obwohl sein Vater ein gutverdienender Mann war. Aber er war streng, und Remo sollte lernen, was es hieß, sein eigenes Geld hart zu verdienen – bevor er vom Geld seiner Eltern leben durfte.

»Lisabetta«, sagte er nur, Staunen in seinem Blick.

Remo war der Letzte, dem sie sich anvertrauen wollte. Aber Lisabetta konnte einfach nicht mehr an sich halten. Unter seinem sorgenvollen Blick brachen bei ihr alle Dämme. Unter Tränen erzählte sie ihm – hysterisch und verworren –, was passiert war. Von Jörg und dem Baby, von Marco und ihrer verpatzten Chance abzuhauen. Von der Angst vor ihren Eltern, von dem Frust, mit all den Problemen allein zu sein.

Remo sagte kein Wort. Er sah sie nur an, wie sie weinte und weinte und ihre Geschichte hervorstotterte. Als sie nur noch schniefte und am Ende war mit ihrem ganzen Elend, kramte er ein Taschentuch hervor, das er ihr reichte.

»Ich sage, dass das Kind von mir ist.«

Lisabetta starrte ihn an.

Fünf Monate später wurde Andrea Maria Zatrelli geboren. Er hatte das dunkle lockige Haar seiner Mutter und seltsamerweise strahlend blaue Augen. Niemand in der Familie Zatrelli oder Amato hatte je blaue Augen gehabt, aber dafür wurde Andrea umso mehr geliebt.

Er war der ganze Stolz der Familie.

Amalfi, heute

Marco

Wie der Schwanz einer gigantischen Schlange zog der Strom der Trauernden durch den Säulengang des Friedhofs von Amalfi. Vorne der Pfarrer, hinter ihm etliche junge Männer, die Weihrauch schwenkten und Standarten mit Marienbildern trugen.

Gleich darauf folgte die große Familie von Paolo Lamarttine, hinter der sich Freunde, Geschäftspartner und Bürger von Amalfi anschlossen. Marco schätzte grob dreihundert Menschen, die vom überall beliebten Paolo Abschied nahmen.

Der Kopf des Trauerzuges mit den Geistlichen und nächsten Angehörigen hatte die steinerne Grabstelle der Familie Lamarttine gerade erreicht, als die Letzten, die vom bedeutendsten Zitronenhändler der Küste Abschied nehmen wollten, noch nicht einmal am Fuße der Treppe angekommen waren, die zum Hauptplatz des Friedhofs führte.

Marco ging mit Raffaele und Pippo im vorderen Drittel, gleich hinter der Familie Amato – Lisabetta, ihr Vater Nino, ihre Mutter Annunziata und alle drei Brüder samt Ehefrauen und Kindern. Immer wieder drehte sich Lisabetta nach ihm um und lächelte ihn an. Sie sieht aus wie Sophia Loren, dachte Marco und schämte sich ein bisschen, dass er trotz des traurigen Anlasses Glück und Dankbarkeit empfand, wenn er sie nur ansah. Sie war wie alle hier ganz in Schwarz gekleidet, das Haar bedeckt von einem Tuch, außerdem trug sie, für Lisabetta sehr außergewöhnlich, einen engen Bleistiftrock und eine hochgeschlossene schwarze Bluse, beides stand ihr ausgezeichnet.

Marco, Pippo und Raffaele waren selbstverständlich in schwarze Anzüge gewandt, Raffaele mit dem Borsalino auf dem Kopf, den er seit der Beerdigung seiner Frau nicht mehr getragen hatte. Der Hut war bereits ein wenig angestaubt, und Marco hatte vorgeschlagen, seinem Papà einen neuen zu kaufen, aber Raffaele hatte abgelehnt.

»Die nächste Beerdigung, bei der ich ihn tragen werde, wird meine eigene sein. Und glaub mir, da sind weder Staub noch Mottenlöcher mein Problem.«

Ein schlagendes Argument, dem Marco nichts entgegenzusetzen hatte.

Marco drehte sich um und erblickte weiter hinten Remo und die beiden Söhne Matteo und Andrea, der aus Neapel gekommen war. Sie blieben in einigem Abstand zur Familie Amato, denn zumindest Remo musste sich immer noch von Lisabettas Vater fernhalten, so hatte sie es ihm erzählt. Die gemeinsamen Söhne von Lisa und Remo hatten sich jedoch entschieden, ihren Vater nicht alleine gehen zu lassen. Der jüngere von beiden, Matteo, der Remo wie aus dem Gesicht geschnitten war, hatte Marco entdeckt und nickte ihm zu. Er hatte ein paar Wochen zuvor, als Marco mitten in seiner Ehekrise gewesen war und seine Kinder mit nach Amalfi genommen hatte, ein Techtelmechtel mit Marcos Tochter Sabrina gehabt. Nun war Marco froh, dass es dabei wohl nicht zu mehr als einem kleinen Flirt gekommen war, denn er hätte es nicht gerne gesehen, wenn Lisabettas Sohn seiner Tochter das Herz gebrochen hätte.

Hinter Remo und den Söhnen entdeckte Marco einige andere bekannte Gesichter, darunter Franco, den Wirt, mit seiner Familie, natürlich die Nachbarn Serafina und Giuseppe, Mimmo mitsamt seiner russischen Frau Natalia und den drei kleinen Mädchen, die aussahen wie trauernde Puppen und in schwarze Rüschen und Schleifen gepackt waren.

Salvatore, der fünfte Freund aus Kindertagen, war ebenso mit seiner Ehefrau hier wie viele andere Einwohner von Amalfi, aber auch aus den umliegenden Dörfern, Maiori und Minori, Praiano und Positano.

Die Frauen trugen fast alle Kopftücher, die älteren Männer Hut, jeder Zweite hatte einen Rosenkranz in den Händen, es wurde geweint, gejammert und gebetet. Sehr traditionell und ergreifend, stellte Marco fest, so ganz anders als die wenigen Beerdigungen, die er in Deutschland erlebt hatte.

Nun kam der Zug zum Stehen, und aus den Lautsprechern, die entlang des offenen Säulenganges angebracht waren, drangen scheppernd die Worte des Pfarrers an der Grabstelle. Im Anschluss an seine Rede beteten alle gemeinsam, das Gemurmel aus vielen Kehlen schwoll laut an, sodass man meinen könnte, es sei noch auf Ischia und Capri zu hören. Zu allem brannte eine heiße Herbstsonne auf die Trauernden – eine Szene, die direkt aus dem *Paten* von Coppola hätte stammen können.

Raffaele neben ihm stützte sich schwer auf Marcos Arm.

»Kannst du noch, Papà?«

Das lange Stehen in der Hitze, zwischen so vielen Menschen, noch dazu eingezwängt in einen Anzug, machte seinem Vater sichtlich zu schaffen. Auch die Tatsache, dass sein engster Freund das Zeitliche gesegnet hatte, verbunden mit der schlechten Nachricht von dem ominösen Schuldschein des Großvaters, schwächte Raffaele Pantanella zusehends.

»Geht schon, geht schon.« Raffaele zog ein missmutiges Gesicht. »Aber lass uns gleich von hier verschwinden, wenn wir unser Beileid ausgesprochen haben.«

Marco warf Pippo über den Kopf des Vaters hinweg einen Blick zu, und dieser nickte. Er würde sie beide begleiten. Marco hatte Pippo ohnehin noch nichts von dem Schuldschein erzählt, die Gelegenheit dazu hatte sich noch nicht ergeben. Nur Lisabetta wusste Bescheid und glaubte ebenso wie Marco, dass sich die Sache mit einem kurzen Gespräch mit Mimmo aus der Welt schaffen ließ.

Es ging nur sehr stockend vorwärts, und während sie in der Sonne standen und darauf warteten, endlich am Grab von Paolo ihr Beileid bezeugen zu können, drehte sich nun Nino Amato vor ihnen in der Schlange um.

»Raffaele, mein Lieber, ich habe ein paar wunderschöne Wolfsbarsche gefangen, was meinst du, kommt ihr nachher zu uns? Wir könnten ein Gläschen auf Paolo trinken?«

Raffaele winkte mürrisch ab. »Danke, Nino. Aber heute ist mir nicht nach Feiern. Ich muss mich hinlegen.«

Auf Ninos Gesicht machte sich Enttäuschung breit, und Marco beeilte sich einzulenken.

»Morgen kommen wir gerne, Nino. Danke für die Einladung. Papà ist ziemlich mitgenommen. Der Kreislauf …«

»Verstehe, verstehe. Dann also morgen. Du bist ein guter Junge, Marco.« Lisabettas Vater strahlte und klopfte Marco auf die Schulter. »Meine Tochter hätte dich schon vor zwanzig Jahren nehmen sollen, dann wäre uns einiger Ärger erspart geblieben.« Er schickte einen strengen Blick über Marcos Schulter hinweg dorthin, wo Remo stand.

»Papà!« Lisabetta fasste ihren Vater verärgert am Arm. »Hör doch endlich auf mit den alten Geschichten.«

»Wer weiß, Nino, ob du dann auch so prachtvolle Enkelsöhne bekommen hättest«, versuchte Marco einen hilflosen Scherz, um die Situation zu entkrampfen.

Nino lachte bitter auf. »Ich glaube, Lisabettas Gene haben sich durchgesetzt, und es fließt nur ein Prozent Mafiosiblut in ihren Adern. Schau dir doch mal Andrea an – er sieht aus wie seine Mutter, er hat nichts von seinem Vater! Gottlob.«

Dabei bekreuzigte er sich.

Matteo dagegen ist Remo wie aus dem Gesicht geschnitten, dachte Marco bei sich und wechselte einen Blick mit Lisabetta. Die rollte nur genervt mit den Augen.

»Zwanzig Jahre. Seit zwanzig Jahren die alte Leier, Papà. Wann hörst du endlich damit auf?«

Jetzt mischte sich Annunziata, Lisabettas Mutter, ein und zog ihren Mann zu sich.

»Niemals wird er damit aufhören, dieser alte Esel«, sagte sie ärgerlich. »Der nimmt seine Wut noch mit ins Grab.«

Nino fügte sich seiner Frau, aber Marco konnte hören, wie sich die beiden weiterhin leise zankten. Lisabetta tat ihm leid. Es musste furchtbar sein, wenn der eigene Vater den Ehemann unwiderruflich ablehnte und sogar so weit ging, die Tochter deshalb zu verstoßen. Er hatte von alldem nichts gewusst, nie hatte ihm jemals jemand erzählt, wie es Lisabetta ergangen war. Wie auch, er hatte ja seinerseits mit kaum jemandem Kontakt gehalten, nur mit Raffaele, und das auch nur sporadisch. Zum Glück hatten Lisa und Nino sich wieder ausgesöhnt, es war eine Erleichterung für die ganze Familie Amato.

Eine gute halbe Stunde später waren sie endlich so weit vorgerückt, dass sie den Verwandten von Paolo Lamarttine ihr Beileid ausdrücken konnten. Paolos Frau war seit Langem schon verstorben, auch das war etwas gewesen, was den Zitronenhändler und Raffaele Pantanella miteinander verbunden hatte. Aber einer seiner Brüder war noch am Leben, ein alter Mann im Rollstuhl, der vollkommen erschöpft schien von der Zeremonie. Raffaele umarmte ihn, murmelte ein paar Worte, legte seinen Strauß mit blühenden Zitronenzweigen* vor der Grabstelle ab und beeilte sich, vom Friedhof zu kommen.

Marco und Pippo folgten ihm, aber Marco gelang es vorher noch, sich für den Abend mit Lisabetta zu verabreden.

»Wieso taucht der vermaledeite Schein erst jetzt auf?« Raffaele schüttelte grimmig den Kopf.

Marco stellte den gusseisernen Topf, den er seit mehreren Stunden im Backofen gehabt hatte, auf den Tisch. Er hatte Kaninchen geschmort, ganz langsam, bei niedriger Temperatur. Giuseppe, der Nachbar, hatte ihm die Kaninchen am Morgen gebracht, er hatte sie frisch geschossen. Jetzt servierte Marco sie mit Zitronen, grünen Oliven, sehr viel Lorbeer und Weißwein, ganz so, wie er es von seiner Mutter in Erinnerung hatte. Natürlich war er damals zu jung gewesen und auch vollkommen desinteressiert an der Zubereitung von Speisen, aber den Geschmack konnte Marco noch viele

* Zitronen blühen ganzjährig.

Jahre später abrufen. Dazu gab es frisches Weißbrot und eiskalten Weißwein. Er stellte den Topf in die Mitte des Esstisches, Pippo und Raffaele sollten sich selbst bedienen.

»Ich weiß es nicht, Papà. Ich habe mir auch schon den Kopf darüber zerbrochen.«

Marco hob den Deckel des Topfes an, und eine würzigfrische Aromawolke stieg daraus empor, die den drei Männern das Wasser im Mund zusammenlaufen ließ.

»Ich kann es mir nur so zusammenreimen, dass der alte Lamarttine, der Vater von Paolo, den Wisch behalten hat, um deinen Vater zu schützen. Bestimmt wollte er nicht zulassen, dass Mimmos Großvater euch das Land abnimmt.«

»Aber warum hat der das Land nie eingefordert?«, fragte Pippo jetzt und schaufelte sich genüsslich eine große Portion geschmortes Kaninchen auf den Teller.

»Er ist gefallen. Oder jedenfalls direkt ein paar Tage danach gestorben.«

Raffaele und Pippo blickten ihn erstaunt an.

»Woher weißt du das?«

»Ich habe heute sein Grab auf dem Friedhof gesehen.«

Pippo pfiff zwischen den Zähnen hindurch. »Also hatte er keine Chance, die Schuld einzulösen.«

»Diese Lamarttines!«, schimpfte Raffaele. »Wieso haben sie den Schein nicht einfach zerrissen! *Madonna!*«

Marco zuckte mit den Schultern, während er sich und den beiden anderen am Tisch Wein eingoss.

»Wir werden es nicht mehr herausfinden, Papà. Sie sind alle tot, und es ist lange her.« Er hob sein Glas. »Auf die Lebenden!«

»Auf die Lebenden!« Pippo und Raffaele stimmten ein. »Salute!«

»Im Übrigen«, beeilte sich Marco seinen Papà zu beruhigen, »kann ich mir nicht vorstellen, dass der Schuldschein heute noch eine Bedeutung hat. Ich werde nachher mit Mimmo sprechen. Ich fahre kurz im *Bella Vista* vorbei.«

»Er ist ein Schlitzohr geworden, Marco«, gab Raffaele zu bedenken. »Habgierig und ein Karrierist.«

»Aber was soll er mit dem Drittel einer Limonenplantage?«, sprang Pippo seinem Freund Marco bei. »Er ist im Hotelgewerbe.«

»Und in vielen anderen Gewerben, das weißt du genau.« Raffaele guckte düster. »Schmeckt übrigens großartig, mein Sohn. Du hast das Talent deiner Mutter geerbt – Gott hab sie selig.«

»Auf Mamma!« Marco hob erneut sein Glas.

»Salute!«

»Auf Magdalena!«

»Und jetzt wird nicht mehr über das Thema geredet, basta«, beschloss Marco die Diskussion. »Ich kläre diese unselige Sache mit Mimmo, und das war's.«

Knappe zwei Stunden später machte er sich zu Fuß auf den Weg zum Hotel. Er wollte die Sache mit Mimmo rasch bereinigen und sich danach einen schönen Abend mit Lisabetta machen.

Im Foyer stieß er mit Nathalie zusammen, die ein bisschen gereizt zu sein schien.

»Schön, dass du dich auch mal wieder blicken lässt.«

»Ähm, hallo, Nathalie. Sorry, aber ich hab jetzt eine Verabredung mit Mimmo, es ist wichtig.«

Sie stemmte wütend die Hände in die Hüften. »Unsere

Sache ist auch wichtig! Oder denkst du, Stefan überlegt es sich und überweist dir deine Abfindung doch? So ganz ohne Widerstand, einfach weil er nett ist?«

»Ich weiß, Nathalie, du hast vollkommen recht. Aber ich habe grad wirklich andere Baustellen.«

»Hör mal, Marco. Ich bin vor über einer Woche hierhergekommen. Und zwar nicht, um Urlaub zu machen!« Nathalie blies sich eine widerspenstige rote Haarsträhne aus dem Gesicht. Sie war wirklich sauer. »Jetzt sitze ich immer noch hier herum und warte darauf, dass du aus dem Quark kommst.«

»Es gibt Schlimmeres im Leben.« Marco machte eine ausladende Geste und zeigte rund um sie beide herum. Sie standen im mondänen Foyer des *Bella Vista,* das hochherrschaftlich ausgestattet war, mit Verkleidungen aus Mahagoni, dicken Teppichen, blank polierten Spiegeln und üppigen Blumenbouquets. Draußen schimmerte türkisfarben das Meer, und die Sonne strahlte. Auch Marco wurde jetzt wütend angesichts von Nathalies Forderungen.

»Mach dich mal locker! Anstatt die Zeit hier ausgiebig zu genießen und von deinem stressigen Job runterzukommen, verbreitest du nur Zickenterror! Ich habe dich nicht gebeten, hierherzukommen, du hast einfach vor der Tür gestanden und nicht danach gefragt, ob mir das gerade in den Kram passt!«

»Bitte. Dann kämpfe ich für mich allein, und du kannst selber sehen, wie du an dein Geld kommst. Ich hab's nur gut gemeint.« Eingeschnappt drehte sich Nathalie um und stürmte in Richtung Ausgang. In ihrem Furor wäre sie um ein Haar mit Mimmo zusammengestoßen, der auf Marco zusteuerte.

»*Cosa c'é**? Habt ihr Beziehungsstress?« Mimmo lachte.

»Ganz bestimmt nicht.« Marco war noch immer verstimmt. Der Druck, den Nathalie auf ihn ausübte, rief Erinnerungen an alte Zeiten in der Münchener Kanzlei hervor. Dabei war er vor einer Woche noch tiefenentspannt gewesen.

»Komm mit in mein Büro.« Mimmo nahm ihn sanft am Arm und führte ihn mit sich. »Da redet es sich besser.« Über die Schulter fragte er: »Kann ich dir was anbieten?«

»Gerne. Einen Saft.«

Während Marco sich nach der Beerdigung zu Hause sofort wieder in Jeans und T-Shirt geworfen hatte, trug Mimmo noch den Anzug, den er auf der Beerdigung angehabt hatte. Teures Tuch, sicherlich maßgeschneidert, ein weißes Hemd aus merzerisierter Baumwolle und eine seidene Fliege komplettierten das seriöse Outfit. Marco dachte daran, dass auch er jahrelang im Anzug in die Arbeit gegangen war. Heute trug er das nicht mehr, je legerer, desto wohler fühlte er sich in seiner Haut.

Mimmos Büro stand in großem Gegensatz zur mondänen Üppigkeit des Hotels. Es wirkte fast wie eine kleine Rumpelkammer, so vollgestellt und gemütlich erschien es. Überall standen Bilder seiner Töchter und seiner jungen Frau, die aussah wie ein Modell. In der Ecke stand ein altes Sofa, darauf ein zerknülltes Kissen – offenbar machte der Herr Hoteldirektor hier gerne mal ein Nickerchen.

Marco lachte. »Hier empfängst du aber keine wichtigen Gesprächspartner, oder?«

»Was denkst du? Ich habe ein offizielles und ein inoffizielles Büro. Ich muss ja wohl nicht erklären, welches das hier

---

* Was gibt's?

ist.« Mimmo bot Marco einen Stuhl an. »Hier dürfen nur gute Freunde oder Familie rein.«

Er setzte sich ebenfalls. »Du müsstest es noch von früher kennen. Es war schon das inoffizielle Büro meines Vaters.« Er grinste, und hinter der Fassade des ehrfurchtgebietenden Hoteldirektors erkannte Marco nun den Freund aus Kindertagen. Er schüttelte den Kopf. »Nein, ich war nie hier drin. Wahrscheinlich durften wir das schon damals nicht. Dein Vater war ziemlich streng.«

Mimmo verdrehte die Augen. »Weißt du noch, wie ich den Parkplatz sauber machen musste? Jedes Wochenende habe ich Zigarettenkippen und Müll aufgesammelt. Meine Frau würde mich für verrückt erklären, wenn ich das von meinen Töchtern verlangte.«

Im Nu waren sie bei Geschichten aus Kindertagen, und Marco spürte, wie sich seine Laune über den Zusammenstoß mit Nathalie merklich hob. Als er fand, dass sie genug herumgeplänkelt hatten, rückte er mit dem Grund seines Kommens heraus.

»Du weißt ja, weswegen ich hier bin. Es geht um diesen seltsamen Schuldschein.«

Auch Mimmos Miene wurde ernst. »Wieso taucht der eigentlich jetzt erst auf?«, stellte er die Frage, die sich auch Marco und sein Papà stellten. »Das ist doch seltsam, dass die Lamarttines diesen Wisch so lange aufheben, und niemand weiß davon.«

Marco hob die Hände. »Ich nehme an, dass keiner weiß, wie diese alte Geschichte zustande gekommen ist. Alle, die damals dabei waren, sind längst tot. Wahrscheinlich wusste nicht einmal Paolo, worum es bei dieser Sache ging.«

Mimmo nickte.

»Deshalb sind wir uns ja sicher auch einig, dass wir das vergessen können«, schloss Marco. »Wahrscheinlich haben unsere Großväter an dem Abend zu viel getrunken. Ich würde sagen, wir begraben das Ganze.«

Mimmo lächelte. »Aber nein.«

»Wie bitte?«

»Es tut mir leid, Marco, aber wieso sollten wir das vergessen? Ein Schuldschein ist ein Schuldschein!«

»Das meinst du nicht ernst.« Marco fiel aus allen Wolken. Was war denn in seinen alten Kumpel gefahren? Der konnte doch nicht ernsthaft darauf bestehen, die alte Schuld einzutreiben? »Dir ist doch klar, dass wir erledigt sind, wenn wir auf ein Drittel der Plantage verzichten müssen?«

Mimmo verschränkte die Finger und beugte sich über den Schreibtisch nach vorne. »Marco. Seien wir doch mal ehrlich. Euer Business ist *over and out*. Das ist pure Romantik. In ein paar Jahren wird man die *sfusato* im Labor züchten. Schädlingsfrei und mindestens so aromatisch. Eure Plantage wird sowieso nicht überleben.«

Mit offenem Mund starrte Marco Mimmo an. Der meinte das doch tatsächlich, was er da schwadronierte!

Mimmo lächelte noch immer freundlich. »Um der alten Freundschaft willen verzichte ich auf Entschädigung. Dafür, dass ihr uns all die Jahre unseren Besitz vorenthalten habt. Aber natürlich will ich den Grund, der mir zusteht, auch haben.« Er breitete die Arme aus. »Das alles hier gründet sich nicht auf guten Willen und Geschenke. Sondern auf harte Arbeit. Ich habe eine Familie, und die lebt nicht nur von guten Worten.«

Marco stand auf. Er starrte den Menschen an, der ihm

gegenübersaß, und wusste, dass dieser nichts mehr mit dem Freund gemein hatte, den er seit fünfunddreißig Jahren zu kennen glaubte.

»Wir sehen uns vor Gericht.«

Damit verließ er das Zimmer des Hoteldirektors.

Pippo

Steht das Angebot noch?«

Pippo traute seinen Augen nicht. Es war Nathalie, die da den Berg zu seinem Bungalow erklomm. Er kam gerade aus der Dusche, hatte sich nach dem Essen bei den Pantanellas aus dem Beerdigungsanzug geschält und wollte es sich soeben mit einem Bier gemütlich machen.

»Puh! Ganz schön weit oben.«

Nathalie wartete seine Antwort nicht ab, sondern ließ sich auf die Terrasse plumpsen. Sie trug eine elegante Bermudashorts, dazu ein schlichtes weißes T-Shirt – und Lisabettas Wanderschuhe!

»Aber was für ein Ausblick, das ist ja unglaublich!« Sie sah sich bewundernd um.

»Magst du ein Bier?« Pippo hielt ihr die kleine Flasche Perroni hin, die er sich soeben aus dem Kühlschrank geholt hatte. Nathalie war vermutlich eher eine Kandidatin für Aperol Spritz, aber den konnte er ihr nicht bieten, und er wollte kein schlechter Gastgeber sein.

»Unbedingt!« Zu seinem großen Erstaunen nahm die Deutsche das Bier, führte die Flasche umgehend an die Lippen und trank in großen Schlucken. Dann setzte sie sie ab und seufzte behaglich. »Herrlich!«

Pippo staunte. Nathalie war immer wieder für Überraschungen gut. Er ging zurück zum Kühlschrank, nahm sich ein frisches Bier und setzte sich damit zu Nathalie auf die Terrasse.

»Welches Angebot meinst du?«

»Wandern.« Nathalie zeigte auf ihre Schuhe. »Ich muss mich abreagieren. Normalerweise gehe ich dann ins Fitness, aber ich wollte raus aus dem Hotel.«

Pippo lachte. »Wandern ist garantiert die bessere Idee. Aber es ist schon halb sechs, also eine größere Tour wird das nicht mehr. Außerdem muss ich mich erst mal um die Ziegen kümmern.« Er zeigte ein Stückchen bergab, wo sich die Ziegen schon um Grazia gesammelt hatten. Ihre innere Uhr sagte ihnen, dass bald Fütterungszeit war.

»Kein Problem. Ich helfe dir.« Nathalie nahm noch einen Schluck, dann war das kleine Fläschchen schon leer. »Und im Grunde hat der Weg hier herauf schon gereicht. Das Bier, das Panorama – eigentlich bin ich mit der Welt schon wieder versöhnt.«

Sie lächelte Pippo an, und er sah ihre Sommersprossen unter dem Make-up durchschimmern. Ungeschminkt wäre sie noch schöner, schoss es ihm durch den Kopf.

»Was ist passiert, dass du so schlechte Laune hast?«, erkundigte er sich.

»Erzähl ich dir beim Ziegenfüttern.«

»Also das musst du nicht. Mir helfen. Man saut sich ganz schön ein. Manchmal schlabbern sie einen voll.« Pippo zeigte auf Nathalies helle Shorts.

»Ich weiß, ich sehe nicht so aus«, gab sie zurück, »aber mir macht das nichts aus.«

Pippo guckte zweifelnd, und Nathalie schob nach: »Ich

bin ein Bauernhofkind. Meine Eltern haben einen Milchbetrieb. Zweihundertfünfzig Kühe.«

Damit sprang sie von der Terrasse und ging zu den Ziegen, die sie neugierig und skeptisch gleichermaßen beäugten. Grazia meckerte ein wenig, als wolle sie die Unbekannte warnen.

»Also ehrlich, darauf wäre ich nie gekommen.«

Sie fütterten die Ziegen mit frischem Gemüse und einem Getreidebrei. Nathalie hatte ein Händchen für Tiere, keine Scheu, den Ziegen auch mal einen Klaps auf den Hintern zu geben, wenn sie sich frech vordrängelten oder ihr in die Hand zwickten. Gleichzeitig war sie ihnen liebevoll zugewandt, ein typisches Bauernhofmädchen, staunte Pippo.

»Schämst du dich dafür?«

»Den Bauernhof?« Nathalie überlegte. »Habe ich, ja. Viele Jahre lang. Aber jetzt nicht mehr.«

Sie kraulte Grazia zwischen den Ohren, die genussvoll die Augen nach oben verdrehte. »Ich wusste schon immer, dass ich das nicht will. Dieses Bäuerliche. Die Enge. Nur Arbeit, nie Urlaub, sich nichts leisten können.«

Sie wuschen sich beide die Hände unter der Wasserpumpe, dann bedeutete Pippo der Deutschen, dass sie ein Stück bergauf durch die Macchia spazieren könnten.

»Ich wollte im Grunde genommen nie etwas anderes«, sagte er. »Wir haben hier gelebt, in einer Hütte. Wir hatten nichts, nicht mal fließendes Wasser. Aber ich habe das Leben mit meinem Papà hier sehr genossen. Ein richtiger Bauernhof mit so vielen Kühen – das wäre Luxus gewesen.«

»Geschwister?«

Pippo schüttelte den Kopf. »Marco war für mich wie ein Bruder.«

»Wir waren zu fünft«, erzählte Nathalie. »Ich habe drei Brüder und eine Schwester. Und ich wusste immer: Ich will das nicht. Mein Leben soll anders sein. So wie in den Illustrierten.«

Pippo guckte fragend. »Illustrierte?«

»Ja«, antwortete Nathalie lachend, während sie den schmalen kleinen Pfad in Richtung Gipfel gingen. Auf dieser Strecke hatten sich Pippo und Marco vor vielen, vielen Jahren, als sie kleine Jungs waren, einmal verlaufen[*]. Sie waren ausgebüxten Zicklein nachgejagt und hatten dann den Heimweg nicht mehr gefunden. In den zwei Jahrzehnten danach war Pippo diesen Pfad so häufig gegangen, dass daraus fast ein kleiner Spazierweg geworden war. Er führte zu einer Felsenquelle, dorthin wollte er mit Nathalie nun gehen.

»Meine Mutter hat sich vielleicht zwei Mal im Jahr einen Frisörtermin gegönnt. Da durfte ich mit – und hab mir die Frauenzeitschriften angesehen. Das war meine Welt! Eleganz, Mode, Partys … Aber doch nicht Milchkühe!« Nathalie schüttelte sich.

»Und? Findest du, du hast es geschafft?«

»Na ja. Immobilienanwältin ist nicht gerade mondän. Aber München schon. Ja, ich bin ziemlich happy mit dem, was ich geschafft habe. Ich verdiene jede Menge Geld und kann, wenn ich will, jeden Abend im *Schumann's* abhängen. Und man sieht mir den Bauernhof nicht an.«

Pippo hatte zwar keine Ahnung, was das *Schumann's* war, vermutete aber, dass es sich um irgendeine schicke Münche-

---

[*] Siehe »Sommer der Erinnerung«, Droemer Knaur 2017

ner Location handeln musste. Jedenfalls war es wohl etwas, das auf alle Fälle besser zu Nathalie passte als die Herkunft von einem Bauernhof.

»Also«, erkundigte er sich, »warum hattest du so schlechte Laune?«

»Ich bin mit Marco zusammengerumpelt.« Nathalie verdrehte die Augen und erzählte Pippo dann von ihrem Kummer. Aber der hatte wenig Trost für sie. Stattdessen brach er eine Lanze für seinen Freund und berichtete Nathalie, mit was sich Marco im Moment herumschlug. Auch den Schuldschein erwähnte er.

Nathalie zog die Augenbrauen hoch. »Was ist das denn für eine schräge Geschichte? Rechtlich ist das durchaus anfechtbar. Da sollte sich Marco keine großen Gedanken machen.«

Pippo zuckte nur mit den Achseln. Wahrscheinlich hatte Nathalie recht. Aber er hatte den Eindruck, als hätten Rechtsanwälte grundsätzlich das Gefühl, dass sich alles mit einem Rechtsstreit aus der Welt schaffen ließ. An die emotionale Belastung, die eine Klage mit sich brachte, dachten sie nur selten.

Sie hatten die kleine Felsenquelle erreicht. Ein blank polierter Stein ragte aus der Felswand, darunter hatte sich in einem runden tiefen Steinbecken das Wasser gesammelt. Pippo erinnerte sich daran, dass sie als Kinder darin kaum auf Zehenspitzen stehen konnten, während ihm, wenn er jetzt darin badete, das Wasser nicht einmal bis zur Brust reichte.

Nathalie zog die Wanderschuhe aus und versuchte, von dem Felsvorsprung aus ihre Füße in die Quelle zu tauchen. Pippo schlüpfte aus seinen Sandalen und watete von der flacheren Seite in das kühle Nass.

»Manchmal gehen die Ziegen hierher. Obwohl es wirklich weit weg ist, aber sie lieben es, direkt aus der Quelle zu trinken.«

»Und sie finden wieder nach Hause?«, fragte Nathalie.

Pippo nickte. »Immer. Jeden Abend kommen sie zum Haus, um dort zu schlafen. In ihrem Verschlag, in sehr heißen Nächten legen sie sich direkt unter die Terrasse.«

»Wie süß …« Nathalie wollte noch etwas hinzufügen, aber in dem Moment verlor sie den Halt auf dem glatten Stein und rutschte von oben ins Wasser. Sie stieß einen kurzen Schrei aus, als sie in das Wasser plumpste, das um diese Jahreszeit ziemlich frisch war. Weil sie nicht auf ihren Füßen landete, tauchte sie fast mit dem gesamten Oberkörper unter.

Pippo hechtete sofort zu ihr, um ihr wieder hochzuhelfen, wodurch auch er von Kopf bis Fuß nass wurde.

Nathalie kam hoch, prustete erschrocken, musste dann aber lachen.

»O mein Gott, das ist richtig kalt!« Sie wischte sich die Haare aus dem Gesicht und aus den Augen, dabei verschmierte sie ihre rabenschwarze Wimperntusche und sah aus wie ein wild geschminkter Heavy-Metal-Fan – rote Haare, die in nassen Strähnen ihr weißes Gesicht umrahmten, das von schwarzen Schlieren durchzogen war. Pippo musste sie etwas zu schockiert angestarrt haben, denn Nathalie wischte noch mehr in ihrem Gesicht herum, machte dadurch aber alles noch viel schlimmer.

»O Gott, ich sehe bestimmt schrecklich aus …«

»Ja, und ob. Ziemlich gruselig«, bekräftigte Pippo, und dann brachen sie beide in Gelächter aus.

»Es ist einfach nicht mein Tag!«, rief Nathalie theatralisch und versuchte, ans Ufer zu kommen. Pippo nahm ihre Hand und war ihr behilflich. Kaum stand Nathalie draußen, begann sie, heftig zu schlottern.

»Ich kann dir nicht mal mein T-Shirt geben«, bedauerte Pippo und zupfte an seinem klatschnassen Oberteil. »Du musst schnell unter die Dusche, komm.«

Nathalie nickte, und Hand in Hand liefen sie, so schnell es ging, zum Bungalow zurück. Glücklicherweise führte der Weg größtenteils durch niedrige Büsche und Kräuter, sodass die Sonne sie ungeschützt traf, aber da Nathalie nur Haut und Knochen war, liefen ihre Lippen langsam blau an. Nach einer halben Stunde hatten sie Pippos Heim erreicht. Er zeigte Nathalie die Dusche und legte ihr ein frisches Handtuch und einen Bademantel hin. Er selbst fror nicht, schließlich war er bestens gepolstert, und es reichte, dass er sich im Schlafzimmer von den nassen Sachen befreite.

Er war gerade dabei, sich eine frische Unterhose anzuziehen, als er hinter sich eine Bewegung spürte. Er drehte sich um. Es war Nathalie.

Und sie war nackt.

Pippo war vollkommen verdattert, vor allem schämte er sich seiner eigenen Nacktheit. Er fand sich nicht besonders ansehnlich – der dicke Bauch, die stämmigen Beine und seine Männerbrüste, das war nichts, womit er sich gerne zeigte.

»Ich habe dir einen Bademantel hingelegt«, stotterte er.

»Ich weiß.« Nathalie lächelte.

Ohne Make-up und Klamotten sah sie erst recht aus wie Anne. Und obwohl Pippo sich zu der angezogenen Nathalie in keinster Weise hingezogen fühlte, spürte er nun, dass ihn die nackte nicht ganz so kaltließ, wie er sich das gewünscht hätte. Noch ein Grund mehr, sich zu schämen.

Nathalie trat ein paar Schritte auf ihn zu, legte ihre Hände flach auf seine Brust und küsste ihn sehr sanft.

»Hast du Angst?«

»Ähm, nein, aber ... das geht mir zu schnell.« Pippo hätte jetzt alles dafür gegeben, sich irgendwie aus diesem Zimmer, aus dieser Situation beamen zu können.

»Langsam interessiert mich nicht«, gab Nathalie mit erschreckender Offenheit zurück. »Ich genieße gerne den Moment. Und wer weiß – vielleicht kommt eine zweite Gelegenheit so schnell nicht wieder.«

Pippo wollte protestieren, er wollte sich wehren, aber er brachte kein Wort über die Lippen. Stattdessen ließ er Nathalie gewähren, ungläubig und erstaunt darüber, was ihm da wiederfuhr.

Später lagen sie nebeneinander in seinem Bett. Pippo war noch immer wie benommen. Nathalie lag in seiner Armbeuge und wirkte so zufrieden wie eine Katze.

»Warum?« Das war alles, was Pippo sagen konnte.

»Warum was?«

»Warum ich? Ich meine ...« Er machte eine vage Geste über seinen Körper. »Du kannst ganz andere Männer haben.«

Nathalie schnaufte. »Ihr kapiert es einfach nicht.« Sie setzte sich auf und blickte Pippo ernst an. »Schön bin ich selber. Und meine Erfahrung hat gezeigt, dass schöne Männer vor allem mit sich selbst beschäftigt sind. Das brauch ich nicht.«

Pippo sah sie überrascht an. »Das hab ich ja noch nie gehört. Hässliche Männer sind also bessere Liebhaber?«

»Wer redet denn von hässlich? Du bist dick, aber du hast die schönsten Augen der Amalfiküste.«

»Ich weiß nicht, ob das wirklich ein Kompliment ist, aber danke.« Pippo kam sich ein bisschen blöd vor. Er hatte so etwas noch nie erlebt. Eine Frau, schön, erfolgreich und selbstbewusst, die sich einfach nahm, auf was sie Lust hatte. Und die ganz offen darüber redete.

»Remo zum Beispiel«, fuhr Nathalie fort. »Ich habe natürlich überlegt, ob ich mit ihm etwas anfange. Er hat diesen typischen Italo-Charme. Schmierig, aber gut aussehend. Aber ganz ehrlich?!« Sie verdrehte die Augen. »So was von eitel! Und dabei ein bisschen blöd. Da bist du mir schon lieber.«

Sie kuschelte sich wieder in seinen Arm, offenbar war für sie das Gespräch hiermit beendet.

Pippo dachte ein paar Minuten über das nach, was ihm die Deutsche um die Ohren gehauen hatte. Dann stellte er die Frage, die ihn beschäftigte, seit sie nackt in sein Schlafzimmer gekommen war. »Und jetzt?«

»Ganz ehrlich?«

»Ganz ehrlich.«

Nathalie seufzte. »Es ist einfach so, Pippo. Ich bin Single. Und ich bin richtig gerne Single. Ich suche keine feste Beziehung, und ich wünsche mir keine Kinder. Sieben wunderbare Neffen und Nichten reichen mir vollkommen. Ich habe ein richtig tolles Leben und bin damit zufrieden. Aber manchmal, da habe ich Lust auf Nähe. Auf Zärtlichkeit. Auf einen anderen Körper.«

»Okay.« Pippo schluckte. Klare Worte.

»Und es war wirklich schön mit dir.«

Ja, tatsächlich. Das war es gewesen, obwohl Pippo anfangs große Hemmungen gehabt hatte, sich darauf einzulassen. Aber ab einem bestimmten Zeitpunkt hatte sein Körper die

Regie übernommen. Und dann hatte er es genossen, all das wieder zu erleben, von dem er dachte, er hätte es erfolgreich verdrängt. Nähe, Leidenschaft, Hingabe. Anne war ganz weit weg gewesen, er hatte in jedem Moment gewusst, dass es Nathalie war, mit der er all das erlebte. Aber jetzt, mit der fast fremden Frau im Arm, kam die Erinnerung wieder hoch. Er spürte, wie ein Beben seinen massigen Körper durchlief, die ganze unverarbeitete Geschichte stieg in ihm hoch, er konnte nichts dagegen tun, wollte dagegen ankämpfen, aber er vermochte es nicht. Dann kamen die Tränen, sie liefen seine Wangen herab, ohne dass er sie zurückhalten konnte.

Nathalie setzte sich erschrocken auf. »O Gott ... Pippo? Habe ich etwas Falsches gesagt? Dich verletzt? Das wollte ich nicht ...«

Pippo schüttelte den Kopf. »Das hat nichts mit dir zu tun. Es ist die Erinnerung an jemanden ...«

Dann konnte er eine Weile gar nichts sagen. Er ließ seiner Trauer freien Lauf, und Nathalie saß betroffen neben ihm und streichelte sanft seine Brust.

Es war schön, dass sie sich nicht abwandte, und auf eine seltsame Art war es sogar schön zu weinen. Noch niemals hatte Pippo vor Fremden geweint, eigentlich weinte er überhaupt nicht. Aber jetzt fühlte es sich an wie eine enorme Befreiung. All das, was er seit Jahren aufgestaut, runtergeschluckt und in seinem Körper gesammelt hatte, brach sich jetzt Bahn.

Irgendwann beruhigte er sich wieder, der Krampf ebbte ab. Nathalie war anzusehen, dass sie die Welt nicht verstand, aber sie war nicht gegangen, sie hatte sich nicht peinlich berührt aus dem Staub gemacht.

»Danke«, sagte Pippo. »Ich bin dir eine Erklärung schuldig.«

»Ach was …«

»Doch. Ich muss auch darüber reden.« Pippo setzte sich im Bett auf und holte tief Luft. »Das habe ich noch nie gemacht. Jetzt wird es langsam Zeit.«

Sie saßen auf der Terrasse und löffelten Eis, während Pippo anfing, seine Geschichte mit Anne zu erzählen. Er hatte darauf bestanden, es beruhigte ihn zu essen, während er sprach. Pistazie süß-salzig und Brombeersahne, seine Herbstkreationen.

Nathalie aß mit großem Genuss, aber sie hörte Pippo auch aufmerksam zu. Er war ihr dafür dankbar, vermutlich, so glaubte er, wäre es ihm schwerer gefallen, sich damit einem Freund anzuvertrauen, der, wann immer man sich sah, an diese traurige Geschichte denken würde. Aber Nathalie nahm sein Geheimnis mit nach München – ein beruhigender Gedanke für Pippo.

Und es sprudelte nur so aus ihm heraus. Wie er Anne kennengelernt hatte, ihre gemeinsame Zeit im Hotel auf den Malediven, die Pläne, die sie für die Zukunft schmiedeten, ihre Liebe.

»Und dann ist sie schwanger geworden.« Pippo stockte. Er erinnerte sich wie heute an den Moment, als Anne aus dem Bad gekommen war. Er hatte den Test besorgt, weil sie befürchtet hatte, dass etwas nicht stimmte. Sie kam aus dem Bad, blass und zittrig, und hatte aus dem Stand angefangen zu weinen. Pippo hatte sie getröstet, aber gleichzeitig war er voller Vorfreude gewesen. Er wurde Vater! Er liebte Kinder und hatte sich immer gewünscht, eine große Familie zu haben. Aber nach und nach hatte er begriffen, dass Anne sich kein bisschen freute. Auch nicht, als der Schock sich gelegt hatte. Sie wollte das Kind nicht. Auf keinen Fall.

Er hatte einen Tag und eine Nacht mit ihr geredet, hatte versucht, ihr eine Zukunft mit Kindern auszumalen, hatte ihr einen Antrag gemacht, mit Engelszungen auf sie eingeredet und ihr versucht klarzumachen, dass er die volle Verantwortung übernehmen würde. Aber zu Anne waren seine Worte nicht vorgedrungen. Sie blieb dabei: Ein Kind war zu diesem Zeitpunkt und unter diesen Umständen eine Katastrophe.

Völlig zermürbt waren sie im Morgengrauen eingeschlafen – Rücken an Rücken, unfähig, einander Halt zu geben.

Als Pippo am nächsten Morgen aufwachte, war sie verschwunden.

»Wie? Verschwunden?«, hakte Nathalie nach. »Sie hat doch auch im Hotel gearbeitet?«

»Sie hatte ihre Sachen gepackt und den nächsten Flieger in ihre Heimat genommen«, sagte Pippo. Noch immer krampfte sich sein Herz zusammen beim Gedanken an den Moment, als er begriffen hatte, was geschehen war. »Viel später habe ich von einer Kollegin erfahren, dass sie zu ihrer Familie zurückgegangen ist.« Tonlos fügte er hinzu: »Sie hat das Kind nie bekommen.«

Nathalie schwieg.

Und Pippo schwieg.

Gemeinsam saßen sie auf der Terrasse, aßen ihr Eis und sahen zu, wie die Sonne im Meer versank.

Schließlich schüttelte sich Pippo. »Danke fürs Zuhören.«

Nathalie legte ihre Hand auf sein Knie. »Gerne. Es tut mir leid. Was für eine miese Geschichte.«

Pippo nahm Nathalies Hand und hauchte einen Kuss darauf. »Ich habe es niemandem erzählt. Als ich von den Malediven zurückkam, waren alle in ihrem Leben. Marco war sowieso in Deutschland, Lisabetta mit ihrer Familie beschäftigt. Und mein Vater bekam Parkinson. Ich habe das alles so lange in mich hineingefressen, das musste mal raus.«

»Ich hoffe, es hat dir geholfen.«

»Auf alle Fälle. Es ist einfach so lange her. Ich glaube, ich habe zwanzig Jahre getrauert um des Trauerns willen.«

Nathalie stand auf. »Bringst du mich zum Hotel?«

Pippo lächelte. »*Certo.*«

Sie gingen gemeinsam zur Ape, und während Nathalie sich auf den Beifahrersitz schwang, fragte sie: »Bist du Eisverkäufer geworden wegen der Kinder?«

Pippo sah sie erstaunt an. »Darüber habe ich noch nie gedacht. Aber ja, vermutlich.«

»Ich wette«, sagte Nathalie, »du hast schon Millionen Kinder mit deinem Eis glücklich gemacht. Das ist doch toll.«

Der Eiswagen startete knatternd und rumpelte dann die steile Straße in der Dunkelheit hinab. Sie redeten kein Wort auf dem Weg ins *Bella Vista,* beide hingen ihren Gedanken nach.

Auf Pippos Gesicht aber lag ein kleines Lächeln, er fühlte sich plötzlich unendlich erleichtert.

Lisabetta

Hand in Hand überquerten sie die Amalfitana in Richtung Strand, der nun menschenleer im Dunkeln dalag. Lisabetta hatte Marco zu einem nächtlichen Bad überreden können. Es waren die letzten warmen Tage, an denen so etwas noch möglich war. In den kommenden Wochen würde sich das Mittelmeer abkühlen, sodass man zwar noch an Sonnentagen ein erfrischendes Bad würde nehmen können, aber bestimmt nicht mehr in der Nacht.

Als Marco vor zwei Stunden vor ihrer Tür gestanden hatte, hatte Lisabetta ihn kaum wiedererkannt, so angestrengt hatte er ausgesehen. Fast so wie damals, als er mit seinem Burn-out aus München gekommen war. Er hatte ihr kurz und knapp von dem Gespräch mit Mimmo erzählt und war dann erschöpft in ihren Armen eingeschlafen.

Als er wieder aufwachte, hatte Lisabetta ihm den Vorschlag gemacht, zur *Undine* zu schwimmen und die Nacht dort zu verbringen. Die *Undine* war das alte Fischerboot ihres Vaters Nino. Es war längst ausgemustert worden und lag fest vertäut unweit des Fischerstegs. Ihre Brüder und der Vater hatten das Boot für Lisabetta umgebaut, als Hausboot, als sie vor einigen Wochen bei Remo ausgezogen war. Nun hatte sie ihre kleine Wohnung, und die *Undine* wurde nur noch zum Sonnenbaden benutzt – oder von Matteo, wenn er mit seiner Clique nächtliche Partys feierte.

Heute Abend aber wollte Lisabetta mit Marco dorthin. Dort, auf dem Boot hatte er ihr vor mehr als fünfundzwanzig Jahren einen Heiratsantrag gemacht – dreizehn Jahre alt waren sie damals gewesen. Und auf der *Undine* hatten sie sich zum ersten Mal wieder als Erwachsene geküsst, das war erst vor zwei Monaten gewesen, aber für Lisabetta schien es Ewigkeiten her zu sein.

Sie fand, es war der richtige Platz, um seinen Kummer zu vergessen.

Also liefen sie jetzt, um kurz nach zehn am Abend, zum Fischersteg. Lisa trug nur ein leichtes Sommerkleid, mit dem sie zum Boot hinüberschwimmen wollte, deshalb überzog Gänsehaut ihre Arme und Beine. Aber auf der *Undine* hatte sie mollige Kissen und Decken, sie würden sich in der Schlafkoje aneinanderkuscheln und wärmen, Kerzen anzünden und einen heißen Tee trinken.

Sie standen an der Wasserkante, die Zehen im Meer, und blickten hinaus in die Dunkelheit, dorthin, wo das Boot dümpelte. Eine kleine rote Lampe leuchtete immer als Markierung auf dem Boot, sodass sie es nicht verfehlen würden.

»Bist du sicher?« Marco schauderte ein wenig.

»Klar! Komm, jetzt nicht kneifen. Das Wasser ist gar nicht so kalt.« Lisabetta zog Marco ein wenig an seinem Hemdsärmel, aber er schaute skeptisch.

»Aber mir ist kalt.«

»Dann wachst du wenigstens auf! Komm jetzt!« Lisabetta lief in die See, die dunkel und ruhig dalag. Das Wasser war sehr frisch, ein bisschen zu frisch, wo sie doch ohnehin schon fröstelte. Aber Lisabetta ließ sich nichts anmerken, machte einen Hechtsprung und schwamm in weit ausholenden Zügen davon.

Sie hörte es platschen und blickte sich über die Schulter um. Marco hatte es ihr gleichgetan und kraulte nun auf sie zu. Als er sie erreicht hatte, prustete er.

»Du bist verrückt, weißt du das?«

»Das liebst du doch, oder nicht?« Lisabetta klammerte sich für einen Moment eng an ihn, umschlang ihn mit Armen und Beinen. Er lachte, küsste sie, dann lösten sie sich voneinander und schwammen weiter. Als sie die *Undine* erreichten, war es Lisabetta fast schon wieder warm geworden, jedenfalls fühlte sie sich frisch und belebt. Kaum an Deck, lief sie sofort in die Kajüte und holte für sich und Marco je eine Decke. Sie ließen ihre Klamotten fallen, wo sie standen, hüllten sich in die Decken, und einer rubbelte den anderen trocken und warm. Solchermaßen eingehüllt kuschelten sie sich nebeneinander auf das schmale Kajütenbett. Lisabetta hatte vorher noch den Wasserkocher angemacht, Marco entzündete währenddessen die Kerzen.

Als sie schließlich und endlich durchgewärmt, jeder mit einer Tasse Tee nebeneinander in dem schaukelnden, von Kerzenschein erhellten Boot saßen, seufzte Marco laut.

»Was für ein Mist. Ich habe es mir wirklich einfacher vorgestellt.«

Lisabetta sagte nichts, sie legte einfach nur eine Hand auf sein Knie.

»Ich dachte, ich lasse den ganzen Ärger – den Stress in der Arbeit, das große Haus, das Auto, diesen Konsumwahnsinn – hinter mir in München, und alles wird gut.« Er nahm einen Schluck Tee. »Total naiv, oder?«

Lisabetta lächelte breit, sodass die schöne Lücke zwischen ihren Vorderzähnen sichtbar wurde. »Es ist dein gutes Recht, ans Paradies zu glauben«, sagte sie. »Ich habe auch gedacht, alles wird gut, als du hier wiederaufgetaucht bist.«

»Und? Das Gegenteil ist passiert.«

»Aber nein, *amore*. Das Leben ist passiert! Ups and downs. Berge und Täler. So wie unsere Küste. Ich bin unendlich glücklich mit dir, auf dem Berg und im Tal. Du wirst sehen, wir stehen das gemeinsam durch.«

Dankbar drückte Marco Lisabettas Hand. »Ich weiß. Aber manchmal verlässt mich die Kraft. Eigentlich wollte ich mich ganz und gar dem Umbau der Plantage widmen. Etwas gestalten, den Betrieb fit für die Zukunft machen.« Er stöhnte. »Stattdessen muss ich gegen Stefan Renke klagen und nun vermutlich auch noch gegen meinen alten Freund.«

»Du willst gegen Mimmo klagen?«

»Nein. Von Wollen kann gar keine Rede sein. Aber er will uns auf Herausgabe des Grundstücks verklagen, wenn wir es ihm nicht freiwillig abtreten. Was ist nur aus ihm geworden?«

Ein Schurke, hätte Lisabetta jetzt antworten können, weil sie wusste, dass es so war. Aber das wäre wenig hilfreich gewesen. Stattdessen sagte sie: »Es ist nicht mehr wie in unserer Kindheit, Marco. Wir haben uns alle verändert. So vieles ist passiert. Wer weiß, warum Mimmo so handelt.«

»Ich weiß es. Geld, Geld, Geld. Gewinnmaximierung. Dabei ist ihm anscheinend unsere Freundschaft nichts wert.«

»Ihr habt euch zwanzig Jahre nicht gesehen«, erinnerte Lisabetta ihn.

»Trotzdem. Natürlich wird er damit nicht durchkommen, aber es ist wie mit Renke – ein Rechtsstreit kann sich hinziehen, und Mimmo hat mehr Geld als ich, also hat er auch den längeren Atem. Absurd.«

»Das muss doch anders zu lösen sein! Überlass das mir. Ich denke darüber nach. Amalfi ist ein Dorf, und in einem Dorf regeln sich die Konflikte manchmal ganz anders.«

Marco sah sie skeptisch an. »Ich wüsste nicht, wie.«

»Aber ich.«

Damit erklärte Lisabetta das Thema für beendet. Sie würde mit Remo sprechen, auch wenn sie das nicht gerne tat. Aber es ging um die Plantage und Marco und Raffaele, das musste sie Remo begreiflich machen, er würde sie schon nicht hängen lassen.

Denn sie wusste mehr als Marco: Mimmo war in unsaubere Immobiliengeschäfte verwickelt. Er hatte zusammen mit seinem Schwiegervater ein Feriendorf im Hinterland von Maiori aufgezogen, ein großes Grundstück mit mehreren kleinen Apartmenthäusern sowie einem Hotel darauf. Die Anlage war noch nicht fertig, sie war groß und weiträumig, Remo hatte die Bauleitung übernommen, Handwerker gesucht und beaufsichtigt und einigermaßen viel Geld verdient. Salvatore war für die Installationen in der Anlage verantwortlich, auch er hatte sich also daran gesundgestoßen. Was genau an den Geschäften nicht astrein war, wusste Lisabetta nicht. Aber sie hatte sehr wohl mitbekommen, dass Lokalpolitiker von Mimmo geschmiert worden waren, damit das Land als Bauland ausgewiesen wurde. Remo hielt sich ihr gegenüber bedeckt, aber das war es, was sie aus Gesprächsfetzen, Telefonaten und Bemerkungen ihres Mannes entnommen hatte.

Und es war wohl nicht das erste schmutzige Geschäft, auch das ahnte sie.

Bisher hatte sie Augen und Ohren verschlossen. Sie wusste, dass Remo, dass sie alle von diesen Geschäften gut lebten, und hatte nie nachgefragt. Sie war schon froh gewesen, dass Remo nicht vollends in die Fußstapfen seines Vaters, eines bekannten Clanmitglieds, getreten war. Also verzieh sie ihm die Gaunereien.

Aber nun hatte sie einen Grund, mit dem Wissen darum zu Remo zu gehen und ihn um Hilfe zu bitten.

Die Gelegenheit dazu bekam sie gleich am darauffolgenden Morgen.

Lisabetta plauderte mit Gabriella am Marktstand. Es war noch früh, sie hatten gerade aufgebaut, aber die ersten Hausfrauen inspizierten bereits die Stände. Der große Ansturm war aber erst später zu erwarten. Sie sah Remo, wie er mit einer Einkaufstasche in der Hand ziellos über den Markt stromerte. Er wechselte mit den Händlern, die er zum größten Teil kannte, ein paar Worte und besah sich neugierig die Auslagen.

Während sie ihren Ex-Mann beobachtete, stieg in Lisabetta tatsächlich ein bisschen Mitleid auf. Bestimmt war Remo ziemlich hilflos, was den Haushalt betraf. Das war ihr Job gewesen, zwanzig Jahre lang. Haushalt und Kinder. Remo wusste doch gar nicht, wie man einkaufte, geschweige denn kochte! Es musste für ihn eine große Umstellung sein – noch vor Kurzem waren sie eine Familie gewesen, ihr jüngster Sohn Matteo hatte noch zu Hause gewohnt, jetzt war auch er ausgezogen. Remo ganz allein zu Hause, der Gedanke machte sie richtig traurig.

Sie winkte ihm.

Remo freute sich sichtlich und kam auf ihren Stand zu.

»*Ciao*, Gabriella, *ciao*, Lisa. *Come state*[*]?«

»*Va bene*«, gab Gabriella zurück. »Magst du einen Tee?« Sie hielt ihre Thermoskanne hoch.

»Bloß nicht!« Remo wedelte abwehrend mit den Händen. »Ich trinke nichts Gesundes. Darf ich euch auf einen *caffè* einladen? Ich hole einen bei den Sabias.«

»Gerne.« Beide Frauen nickten.

»Ich komme mit rüber und helfe dir tragen«, bot Lisabetta an. Das war vielleicht eine Gelegenheit, die Sache mit Mimmo anzusprechen. Remo grinste erfreut.

Wenige Minuten später grinste er nicht mehr. Da hatte ihm nämlich Lisabetta das Problem geschildert und ihn gefragt, ob er bereit wäre, sein Wissen über Mimmos krumme Geschäfte mit Marco zu teilen.

»Bist du verrückt?« Hektisch sah Remo sich um und zog Lisabetta zwischen zwei Marktstände.

»Du kannst doch hier nicht vor allen Leuten über so etwas reden!«, zischelte er.

»Ist es dir unangenehm?«, provozierte Lisabetta ihn. »Das hättest du dir früher überlegen müssen. Und bei so etwas gar nicht mitmachen sollen.«

»Ich hab nicht …«, begann Remo, sah dann aber ein, dass es besser war, Lisabetta nicht anzulügen. »Ich habe nichts Kriminelles gemacht, das schwöre ich bei allen Heiligen!«, beteuerte er theatralisch.

»Aber Mimmo.«

Remo starrte sie an. »Ich kann darüber nicht sprechen.«

»Warum nicht? Die Pantanellas verlieren ihre Existenz!

[*] Wie geht's?

Wenn ihnen ein Drittel der Plantage weggenommen wird, brauchen sie gar nicht mehr weiterzumachen.«

»Was geht mich das an?« Remo wurde jetzt richtig sauer, er verschränkte die Arme vor der Brust und starrte Lisabetta wütend an. »An meine Existenz denkst du aber nicht, oder? Ich bin von Mimmo und den Jobs, die er mir gibt, abhängig. Davon haben wir in den letzten Jahren ziemlich gut gelebt, schon vergessen?«

Er war verletzt, keine Frage. Aber Lisabetta konnte und wollte jetzt nicht zurück. Sie musste ihn dazu bringen, ihr zu helfen!

»Du kannst doch nicht dabei zusehen, wie sich unsere Freunde gegenseitig zerfleischen. Du kannst dem ein Ende machen, was Mimmo vorhat ...«

»Marco ist nicht mein Freund«, unterbrach Remo sie. »Er ist es nie gewesen. Er hat mich immer schon für einen Idioten gehalten, und das hat er mich auch spüren lassen. Und zu guter Letzt hat er mir meine Frau weggenommen und meine Ehe zerstört. Jetzt schau mich an und bitte mich noch einmal, Marco zu helfen. Wenn du das kannst.«

Lisabetta sah ihn an.

Sie brachte kein Wort heraus.

Remo hatte recht. Marco hatte ihm gegenüber nie etwas anderes als Herablassung gezeigt.

»Unsere Ehe war schon kaputt, Remo«, flüsterte sie schließlich.

Ohne ein Wort drehte Remo sich um und ließ sie stehen.

»Leider hat er recht. Und du weißt es.«

Lisabetta war nach der Arbeit zu Pippo hochgegangen. Sie musste mit irgendjemandem über ihre Misere reden, und Marco war jetzt einfach nicht der Richtige. Pippo stand in seiner Küche und bereitete das Eis für den nächsten Tag vor. Während er fette Milch in einen großen Topf goss, half Lisabetta ihm, die Schalen von Bitterorangen abzureiben.

»Ja, sicher«, gab sie zu. »Aber das kann es doch nicht gewesen sein. Ich meine, wir kennen uns alle, seit wir Kinder sind. Zählt das denn gar nichts mehr?«

Pippo zuckte mit den Schultern. Während er die Milch aufkochte, schlitzte er Vanillestangen auf, kratzte das Mark aus und hackte die Schalen klein.

»Selbst wenn Mimmo zur Vernunft käme – aus Remo und Marco machst du keine Freunde mehr. Der Zug ist abgefahren.«

»Vermutlich. Aber Marco würde bestimmt anders über ihn denken, wenn er wüsste, was Remo für mich getan hat.«

»Willst du es ihm sagen?«

Pippo sah überrascht aus. Er war der einzige Mensch, der außer Remo und Lisabetta das Geheimnis von Andreas Abstammung kannte. Vor einigen Jahren hatte Lisabetta sich ihm anvertraut – und ihm das Gelübde abgenommen, niemals mit irgendjemandem darüber zu reden. Natürlich hatte sich der Freund daran gehalten.

Lisabetta schüttelte den Kopf. »Nein. Ich werde es ihm irgendwann sagen, aber das muss ich erst mit Andrea besprechen. Er muss einverstanden sein. Und Remo auch. Es geht ja nicht nur um mich.«

»Schon klar.«

Eine Zeit lang arbeiteten sie schweigsam nebeneinander. Jeder hing seinen Gedanken nach, und Lisabetta war dankbar für Pippos Nähe. Er war ihr bester Freund: eine Freundin, mit der sie all so etwas hätte besprechen können, hatte sie nicht. Sie war eben immer schon ein Jungsmädchen gewesen und war es geblieben.

»Trotzdem«, sagte Pippo, als er die cremige Masse aus Milch, Eiern, Zucker, Blutorangenschalen und Saft in die Eismaschine gegeben hatte, »Mimmo muss man zur Vernunft bringen. Das geht einfach nicht, er bringt Unfrieden nach Amalfi. Stell dir vor, was im Ort los ist, wenn die Pantanellas wegen ihm ihre Plantage aufgeben müssen.«

Lisabetta stimmte ihm zu. »Er macht sich keine Freunde. Die meisten stehen ihm sowieso schon skeptisch gegenüber. Wird Zeit, dass er auf den Topf gesetzt wird.«

»Und ich glaube, ich weiß auch schon, wie.« Pippo grinste.

Überrascht sah Lisabetta ihn an. »Wenn du das schaffst, Pippo, dann …« Ihr fiel nichts ein.

»Wirst du mir ewig dankbar sein – das ist okay.« Pippo lachte herzlich.

Bildete Lisabetta sich das ein oder war ihr alter Freund heute besonders gut gelaunt? Pippo war ja nie ein Kind von Traurigkeit, aber heute, fand Lisabetta, erschien er ihr noch fröhlicher und leichter als sonst.

Wenigstens einer, der keine Sorgen hat, dachte sie sich und fühlte sich gleich weniger mutlos als nach dem Gespräch mit Remo.

Amalfi, 1987

Marco

Er drückte sich so flach ins trockene Gras, wie er nur konnte. Sie durften ihn nicht entdecken. Lisabetta und Pippo. Durften nicht bemerken, dass er sie ausspionierte. Ihnen hinterherlief, ihnen dabei zusah, wenn sie spielten, und dass er mit spitzen Ohren lauschte, um mitzubekommen, worüber sie sprachen.

Im Moment versuchten sie, Feuer zu machen. Pippo zeigte Lisabetta, wie es ging, der Trick mit der Glasscherbe. Marco brannte vor Eifersucht. Wenn er mit Pippo Feuer machen wollte, weigerte der sich immer. Zu gefährlich, redete er sich stets heraus.

Aber jetzt, mitten im Sommer, wo alles trocken war und sofort wie Zunder brannte, da sollte es etwa nicht gefährlich sein?

Marco war drauf und dran, die beiden bei seinem Vater zu verpetzen. Ein Feuer zu machen, hier, am Rand des Zitronenhains, dicht an der trockenen Macchia, das war so gut wie Brandstiftung!

Zu seinem Leidwesen musste Marco nun aber beobachten, wie sich Sergio, Pippos Vater, zu den beiden gesellte. Er sagte irgendetwas, Marco konnte es nicht verstehen, aber es war offensichtlich kein Schimpfen und kein Verbot.

Vielmehr lächelten alle drei, und Pippo zeigte auf den großen Plastikkanister.

Sergio nickte, setzte sich zu den beiden auf einen Stapel Holz und zündete sich eine Zigarette an.

Marco sah voller Neid, wie Lisabetta freudig aufsprang, zu ihren Füßen züngelte eine winzige Rauchsäule. Pippo lachte, sprang ebenfalls auf, und dann trampelten beide rasch auf dem Feuerchen, das Lisabetta offenbar entzündet hatte, herum. Zum guten Schluss nahm sein Freund, dieser Verräter, den Kanister und goss überall Wasser aus, damit nur ja kein Glutnest überlebte.

Offenbar lobte Sergio die beiden, denn sie strahlten miteinander um die Wette – meine Güte, sahen die dämlich aus! –, und dann liefen sie weg, irgendwo hinter die Hütte, vermutlich zu den Ziegen. Die hatten gerade Nachwuchs, fünf kleine süße Zicklein, das wusste Marco. Wie gerne wäre er jeden Tag in den Stall gegangen, um nach den Kleinen zu gucken, sie zu streicheln und sich von ihnen ablecken zu lassen.

Aber das ging nicht mehr.

Alles war vorbei, dachte Marco düster, seit dieses schreckliche Mädchen nebenan eingezogen war.

Seit dem Moment, als er sie das erste Mal gesehen hatte, dort, an der Biegung der Straße, mit seinem besten Freund Pippo, der so dümmlich gegrinst hatte, hatte Marco gespürt, dass diese Ziege, Lisabetta, sein Leben total durcheinanderbringen würde.

Er wehrte sich mit Händen und Füßen dagegen, dass das kirschkernspuckende Eichhörnchen, wie er sie gerne nannte, in seine Clique einbrach. Bis zu ihrem Auftauchen hatte er mit Pippo, Mimmo und Salvatore ein Kleeblatt gebildet.

Ein Kleeblatt! Und seit wann, bitte schön, hatte ein Kleeblatt fünf Blätter?

Sie waren eine Einheit, und da konnte Pippo noch so oft fragen, ob er Lust hatte, mit ihm und Lisabetta zu spielen, Marco würde das Mädchen nie und nimmer in der Gruppe akzeptieren.

E poi basta!

Das Schlimme war: Sie spielten gar nicht mehr zusammen. Nicht so wie früher. Weil immer diese Lisabetta da war. Und wenn er sich mal mit Pippo alleine traf, konnte er sicher sein, dass sie irgendwann dazukam. Und dann haute Marco ab, das war doch klar.

Mimmo und Salvatore hatte er davon überzeugt, dass man sich nicht mit der einlassen dürfe. Die waren auf seiner Seite, das hoffte er jedenfalls.

Marco fand, es war an der Zeit, seine Späherposition aufzugeben. Von Pippo und Lisa keine Spur mehr. Die saßen wahrscheinlich noch immer im Stall bei den Zicklein, dort, wo eigentlich er mit Pippo sitzen sollte.

Marco spürte ein Zwicken im Magen, die Wut machte ihn hungrig. Er wusste, dass die Nonna heute *sfogliatelle** backte, also würde er nun den Rückzug antreten, so unauffällig wie möglich, und ein paar der hoffentlich noch warmen Teilchen aus der Küche holen.

Er hatte sich kaum bewegt, da hörte er, wie Sergio ihn rief.

* Sfogliatelle sind eine Gebäckspezialität aus Neapel. Es sind Blätterteigtaschen, gefüllt mit Ricotta, aromatisiert mit Orange. Marcos Nonna macht sie natürlich mit Zitrone. Siehe auch »Ein Sommer wie Limoneneis«.

»Marco!«

Marco versteinerte. Er musste sich verhört haben, niemand konnte ihn hier in seiner Deckung aufgespürt haben.

Aber Sergio rief seinen Namen erneut, und Marco hob den Kopf.

Pippos Vater sah genau zu ihm rüber und winkte.

Rot vor Scham rappelte Marco sich auf und trottete zu Sergio. Er liebte den Vater von Pippo, der, obwohl bitterarm, immer bester Laune war. Noch niemals hatte Marco gehört, dass Sergio auch nur ein böses Wort fallen ließ, er war immer gutmütig und sprach mit sanfter Stimme – sowohl zu seinem Sohn als auch zu den Ziegen.

Ganz anders als sein Papà, dachte Marco, der ständig Wutausbrüche bekam und ihn wegen jeder kleinen Eselei schimpfte.

Sergio lachte nur und knuffte ihn an der Schulter.

»Was ist? Wollen wir nach den Zicklein sehen?«

Marco starrte auf den Boden und zuckte mit den Schultern.

»Mir egal.«

»Ach was! Ich glaub dir kein Wort. Komm mit, ich habe eine kleine Überraschung für dich.«

Jetzt riskierte Marco doch einen Blick, er war neugierig. Eine Überraschung? Was konnte das sein? Pippos Vater stand ein paar Schritte von ihm entfernt und winkte ihm. Er sollte ihm in den Stall folgen.

Widerwillig setzte der Junge einen Fuß vor den anderen, im Schneckentempo.

»Jetzt komm schon«, Sergio ging voraus, »die anderen sind längst weg.«

Du lieber Himmel, dachte Marco beschämt, hat Sergio mich etwa durchschaut?

Sie standen jetzt an der Tür zum kleinen Verschlag. Drinnen begannen die Ziegen zu meckern, sobald sie merkten, dass Sergio in der Nähe war. Sie wussten, dass er immer etwas für sie hatte, dass er sich um sie kümmerte, ihnen Steine aus den Hufen holte, sie striegelte, liebkoste und melkte, wenn es Zeit war.

Marco betrat hinter Sergio den kleinen Ziegenverschlag, und gemeinsam gingen sie zu der Ecke, die Sergio für die Mutterziege und ihre Babys hergerichtet hatte. Die Kleinen standen auf schwachen Beinen, um ihre Mutter herum und schubsten sich gegenseitig von den Zitzen weg. Die Mutter stand seelenruhig, kümmerte sich nicht um die Streitereien, sondern kaute ungerührt an den halbgetrockneten Kräutern.

Sergio holte eine Birne aus seiner Hosentasche und hielt sie ihr hin. Die Ziege verdrehte genüsslich die Augen, als sie in die saftige Frucht biss, jedenfalls kam es Marco so vor. Er hatte sich schon verstohlen umgeblickt, aber Pippo und das Mädchen mit den Hexenhaaren waren Gott sei Dank nirgends zu sehen.

»Schau ihn dir an.« Sergio nahm eines der kleinen Zicklein, das gerade nicht trank, vorsichtig hoch und reichte es Marco. Die Mutter des kleinen Ziegenbocks warf ihm einen Blick zu – Pass schön auf meinen Kleinen auf! –, beschäftigte sich dann aber weiter mit ihrer Birne.

Marco hielt die kleine Ziege vorsichtig im Arm. Ihr Fell war so weich wie Seide, er spürte das kleine Herz pochen und streichelte das Tierbaby beruhigend hinter den Ohren.

»Er heißt Marco«, sagte Sergio nun. »Wie du.«

Marco blickte Sergio gerührt an. Ihm fehlten die Worte.

»Pippo hatte die Idee.«

»Ist das wahr?«

Sergio nickte. »Fünf kleine Ziegen. Und drei Mal darfst du raten, wie die anderen heißen.«

Das war nicht schwer. »Mimmo, Salvi, Pippo. Und …« Es fiel Marco schwer, es auszusprechen, aber natürlich war klar, dass die fünfte Lisa hieß.

»Lisa, ganz genau.« Sergio zwinkerte ihm zu. »Allerdings heißt Pippo auch nicht Pippo, sondern Pippa – es sind zwei Mädchen.«

Da musste sogar Marco lachen, Pippa!

»Marco wird hierbleiben«, erklärte Sergio ihm nun. »Er ist ein fabelhafter kleiner Ziegenbock, stark und mutig. Ich werde ihn nicht verkaufen. Du musst mir versprechen, dass du immer auf ihn achtgibst!«

Marco nickte stumm. Er hatte einen Kloß im Hals, am liebsten hätte er auf der Stelle vor Freude und Rührung geheult. Natürlich würde er auf Marco achtgeben, er würde von nun an jeden Tag kommen und eine kleine Überraschung für seinen Namensvetter in der Tasche haben. Eine Möhre, ein Stück Brot – an Sonntagen vielleicht sogar Zucker.

»Und jetzt zisch ab, die beiden haben schon einen großen Vorsprung.«

»Was meinst du?«

Marco setzte die Ziege wieder auf den Boden, die sofort versuchte, an die Zitzen seiner Mama zu kommen.

»Pippo und Lisabetta. Die wollten zur Höhle.«

Marco starrte Sergio mit großen Augen an. Welche Höhle? Er hatte keine Ahnung von einer Höhle!

»Oh! Das wusstest du nicht? Geh sie suchen, das ist irgendwo auf dem Wanderweg.«

Marco nickte nur, drehte sich auf dem Absatz um und flitzte aus dem Ziegenverschlag. Er musste Mimmo und Salvi alarmieren! Gemeinsam mussten sie die anderen beiden suchen! Eine Höhle!

Als er noch in Rufweite war, drehte er sich um und schrie: »*Grazie, Sergio! Mille grazie!*«*

Salvatore konnte er sofort loseisen. Der war immer froh, wenn er von zu Hause wegkam. Der Vater war zum Fürchten, er trank und schlug seine Kinder. Salvi musste einiges zu Hause aushalten, das wusste Marco. Deshalb war der Kumpel auch immer für ein Abenteuer zu haben, Hauptsache, er musste nicht daheimbleiben.

Mit Mimmo war es schon schwieriger. Der wurde von seinem Papà, dem Hoteldirektor, ständig zur Arbeit verdonnert.

Marco wusste sehr wohl, dass das nicht erlaubt war, aber sie alle mussten ihren Eltern bei der Arbeit helfen, auch er sollte Zitronen ernten und Kisten schleppen. Aber keiner arbeitete so viel wie Mimmo, und dabei waren sie erst acht! Aber wenn Marco versuchte, Mimmo aufzuhetzen, hatte er keinen Erfolg. Mimmo meinte, dass er das Hotel ja erben würde, da sei es wichtig, wenn er sich schon früh an die Arbeit dort gewöhne. Meistens ließ ihn sein Papà die Autos der Gäste polieren. Oder den Parkplatz sauber machen. Am schlimmsten aber hatte Marco es gefunden, als er seinen Kumpel dabei ertappt hatte, wie dieser im Foyer mit einem Staubwedel herumgehen und die Vasen und anderen Krempel, der da herum-

* Danke, Sergio, danke für alles!

stand, abstauben musste. Wie würdelos! Für einen Cowboy und Soldaten gehörte sich das nicht. Das war Weiberarbeit!

Als er nun mit Salvatore zum *Bella Vista* gelaufen kam, war Mimmo gerade dabei, dem Gärtner zu assistieren. Er hob das Schnittgut auf, das dieser beim Schneiden des Ligusters auf dem Rasen verteilte.

»Mimmo«, rief Marco schon von Weitem, »du musst mitkommen, schnell!«

Mimmo schickte einen verunsicherten Blick zum Gärtner, der jedoch von den Jungen keine Notiz nahm.

»Ich kann nicht.« Mimmo deutete hilflos auf das überall verstreute Grünzeug.

Marco seufzte. »Es ist wichtig, Mimmo. Pippo und dieses Mädchen haben eine Höhle entdeckt. Wir müssen sie finden und ausspionieren! Und dann nehmen wir die Höhle in Besitz.«

Mimmo machte große Augen. Das klang nach einem Abenteuer! Fast war er so weit, einfach alles stehen und liegen zu lassen, aber dann besann er sich.

»Ich muss die Arbeit erst fertig machen, Marco.«

Der tauschte mit Salvi einen Blick, und beide dachten das Gleiche. Wie auf ein geheimes Kommando begannen die beiden, in Windeseile die abgeschnittenen Äste und vertrockneten Blüten einzusammeln und auf die Schubkarre zu schmeißen. Sie waren hundert Mal so schnell wie der träge Mimmo. Im Nu war der kurzgeschnittene Rasen wie leer gefegt.

Marco zupfte den Gärtner an seinem T-Shirt. »He! Wir nehmen den jetzt mit, *capisce**?«

---

*   Verstanden?

Der Gärtner lachte nur. »Haut ab!«

Mimmo, Marco und Salvatore ließen sich das nicht zwei Mal sagen und flitzten, so schnell sie konnten, davon. Bloß weg hier, bevor Mimmos Vater sie entdeckte und seinem Sohn neue Aufträge erteilte.

Der kürzeste Weg zum ehemaligen Eselstrail führte über das Grundstück der Familie Pantanella. Also liefen die drei Buben die zweihundertsechsundvierzig Steinstufen hinauf, das war der strapaziöse, aber schnelle Weg. Marco und Salvi waren bereits oben angelangt, da keuchte Mimmo noch auf der Hälfte der Treppe.

»Komm schon, Fettsack!«, feuerte Marco ihn an, dann liefen er und sein Freund ins Haus, um sich etwas Proviant zu holen. Schließlich planten sie eine längere Belagerung, da wollten sie gut versorgt sein.

Marco riss seine kleine lederne Umhängetasche von der Garderobe. Es war seine Brotzeittasche, die ihm seine Mamma oder manchmal auch die Nonna morgens mit den schönsten Köstlichkeiten füllte: Tramezzini*, Aprikosen, ein paar Stückchen Schokolade oder Biscotti. Es passte eine Menge hinein in Marcos Brotzeittasche, deshalb nahm er sie gerne auch am Nachmittag zum Spielen mit. Dann allerdings sammelten sich darin Steine, Muscheln, Kronkorken, geschnitzte Aststückchen − Pfeilspitzen von Robin Hood −, das kleine Taschenmesser in der Lederhülle oder Streichhölzer, die er seinem Papà stibitzt hatte.

Jetzt aber stürmte er in die Küche. Schon beim Hereinkommen sah er, dass auf dem Tisch das große Holzbrett lag,

---

* Ital. Sandwich

auf dem die Frauen seiner Familie immer den Nudelteig kneteten. Jetzt lagen darauf wie kleine mit Puderzucker bestäubte Soldaten die *sfogliatelle*. Exakt in Reih und Glied, alle im gleichen Abstand zueinander – da nahm es seine Urgroßmutter ganz genau.

Der Raum war erfüllt vom Geruch nach Gebackenem, nach Zitronen, Butter und Zucker. Herrlich!

»Ah!« Streng hob seine Nonna den knochigen Zeigefinger in die Höhe. »Hier wird nicht geklaut!«

Tatsächlich hatte Marco schon mit einer Hand seine Ledertasche geöffnet und die andere nach den Teigtaschen ausgestreckt.

Salvatore hinter ihm wich schnell einen Schritt zurück. Vor Marcos Nonna hatten alle großen Respekt.

»Bitte, Nonna, darf ich drei *sfogliatelle* haben?«

»Warum? Wozu und für wen?«

Marcos Urgroßmutter war fast neunzig, aber noch immer voll auf der Höhe ihrer Kräfte. Die kleine Frau trug stets schwarze Kleidung, einen Rock, der ihr bis zu den Waden reichte, eine langärmelige schwarze Baumwollbluse und natürlich ein schwarzes Tuch um Kopf und Schultern. Sie sah aus wie ein buckliger Rabe. Jetzt hatte sie sich zwischen Marco und den Tisch geschoben, damit er keine Möglichkeit hatte, sie auszutricksen.

Atemlos spulte ihr Urenkel seine Geschichte herunter. Dass er, Salvi und Mimmo – der mittlerweile schweißgebadet hinter Salvatore aufgetaucht war – dringend eine Höhle erkunden mussten und dafür selbstverständlich Proviant brauchten. Für den Fall, dass sie vielleicht sogar eine Belagerung durchführen mussten – und überhaupt war alles sehr dramatisch und wichtig.

Die Nonna verzog keine Miene. Als Marco mit seiner Geschichte am Ende angelangt war, nickte sie und packte stumm drei *sfogliatelle* in ein Stück Zeitungspapier. Dann legte sie noch eine gute Handvoll Kirschen dazu, daumendicke Scheiben von einer Salami, eine Scheibe Pecorino und drückte Salvatore eine Ecke Weißbrot in die Hand.

»Nehmt euch noch eine Flasche Wasser mit. Eine Höhlenbelagerung kann lange dauern und ist sehr anstrengend.«

Marco grinste, seine Nonna war die Allerbeste! Gleichzeitig spürte er, wie Salvatore hinter ihm erleichtert ausatmete und Mimmo nervös mit den Fingern schnippte. Das tat er immer, wenn er wusste, dass es gleich etwas zu essen geben würde.

Die Jungs waren drauf und dran, aus dem Haus zu stürmen, als Marco auf der Schwelle innehielt. Er hatte noch etwas auf dem Herzen.

»Nonna«, fragte er, »kann ich noch eine *sfogliatelle* für Pippo haben? Du weißt doch, er isst sie so gerne.«

Seine Urgroßmutter lächelte mit ihrem zahnlosen Mund, ein Netz von Falten überspannte ihr kleines Gesicht, und sie streckte Marco ein weiteres Gebäckteilchen zu. »Und jetzt schnell«, sagte sie, »so eine Höhlenerforschung darf nicht warten.«

Zu Beginn des Wanderweges waren die drei Buben auf Geheiß von Marco noch langsam vorwärtsgepirscht. Sie hatten sich hinter Bäumen versteckt, waren gebückt gegangen, ihre »Waffen« im Anschlag. Ihre Mission war heikel, sie mussten die Höhle finden, wollten aber nicht von Lisabetta und Pippo gefunden werden.

Aber nach einiger Zeit – sie waren kaum vorwärtsgekommen – war ihnen das zu lästig. Es war anstrengend, und Marco war klar, dass sie auf diese Weise die Höhle nicht mehr bei Tageslicht finden würden. Er gab also die Parole aus, dass sie ihre Deckung aufgeben und der Suche nach der Höhle Vorrang geben sollten.

»Und warum können wir keine Pause machen?« Mimmo zeigte auf die Brotzeittasche und tat, als sei er fürchterlich geschwächt.

»Wenn wir die Höhle haben«, Marco guckte streng. »Erst dann. Oder wenn wir den Kampf gewonnen haben.«

»Gegen wen kämpfen wir denn?«

»Gegen Pippo und die blöde Ziege! *Stupido*!*«

»Aber … das sind unsere Freunde!« Salvatore guckte verdattert zu Mimmo, in der Hoffnung, dass dieser ihm beistehen möge. Aber der schien gar nicht zuzuhören, sondern fixierte noch immer die Ledertasche.

Marco rollte mit den Augen. »Ganz bestimmt nicht, Salvi. Pippo vielleicht, aber er muss uns erst die Treue schwören. So lange ist er ein Verräter. Und sie sowieso nicht.« Er guckte grimmig.

Es konnte eigentlich nicht so schwer sein, dachte Marco, die Höhle zu entdecken. Schließlich waren nur rechter Hand die Felsen, linker Hand fiel das Gelände steil zum Meer hin ab. Dort hinunter kletterte man nicht, es sei denn, man war lebensmüde.

Während Marcos ganze Konzentration darauf gerichtet war, irgendwo eine Nische im Fels zu erspähen, ein Loch, einen Felsüberhang, ließ die Lust seiner beiden Mit-

*   Blödmann

streiter merklich nach. Sie waren etwa eine Dreiviertelstunde unterwegs, als Mimmo stehen blieb und die Arme verschränkte.

»Entweder machen wir eine Pause, oder ich geh nicht mehr weiter.«

Er knuffte Salvatore in die Seite, der daraufhin bestätigend nickte.

Marco drehte sich verärgert um. Die Gesichter seiner Freunde spiegelten Entschlossenheit wider, und Marc wusste nur zu gut, was es bedeuten würde, wenn er ihrer Forderung nicht nachkam. Mimmo würde eisenhart umdrehen und zum Hotel zurückgehen – Salvatore im Schlepptau.

»Also gut«, lenkte er ein, »aber nur den Käse! Die *sfogliatelle* essen wir in der Höhle.«

»Was ist mit der Salami?« Mimmo war noch nicht überzeugt.

Marco seufzte.

»Also gut. Käse und die Kirschen. Salami heben wir für den Rückweg auf.«

Damit war Mimmo einverstanden. Sie suchten sich einen schönen Platz mit ein bisschen Schatten, wo sie gut rasten konnten. Salvatore zeigte auf eine Einbuchtung im Fels, davor war eine kleine Fläche mit trockenem Gras, die von einem jungen Korkeichenbäumchen vor der Sonne geschützt wurde. Sie gingen darauf zu, und dann geschah alles gleichzeitig.

Zunächst entdeckte Marco, dass sich in der Einbuchtung des Felsens ein vom Wanderweg aus nicht sichtbarer Schlitz im Fels befand. Er war gerade so groß, dass ein Mensch allein bequem hindurchpasste. Marco hatte gerade die Ledertasche von der Schulter gleiten lassen und zeigte nun aufgeregt auf den Eingang zur Höhle, die, da war er sicher, die Höhle war, die das schreckliche Mädchen entdeckt hatte.

Kaum aber war er ein paar Schritte auf die Höhle zugegangen, da hob in seinem Rücken großes Geschrei an.

Als er sich umdrehte, sah er, dass Pippo und die kleine Hexe sie in einen Hinterhalt gelockt hatten – sie waren gerade dabei, Mimmo und Salvatore zu überwältigen, die erschreckend wenig Gegenwehr leisteten, und sich außerdem seiner Provianttasche bemächtigt hatten.

Die beiden freuten sich diebisch, dass es ihnen gelungen war, sie zu überraschen.

»Ihr seid unsere Gefangenen!«, quietschte das Mädchen und bog sich vor Lachen. »Entweder gebt ihr uns von dem Proviant ab, oder wir lassen euch nicht in unser Hauptquartier!«

Hauptquartier! In Marco wuchs der Ärger – auf diese Ziege, weil sie tat, als könnte sie einfach ihr Spiel übernehmen, auf seine Freunde, die nichts unternahmen, um sie in die Wüste zu schicken, zu den anderen Mädchen, wo sie hingehörte, und auf sich selbst, weil er sich angestellt hatte wie der letzte Blödmann.

»Ihr braucht uns eure blöde Höhle gar nicht zu zeigen.« Marco verschränkte bockig die Arme vor der Brust. »Die gehört euch nicht, und wir haben sie gerade selber entdeckt.«

»Ach ja?« Lisabetta schwenkte provokant seine Tasche vor und zurück. »Aber du hast kein Licht, um dich zurechtzufinden, wir schon. Und außerdem«, sie hob die Tasche hoch, »haben wir den Proviant sowieso. Wir müssen gar nicht verhandeln.«

Wir? Wen meinte die eigentlich? Marco sah seine Freunde

242

an, die einer nach dem anderen den Blick verschämt abwandten. Sie wollten gar nicht gegen das Mädchen kämpfen! Sie taten einfach so, als gehörte sie zu ihnen! Diese miesen Verräter!

Ohne ein Wort zu sagen, ging Marco an ihnen vorbei. Sollten sie doch alleine in ihre Höhle gehen. Er war überhaupt nicht mehr daran interessiert, mit ihnen zusammen zu sein. Nicht, solange DIE dabei war.

»Marco, warte!« Es war sein Freund Pippo, der ihm hinterherlief und ihn aufzuhalten versuchte. »Du warst ja noch gar nicht drin. Es ist echt super da.« Pippo stellte sich vor ihn und versperrte ihm den Weg.

Jetzt kam auch noch das Mädchen dazu und stellte sich daneben. Sie gab ihm die Brotzeittasche zurück.

»Da! Wir nehmen dir nichts weg. Keine Angst. Aber wenn du willst, darfst du als Erster rein.«

Sie hielt ihm etwas hin. Es war eine kleine Taschenlampe. So eine hatte er auch in der Nachttischschublade, wenn er heimlich nachts unter der Decke las. Sie war klein, aus Aluminium und hatte ein buntes Kopfstück. Wenn man dieses drehte, ging die Lampe an.

Marco zögerte. Er wollte nichts von Lisabetta Amato annehmen, wollte keinen Gefallen von ihr. Aber die Versuchung, als Erster in die Höhle gehen zu dürfen, war einfach zu groß.

Schließlich nahm er die Taschenlampe ohne ein Wort des Dankes und drehte wieder um.

Mimmo und Salvi warteten schon am Eingang der Höhle, beide grinsten erleichtert.

Marco machte das Licht an und ging durch den Spalt.

Er erwartete einen schmalen Gang, der sich nach hinten

verjüngte und schließlich einfach endete, oder zumindest ein kleines Felsenkämmerchen, tatsächlich aber öffnete sich direkt nach dem Eingang ein großer Raum, in dem bequem zwanzig oder dreißig Erwachsene sitzen oder liegen konnten.

Marco blieb die Luft weg.

Seine Freunde kamen einer nach dem anderen hinter ihm durch den Spalt. Pippo grinste stolz wie ein Honigkuchenpferd.

»Wahnsinn, oder?«

Lisabetta hüpfte an ihnen vorbei, stellte sich mit ausgebreiteten Armen in die Mitte der Höhle und drehte sich ausgelassen um ihre eigene Achse. Dabei legte sie den Kopf in den Nacken und lachte aus vollem Hals.

Die tickt doch nicht richtig, dachte Marco, konnte sich aber der Faszination für dieses schräge Mädchen nicht entziehen. Sie war wie Pippi Langstrumpf oder die rote Zora. Total nervtötend, aber auch toll.

Jetzt schwärmten sie alle aus, erkundeten die Höhle mithilfe der Taschenlampe – die gar nicht unbedingt nötig war, denn erstens gewöhnten sich ihre Augen an die Dunkelheit und zum anderen fiel Licht von draußen in den Raum – und setzten sich dann irgendwann alle zusammen in einen Kreis, um Marcos Proviant zu essen. Marco packte eines nach dem anderen aus, aber bei dem Päckchen mit den *sfogliatelle* zögerte er. Es waren nur vier Stück. Er gab Pippo, Mimmo und Salvi je eines. Beim letzten Teilchen zögerte er, dann reichte er es Lisabetta.

»Und du?«, fragte sie.

Marco schüttelte den Kopf. »Ich hab sowieso keinen Hunger.«

Das Mädchen nickte und biss voll Verlangen in das Gebäck.

»Mmmh«, sagte sie kauend mit vollem Mund, Puderzucker im Gesicht. »Das sind die besten *sfogliatelle,* die ich jemals gegessen habe.«

Marco war von Stolz erfüllt. Vielleicht, dachte er, ist sie doch nicht so schlimm.

Amalfi, heute

Marco

Marco lief der Schweiß in Strömen herunter. Immer wieder stieß er den Spaten in die trockene, steinharte Erde. Lockerte den Boden mit der Grabegabel, gab etwas von dem Dünger in die Erde und versuchte, ihn, so gut es ging, einzuarbeiten. Es war eine harte körperliche Arbeit, aber Marco genoss die Strapaze, die half ihm, den Kopf leer zu bekommen und Abstand zu seinen Sorgen zu gewinnen.

Der Dünger setzte sich aus reifem Kompost und dem Mist der Ziegen zusammen. Die Pantanellas lagerten ihn in einer entfernten Ecke des Grundstücks, von dort holte Marco nun Schubkarre um Schubkarre, um den Bäumen die letzte Düngung vor dem Winter zu geben.

Die Erde war schon immer trocken gewesen, das hatte Marco noch aus seiner Kindheit in Erinnerung, wenn sein Vater abends aus dem Hain kam, über und über mit erdigem Staub bedeckt, der sich in den Falten seines Gesichts, auf der Kopfhaut und in allen Poren an seinem Körper absetzte. Nun erging es Marco nicht anders, und wenn er nach der Arbeit unter die Dusche sprang, war das erste Wasser, das in den Abfluss gurgelte, braun von Erde.

Dennoch war es schlimmer geworden, das sagte auch Raffaele. Es kam immer weniger Wasser vom Himmel, die

Dürreperioden wurden länger, es bildete sich eine undurchdringliche Erdkruste, die nicht mehr in der Lage war, Wasser aufzunehmen. Wenn es mal regnete, dann floss das Wasser an dem harten Boden hinab ins Tal, anstatt in die Tiefe einzusickern. Das Bewässerungssystem musste dringend von Grund auf verändert werden, stellte Marco wieder fest, während er den Spaten erneut in die Erde stieß. Sie konnten es sich nicht leisten, das kostbare Regenwasser einfach so abfließen zu lassen. Sie mussten es sammeln und schließlich durch durchlässige Rohre pumpen, die die Bäume mit dem lebensnotwendigen Nass im Wurzelbereich versorgten – nicht von oben.

Dann könnten sie die Bewässerung auch digital steuern, den Wetterverhältnissen anpassen. Bei kaltem oder feuchtem Wetter gab es kein oder nur wenig Wasser, in Hitzeperioden dafür umso mehr.

Marco besah sich die Wurzeln des Baums, den er gerade düngte, genauer und stellte besorgt fest, dass die feinen Haarwurzeln zu großen Teilen bereits vertrocknet waren – wenn sie nicht bald handelten, dann starben ihnen die Bäume in den kommenden Jahren einfach weg. Dann würde es die Plantage sowieso nicht mehr geben, unabhängig davon, ob Mimmo ihnen etwas wegnahm oder nicht.

»Papà«, rief er nach Raffaele, der wenige Meter entfernt von ihm stand, auf seinen Stock gestützt, den hellen Strohhut auf dem Kopf, und die Früchte eines Baums inspizierte.

Gemeinsam beugten sie sich über die trockenen Wurzeln des Baums, Raffaele wiegte den Kopf hin und her.

»Das ist nicht gut. Gar nicht gut.«

»Wir müssen was tun. Sonst geht das hier vielleicht noch

fünf, maximal acht bis allerhöchstens zehn Jahre gut. Aber dann hat der Klimawandel die Plantage zerstört«, gab Marco zu bedenken.

Er schüttete jetzt wieder etwas von dem Dünger in die Erde und schaufelte das Loch dann zu.

»Ich werde mit Salvatore sprechen. Er soll sich das anschauen, uns einen Kostenvoranschlag machen, und dann muss ich sehen, wo ich das Geld herbekomme.«

»Ein bisschen was habe ich ja zur Seite gelegt.« Raffaele legte seinem Sohn die Hand auf die Schulter. Marco sah ihm an, dass es ihm schwerfiel, über das Thema zu reden, natürlich hatte Raffaele die Augen vor den Erfordernissen der Zukunft verschlossen und gehofft, dass alles immer so weitergehen möge. Nur allzu menschlich.

»Das werden wir vermutlich auch brauchen«, gab Marco zurück. »Jedenfalls solange ich nicht weiß, wie es mit meiner Abfindung läuft. Und ich versuche, einen Kredit zu bekommen.«

Der alte Pantanella machte ein Gesicht, als hätte er in eine unreife *sfusato* gebissen.

»Ich habe lieber Schulden als gar keine Existenzgrundlage, Papà. Aber wir werden sehen. Vielleicht kommt es gar nicht so weit. Vielleicht reicht unser Geld.«

»Dieser Mimmo, der Schuft!«, entfuhr es Raffaele plötzlich. »Ich kenne ihn, seit er auf der Welt ist. Hat ihm sein Vater denn gar keinen Anstand beigebracht?«

Marco seufzte. Er konnte auch nicht verstehen, was in seinen alten Freund gefahren war, vielleicht saß ihm sein russischer Schwiegervater mit dem Konsortium im Nacken, vielleicht hatte er sich mit der Ferienanlage verschuldet – Marco hatte nicht erfahren, was der Grund für Mimmos

Kompromisslosigkeit war. Aber jetzt war es ihm auch egal. Er musste handeln, und zwar sofort. Marco wollte es sich nicht erlauben, einen Gedanken an irgendwelche Rechtsstreitigkeiten zu verschwenden.

»Sag mal, mein Junge, was ist eigentlich mit dem Internet? Kommt das jetzt endlich?«

Marco grinste. Noch vor ein paar Wochen hatte sich sein Papà mit Händen und Füßen gegen einen Anschluss gewehrt, plötzlich konnte es ihm nicht schnell genug gehen.

»Nächste Woche, Papà. Da kommt jemand von der Telefonfirma. Und dann geht es ganz schnell. Matteo bastelt schon an einer Website für uns.«

»Das ist gut, sehr gut!«

»Dann kannst du mit deinen Enkeln auch mailen und whatsappen. Du wirst sehen, das ist noch viel besser als eure SMS.«

Raffaele hatte vor zwei Monaten von Marco ein Handy bekommen, damit er in Verbindung mit ihm bleiben konnte, wenn Marco in München war. Aber natürlich war es Raffaele auf die Art auch möglich, sich mit seinen Enkeln zu schreiben. Und das tat er ziemlich ausgiebig, wie Marco in letzter Zeit festgestellt hatte. Offenbar schickten Sabrina und Luis dem Opa häufiger Nachrichten als ihm. Vielleicht lag es daran, dass sie sich wechselseitig in Deutsch beziehungsweise Italienisch unterrichteten. Jedenfalls hing sein Papà in letzter Zeit ständig am Handy, und Marco war fast ein bisschen eifersüchtig.

»Die Kinder kommen übrigens bald zu Besuch.«

»Was?« Raffaele schien mit seinen Gedanken ganz woanders zu sein, abwesend starrte er auf sein Handy.

»Hast du gehört? Freust du dich nicht?«

Jetzt erst sickerte die Information zu Raffaele durch. »Ach ja, wie schön! Alle beide?«

Marco nickte. »Sabrina und Luis. Sie haben Ferien.«

»Schön, schön«, sagte sein Papà. Dann wandte er sich wieder den Zitronen zu.

Marco beobachtete ihn und machte sich Sorgen. Baute sein Vater in der letzten Zeit geistig ab? Er war häufig unkonzentriert und nicht bei der Sache. Was umso seltsamer war, als es im Moment dauernd um die Zukunft der Plantage ging, die ja immer sein Ein und Alles gewesen war. Marco nahm sich vor, ein Auge auf Raffaele zu haben. Er befürchtete, dass dieser langsam dement wurde.

Nach der zehnten Fuhre Dünger, die er unter die Erde gebracht hatte, musste Marco eine Pause machen. Raffaele war bereits im Haus und hielt ein Nickerchen. Marco würde unter die Dusche springen und etwas zum Essen vorbereiten, er hatte am Vormittag trockenes Ciabatta mit Olivenöl und Meersalz geröstet, daraus würde er gleich eine *Panzanella** zubereiten. Tomaten, Oliven, ein wenig Käse, Basilikum … ihm lief das Wasser im Mund zusammen.

Als er auf das Haus zulief, sah er, dass Nathalie ihm von der Treppe, die von Amalfi heraufführte, entgegenkam.

»Ich wäre nachher auch zu dir gekommen«, begrüßte Marco sie, »mich entschuldigen.«

Nathalie grinste. »Schon gut. Ich muss mich genauso entschuldigen.«

»Meine Nerven liegen ein bisschen blank, weißt du?« Marco geleitete seine Ex-Kollegin zu der Sitzecke im Garten.

---

* Ital. Brotsalat

»Das heißt, heute geht es schon besser. Ich habe mich abreagiert. Und Lisabetta hat mich runtergekocht.« Er lächelte schief.

»Bei mir hat das Pippo geschafft.« Nathalie lächelte nun auch. »Er hat mir auch die Sache mit Mimmo erzählt und was dich belastet – tut mir leid, dass ich mich so wichtig genommen habe.«

Sie setzten sich in den Schatten unter den Feigenbaum, Marco holte noch rasch eine Karaffe mit Eiswasser und Zitrone aus der Küche und goss ihnen ein.

»Es ist okay, Nathalie. Jeder hat so seine Sache, mit der er sich beschäftigt. Ich hätte dich trotzdem nicht so anpfeifen dürfen.«

»Ich möchte dir jedenfalls ein Angebot machen.«

Marco sah sie abwartend an. Jetzt fiel ihm erst auf, wie entspannt Nathalie aussah. Die Woche unfreiwilliger Urlaub an der Amalfiküste schien ihr richtig gutzutun, sie wirkte gelassener, lockerer, war sogar etwas weniger mit Make-up zugekleistert, als er es sonst von ihr kannte.

»Ich höre.«

»Ich übernehme die Sache mit deiner Abfindung. Als Anwältin. Eigentlich brauche ich dich gar nicht dazu, ich bin in alles eingeweiht, die Unterlagen stellst du mir zusammen, das war's. Es wird mir ein Fest sein, Stefan Renke in Grund und Boden zu klagen.«

Marco musste lachen. »Wenn jemand das schafft, dann du. Ich würde dein Angebot wirklich gerne annehmen, das Problem ist nur: Ich kann dich nicht bezahlen.«

»Doch, das kannst du.« Nathalie sah ihn triumphierend an. »Pippo hat mir erzählt, dass du vorhast, eventuell kleine Apartments zu bauen und sie zu vermieten.«

»Pssst!« Marco deutete warnend hinter sich. »Papà weiß noch nichts davon.«

Nathalie senkte die Stimme. »Ich will hier gratis meinen Urlaub verbringen. Und zwar so oft ich will.«

»Da du praktisch nie Urlaub machst, nehme ich das gerne an – aber bist du auch sicher, dass der Deal nicht zu deinen Ungunsten ausfällt?«

»Vielleicht habe ich ja Geschmack am Urlaubmachen gefunden ... lass dich überraschen.«

Sie hielt ihm die Hand hin, und Marco schlug ein.

»Magst du noch zum Essen bleiben?«, fragte Marco. »Ich mache einen Brotsalat. Muss nur noch duschen und meinen Vater wecken.«

»Danke, nein. Ich schau noch bei Pippo vorbei.«

»Bei Pippo?« Marco wunderte sich. Hing Nathalie nicht mit Remo rum? Aber was wusste er schon? Letzten Endes ging es ihn auch nichts an.

»Übermorgen verabschiede ich mich dann. Wird Zeit, dass ich nach München fliege und Renke in die Zange nehme.«

»Dann komm doch morgen hier vorbei. Wir können ein kleines Abschiedsessen machen, wenn du magst.«

»Mal sehen. Ich melde mich. *Ciao!*«

Damit wandte Nathalie sich um und ging in Richtung von Pippos Bungalow davon.

Marco sah ihr nach und freute sich. Offenbar hatte die wunderschöne Amalfiküste auf Nathalie eine ähnlich entspannende Wirkung wie auf ihn ein paar Monate zuvor. Die herrliche Luft, warm, aber gleichzeitig rau vom Meer, der Duft nach Kräutern, Gewürzen und Zitronen, die unendliche Weite in Richtung des offenen Meeres und der Halt, den der Blick auf die Berge und kurvigen Küsten gab. Ihm schien jedenfalls Nathalie deutlich verändert. Sogar ihr Gang war leichter, federnder und nicht mehr so zackig.

Raffaele stocherte lustlos in dem Brotsalat herum.

»Was ist«, fragte Marco, »schmeckt's dir nicht?«

»Nein, nein, alles wunderbar. Du bist ein talentierter Koch, Marco. Das hast du von deiner Mamma.«

Das hielt Marco für völlig übertrieben, in seinen Augen war Magdalena Pantanella die beste Köchin der Welt gewesen und er gerade mal imstande, einen kalten Salat zuzubereiten, aber es war nett, dass sein Vater ihm dieses Kompliment machte.

»Was ist es dann? Wieso isst du nicht?«

Raffaele legte die Gabel hin. »Ich mache mir so meine Gedanken.«

»Muss ich dir alles aus der Nase ziehen? Was für Gedanken?«

Raffaele zögerte mit einer Antwort.

»Also weißt du, ich bewundere es, dass du so große Pläne hast. Dass du einen Kredit aufnehmen willst, die Website und die Bewässerung und all das … der Kampf gegen Mimmo. Aber manchmal denke ich … vielleicht ist es einfach vorbei.«

Marco fiel fast die Gabel aus der Hand. »Papà?! Ich hör wohl nicht richtig! Was sagst du da? Die Plantage ist dein Leben! Und nicht nur deines, auch deines Vaters und Großvaters und Urgroßvaters. Und demnächst auch meines. Du hast in deinem Leben nichts anderes gemacht, außer Zitronen anbauen.«

»Vielleicht war das ein Fehler«, antwortete sein Papà lapidar.

Marco fehlten die Worte. Er starrte seinen Vater ungläubig an.

»Es gibt doch auch noch etwas anderes als Zitronen!«, fuhr dieser fort. »Ich hätte mich mehr um deine Mutter kümmern müssen, Marco. Das ist mir jetzt klar. Ich habe sie oft allein gelassen. Wir sind nicht einmal in den Urlaub gefahren, weil ich die Plantage nicht allein lassen wollte. Und jetzt ...«

»Was ist jetzt?«

»Geht hier alles den Bach hinunter. Heute habe ich gedacht, dass die vertrockneten Wurzeln ein Zeichen sind. Die Bäume wollen nicht mehr. Sie können nicht mehr. Wenn ich sterbe, dann stirbt auch der Zitronenhain.«

Marco spürte, wie in ihm die alte Wut hochkam. Die Wut, die er schon früher als Jugendlicher auf seinen Vater gehabt hatte. Wenn er sich von diesem nicht ernst genommen fühlte.

»Du traust es mir nicht zu, oder?«, fuhr er Raffaele an. »Dass ich es hinbekomme? Denkst du, bloß weil du irgendwann nicht mehr bist, geht alles den Bach runter? Danke für das Vertrauen, Papà, echt, ganz groß.«

Marco schmiss die Serviette hin und stand auf. Er kochte, trotzdem tat es ihm leid, schon während er es ausgesprochen hatte, seinen Vater so anzugiften, aber er konnte sich nicht zurückhalten. Es war das alte Muster. Sein Vater hielt einfach nichts von ihm. Er war der gute Junge, aber die Plantage übernehmen konnte er nicht?!

Marco lief ein paar Schritte in den Hain und versuchte, durchzuatmen, innerlich ruhiger zu werden. Dann kehrte er an den Tisch zurück, an dem sein Vater saß wie ein begossener Pudel. Mit hängendem Kopf starrte er auf seinen Teller.

»Papà, ich verstehe, dass du dir Sorgen machst.« Marco

bemühte sich um einen ruhigen Tonfall, wenngleich es ihm größte Anstrengung abforderte. Am liebsten hätte er gebrüllt. »Aber hab doch Vertrauen. Ich habe Pläne, ich möchte, dass die Pantanella-Plantage überlebt, und ich glaube, dass ich das schaffe.«

Jetzt blickte Raffaele mit feuchten Augen zu ihm auf. »Es tut mir leid, mein Junge, so habe ich das nicht gemeint.«

Marco schwieg. Ihm tat es auch leid.

»Aber in letzter Zeit ist alles ein bisschen viel, ich komme nicht mehr mit.« Raffaele wischte sich mit der Serviette über die Augen. »Mit Paolo ist eine Ära zu Ende gegangen. Unsere Ära, die Zeit von uns Alten ist vorbei. Klimawandel, Sonnenenergie, Internet – ich verstehe das alles nicht. Es ist nicht mehr meine Zeit, weißt du?«

Marco hockte sich neben Raffaeles Stuhl und nahm die Hand seines Vaters. Eine dürre, knochige Hand mit papierner Haut, übersät von Altersflecken.

»Okay, Papà. Das ist jetzt vielleicht alles ein bisschen viel. Aber vertrau mir, ich lasse dich nicht allein. Gemeinsam schaffen wir das.«

Raffaele öffnete den Mund, um etwas zu sagen, aber die Worte blieben ihm im Halse stecken. Stattdessen tätschelte er Marco den Kopf und nickte.

Marco stand auf und setzte sich wieder auf seinen Platz. »Nathalie war vorhin da. Sie kümmert sich um meine Abfindung. Da muss ich jetzt also keine Energie reinstecken. Und das andere schaffen wir auch alles.«

Raffaele rückte seinen Stuhl nach hinten und stand auf. »Ich geh dann mal los.«

Marco war überrascht. »Auf einmal? Wohin gehst du? Wir sind doch nachher bei Nino zum Grillen eingeladen?«

»Geht ihr Jungen alleine hin. Sag schöne Grüße. Ich bin bei Paolo.«

»Bei P...« – Aber der ist doch tot, wollte Marco schon sagen, doch dann besann er sich. »Du meinst, du gehst auf den Friedhof, oder?«

Sein Papà sah ihn an, als verstünde er nicht, wovon die Rede war. »Auf den Friedhof? Was soll ich auf dem Friedhof?« Dann schien es ihm einzufallen. »Aber ja. Genau. Ich bin auf dem Friedhof. Bis später.«

Dann nahm er sein Geschirr und trug es ins Haus. Marco blickte ihm besorgt nach.

Es dauerte noch eine gute Stunde, bis Raffaele tatsächlich aufbrach, aber dann war er frisch geduscht, parfümiert und trug einen leichten Sommeranzug, den Marco noch nie an ihm gesehen hatte. Bester Dinge steuerte Raffaele die Straße an, schlenkerte fröhlich mit seinem Gehstock, und es hätte Marco nicht gewundert, wenn er angefangen hätte, ein Liedchen zu pfeifen. Die Krise und den Streit schien er vollkommen vergessen zu haben.

Auf dem Parkplatz kam ihm Lisabetta entgegen. Raffaele begrüßte sie, lupfte formvollendet seinen Hut und zog dann des Weges.

Lisabetta ging lächelnd auf Marco zu. Sie sah aus wie ein Filmstar, dachte Marco, wie sie ihre Hüften hin und her schwang, ein Gang wie eine stolze Löwin. Die Lockenhaare standen wild von ihrem Kopf ab, als wären sie unter Strom, das leichte Kleid umspielte ihre üppige Figur, und die Sandalen trug sie lässig in der Hand.

»Mach den Mund wieder zu, *stupido*«, schimpfte sie ihn lachend aus, gab ihm einen Kuss und ließ sich auf einen der Gartenstühle plumpsen.

259

»Was ist denn mit Raffaele los? So schick ist der doch sonst nie.« Währenddessen nahm sie Marcos Gabel und pickte die Reste des Brotsalats mit Genuss auf. Sie schien immer Heißhunger zu haben, wunderte Marco sich. Er hatte Lisabetta noch nie mäkelig oder appetitlos erlebt.

Marco erzählte ihr, was geschehen war, und äußerte auch gleich seine Bedenken, dass das Gehirn seines Vaters möglicherweise nicht mehr so arbeitete, wie es arbeiten sollte.

Aber Lisabetta lachte nur. »Ach, du bist ein kleiner Dummkopf! Er ist weder dement, noch geht er auf den Friedhof.«

»Sondern was?«

Marco sah seine Liebste amüsiert an. Lisabetta hatte auf alles eine Antwort – und stets eine andere als er.

»Ich bin sicher, er geht auf die Piazza. Da setzt er sich zu den anderen Alten und trinkt ein Gläschen. Und dann reden sie Blödsinn. Du weißt doch, wie sie da immer hocken, wie Raben auf der Stange.«

»Aber das hat Papà noch nie interessiert! Der hat immer schon gearbeitet und gearbeitet und gearbeitet. Und war viel zu geizig, sein Geld in der Bar zu lassen.«

»*Caro*«, Lisabetta küsste ihn liebevoll auf die Backe und tat, als sei er ein begriffsstutziges Kind, »die Zeiten haben sich geändert. Jetzt machst du nämlich die ganze Arbeit. Und Raffaele entdeckt die Freuden des Müßiggangs. Ganz sicher.«

»Wenn du meinst.«

Marco war noch nicht bereit, Lisabettas Version vollkommen Glauben zu schenken, aber da es die schönere Erklärung für Raffaeles Wesensveränderung war, protestierte er nicht.

»Meine kluge Frau«, schmeichelte er ihr stattdessen. »Was meinst du, haben wir noch ein bisschen Zeit, bevor wir zu deinen Eltern gehen?«

Lisabetta zwinkerte ihm zu. »Dafür auf alle Fälle …«

Dann nahm sie seine Hand und zog ihn ins Haus. Marco leistete keinerlei Widerstand.

Pippo

Nathalie hatte es gut gemeint und Antipasti mitgebracht. Viele kleine Plastikschälchen mit gegrillten Auberginen, marinierten Zucchini, Pilzen, getrockneten Tomaten, Caprese, Meeresfrüchten … Alles aus der Vitrine von »Tomaso delizioso«, einem Delikatessgeschäft direkt an der Piazza. Dort kauften ausschließlich Touristen ein, die sich von der rustikalen Schaufenstergestaltung – ganze Parmesanräder in der Auslage, angestaubte Rotweinflaschen, Parma-Schinken, die von der Decke baumelten – angezogen fühlten. Die Preise waren astronomisch, vermutlich würde nicht einmal Tomaso bei sich selbst einkaufen, aber seinem Geschäft mit den Fremden schadeten die gesalzenen Preise kein bisschen.

Allerdings musste Pippo, der noch nie einen Fuß in das Geschäft gesetzt hatte, zugeben, dass die Sachen richtig lecker waren, er leistete innerlich Abbitte bei Tomaso, dem Abzocker. Antipasti jedenfalls konnte er.

Nathalie war gekommen, um sich zu verabschieden, sie wollte übermorgen nach München zurückfliegen, und nun saßen sie bei Pippo, aßen, tranken und unterhielten sich.

Sie würden nicht mehr zusammen im Bett landen, das hatte Nathalie gleich zu Beginn klargemacht, für sie war es eine einmalige Sache gewesen. Pippo musste seine Erleichterung ein wenig im Zaum halten, es wäre wenig gentlemanlike gewesen, einer Frau deutlich zu zeigen, dass man ebenfalls nicht mit ihr ins Bett zu gehen gedachte. Denn auch Pippo wollte sein sexuelles Abenteuer mit Nathalie nicht wiederholen. Es war schön gewesen, sogar richtig befreiend, aber da er für die rothaarige Deutsche außer Sympathie keine tiefergehenden Gefühle hegte, sträubte sich alles in ihm, mit ihr eine rein körperliche Affäre zu beginnen. Er war einfach nicht mehr der Typ dafür.

Und natürlich befürchtete er, dass er sich vielleicht doch emotional verstricken könnte – und dann würde er am Ende ebenso verletzt aus der Affäre herausgehen wie damals nach der traurigen Beziehung mit Anne. Und genau das wollte er um jeden Preis vermeiden!

Denn was er in der vergangenen Nacht endlich gemerkt hatte: Es gab ihn noch. Es gab ihn noch als Mann, und obendrein als Mann, der für Frauen attraktiv sein konnte.

Letztlich, so hatte Pippo den ganzen heutigen Tag über gedacht, schien es ihm, als sei er in ein freiwilliges Zölibat gegangen, weil er sich so sehr an die Trauer über den Verlust von Anne und seinem Baby geklammert hatte, dass er gleichsam mit der Trauer verheiratet gewesen war.

Aber damit war nun Schluss!

Er wollte nicht als Mönch weiterleben. Und zwar nicht im sexuellen, sondern ganz einfach im emotionalen Sinn. Und damit das möglich war, musste er loslassen! Verdammt, diese Geschichte war beinahe zwanzig Jahre her. Und er hatte sich eingekapselt in seiner Trauer und seinem Fettpolster.

Das war ab jetzt Vergangenheit.

»Sag mal, Pippo, kannst du mich nachher nach Positano bringen? Ich möchte noch ein bisschen shoppen, Mitbringsel für meine Neffen und Nichten. In Amalfi habe ich alle Geschäfte schon abgeklappert.«

Pippo sah auf die Uhr. »Dann lass uns lieber jetzt fahren. Es ist schon später Nachmittag.«

Nathalie stand auf. »Ich verabschiede mich noch von den Ziegen.«

Pippo grinste. Manchmal schimmerte unter der Fassade der erfolgreichen Anwältin eben doch noch das Bauernkind durch.

Er räumte ab und zog sich um. Er würde die Zeit in Positano nutzen, um dort gleich seine Eisverkäufer-Abendrunde zu drehen, es war eine gute Zeit, um in der Altstadt die Flaneure zu verwöhnen.

Sie schwangen sich gemeinsam in die Ape – Nathalie hatte langsam schon richtig Übung darin – und fuhren bergab auf die Amalfitana zu. Wie immer, wenn es später Nachmittag war, war die schmale Küstenstraße vollkommen verstopft. Die einen Touristen wollten vom Strand nach Hause, während die anderen bereits auf dem Weg in einen anderen Ort zum Essengehen waren. Pippo fragte sich, warum man, wenn man hier Urlaub machte, jede Strecke mit dem Auto fahren musste. Es gab schließlich regen öffentlichen Busverkehr zwischen den Orten – diese Busse bewegten sich im Stau aber auch im Schneckentempo vorwärts. Dazu kam der Berufsverkehr der wenigen Einheimischen, die darauf angewiesen waren, in weiter entfernte Städte zu pendeln.

Sie brauchten lange bis Positano, obwohl es Pippo manchmal gelang, im stehenden Verkehr Fahrzeug um Fahrzeug zu überholen, schließlich hatte er mit seinem Eiswagen eine

Art Freifahrtschein. Manchmal winkten ihm Autoinsassen, weil sie ein Eis kaufen wollten, aber natürlich konnte Pippo jetzt nicht anhalten, um Eis zu verkaufen, damit hätte er den Verkehr noch mehr aufgehalten.

Schließlich zockelten sie eine Zeit lang hinter einem Bus her und atmeten dessen stinkende Abgaswolken ein. Pippo bemerkte, dass auf den hintersten Sitzen des Busses ein Mann saß, der Raffaele Pantanella erstaunlich ähnlich sah. Leider konnte man den älteren Herrn nur von hinten sehen, aber Hut und Kopfhaltung kamen Pippo verdammt bekannt vor. Wo fuhr Raffaele nur hin? Dafür, dass er früher die Farm so gut wie nie verlassen hatte, war er in der letzten Zeit auffällig häufig unterwegs.

In Positano setzte er Nathalie im Zentrum ab, die ihre Arme um ihn schlang und ihn küsste.

»Bis bald, lieber Pippo! Und danke für alles.«

Dann stöckelte sie davon, diese schmale und durch und durch seltsame Person. Pippo sah ihr hinterher und spürte, dass er rot wurde. Bilder der vergangenen Nacht traten ihm vor die Augen … Schön war es gewesen. Innig und fast vertraut. Wie gut, dass Nathalie jetzt abreiste.

Pippo gab fröhlich Gas, wendete und war gerade auf dem Weg in Richtung Festung, als er tatsächlich sah, wie Raffaele aus dem Bus ausstieg. Er hatte sich also nicht getäuscht. Wo wollte der denn hin? Es war schon achtzehn Uhr, hatte da noch die Physiotherapiepraxis auf? Und überhaupt, hatte Marco nicht erzählt, dass sie später bei Nino Amato zum Grillen eingeladen waren? Sehr seltsam.

Neugierig geworden, verlangsamte Pippo die Ape und beobachtete den alten Pantanella auf der gegenüberliegenden

Straßenseite. Tatsächlich öffnete Raffaele schließlich die Eingangstür zu dem Haus, vor dem Pippo ihn schon manches Mal abgesetzt hatte.

Pippo zuckte die Achseln und gab Gas.

Einige Stunden später, es war bereits dunkel, kam er wieder nach Amalfi zurück. Er hatte weder Raffaele noch Nathalie in Positano wiedergesehen, stattdessen noch einmal ein gutes Geschäft gemacht. Es waren die letzten frühherbstlichen Abende, an denen er noch seine Eisbehälter ausverkaufte, in den kommenden Wochen würde das Geschäft nach und nach abnehmen.

Pippo jedenfalls war mit sich zufrieden, er sang vor sich hin, genoss den abendlich frischen Fahrtwind, der ihm durch Haare und Klamotten fuhr, und überlegte sich spontan, ob er nicht noch bei Nando in der Strandbar auf einen Absacker vorbeischauen sollte. Aber dann fiel ihm ein, dass seine Freunde bei den Amatos waren, also entschied er sich, dort noch kurz hinzufahren.

Zuvor würde er noch drei wichtige Telefonate führen müssen, schließlich hatte er einen Plan, wie er Lisabetta und damit vielleicht auch Marco in der Mimmo-Geschichte helfen konnte. Also parkte er die Ape am Rand, entschied sich aber, noch während er die erste Nummer wählte, gegen ein Telefongespräch, stattdessen würde er unmissverständliche Textnachrichten verschicken. Dann würde er sich auch nicht auf Diskussionen einlassen müssen.

Der schöne große Garten der Amatos war von bunten Lichterketten erhellt, es roch lecker nach gegrilltem Fisch und Gemüse, überall wuselten Kinder herum, die Luft war erfüllt von Stimmgewirr und Gelächter. Den akustischen Hintergrund lieferten leise italienische Volksmusik und Gläserklirren. Es war, wie es so oft war im Garten der Amatos, jedenfalls seit Pippo die Familie kannte: gastfreundlich und gemütlich. Hier war jeder immer willkommen gewesen, und gerade deshalb erschien es so gnadenlos und unfassbar, dass ausgerechnet Nino, der Patriarch, seine Tochter verstoßen hatte. Weil sie Remo Zatrelli, den Sohn eines Mafioso, geheiratet hatte.

Aber nun waren alle im Schoß der Familie wieder vereint. Pippo sah schon beim Hereinkommen, dass die drei Brüder von Lisabetta samt Frauen und Kindern gekommen waren, Zwerge in allen Altersstufen hüpften hier herum. Außerdem war Matteo da, Lisabettas Jüngster.

Pippo wurde freudig begrüßt, und noch bevor er das erste Wort gesprochen hatte, bekam er schon einen üppig beladenen Teller und ein Glas Wein in die Hand gedrückt. Wunderbar war dieser familiäre Empfang nach der Arbeit, es war wie nach Hause zu kommen, ach, besser noch. Pippo genoss es, von den Amatos, von den Pantanellas oder auch von Serafina und Giuseppe, seinen Nachbarn, wie ein Sohn oder Bruder aufgenommen zu werden. So war es schon gewesen, als er noch mit seinem Papà zusammengelebt hatte. Nur sie zwei, eine kleine Rumpffamilie, aber ihm war es immer so vorgekommen, als sei er Teil eines großen Ganzen. Er hatte eine große Familie, und im Moment saß er mitten zwischen ihnen, glücklich und geborgen.

Irgendwann nahm Marco neben ihm Platz und legte ihm einen Arm um die Schultern.

»*Salute,* Pippo!«

Sein Glas stieß an das des Freundes.

»*Salute,* Marco. *Come stai?*«

»Geht so.« Marco ließ seinen Arm um Pippo gelegt. »Du weißt ja, was im Moment alles passiert. Aber Nathalie hat mir heute angeboten, sich um meine Abfindungsklage zu kümmern. Hast du damit zu tun?«

»Nein, auf die Idee ist sie schon selber gekommen.« Pippo verschwieg, dass ein Gespräch mit ihm dieser Entscheidung vorangegangen war.

»Außerdem hat mir Lisabetta gesagt, dass du einen Plan hast, wie man Mimmo umstimmen könnte?«

»Mach dir keine Hoffnungen, Marco.« Pippo seufzte. »Ich finde nur, man sollte noch einmal mit ihm reden. Das ist alles. Er ist kein schlechter Mensch.«

Marco seufzte. »Nein. Natürlich nicht. Aber er ist versessen auf Geld und Gewinn. Das macht die Menschen manchmal hart.«

Pippo nickte. »Gib ihn nicht auf. Noch nicht. Wir sehen uns morgen in der Höhle. Um acht Uhr am Abend.«

»In der Höhle?« Marco verzog skeptisch das Gesicht. »Was sollen wir denn da? Da war ich seit zwanzig Jahren nicht mehr.«

»Ich auch nicht«, erwiderte Pippo. »Trotzdem. Sei einfach da.«

»Okay.« Marco zuckte mit den Achseln. »Ich habe ohnehin nichts Besseres vor.«

»Warum ist eigentlich Raffaele nicht da?«, versuchte Pippo nun, das Gespräch auf ein anderes Thema zu lenken.

»Ich habe keine Ahnung!« Marco warf beide Hände in die Luft. Er schien aufrichtig verärgert zu sein. »Ich wüsste auch gerne, was mit Papà los ist! Ausgerechnet jetzt, wo ich ihn wirklich brauchen würde, seinen Rat und seinen Beistand, ist er mit dem Kopf ständig woanders!«

Pippo wollte gerade erzählen, dass er Raffaele in Positano gesehen hatte, da sprach Marco schon weiter. »Eigentlich sollte er heute natürlich mitkommen, stattdessen macht er sich schick und behauptet, er würde Paolo besuchen.«

Pippo verschlug es nun auch die Sprache. »Paolo?«

»Ich denke, er meint das Grab auf dem Friedhof. Lisabetta glaubt allerdings, dass er nur geschwindelt hat und eigentlich auf die Piazza gegangen ist, er war so auffällig herausgeputzt wie sonst nur an Sonntagen für die Kirche. Ich weiß auch nicht. Ob das beginnende Demenz ist?«

Pippo schwieg und dachte an die Begegnungen mit Raffaele und wie er ihn heute beobachtet hatte. Eigentlich schien ihm Raffaele noch ganz bei Verstand zu sein. Es musste etwas anderes dahinterstecken.

»Ich glaube nicht. Vielleicht fängt er jetzt nur einfach an, seinen Lebensabend zu genießen. Jetzt bist du ja da und kümmerst dich um alles.«

Marco sah ihn verwundert an.

»Lisabetta hat vorhin genau dasselbe gesagt! Fast wortwörtlich! Vielleicht habt ihr beide recht. Es kommt mir nur ungewöhnlich vor. Als ich hierherkam, hatte ich den Eindruck, dass er überhaupt nicht loslassen kann, und plötzlich …«

Pippo stieß noch einmal mit seinem Weinglas an das von Marco. »Freu dich darüber, dass der alte Herr die Zügel locker lässt. Wie sagt er selbst immer? ›Es ist, wie es ist, und es kommt, wie es kommt.‹ Darauf trinken wir heute, mein Lieber.«

Marco grinste. »Danke. Du bist ein echter Freund, Pippo. Der beste. Ich weiß gar nicht, wie ich das ohne euch fast zwanzig Jahre hingekriegt habe.«

»Hast du ja nicht.«

Lisabetta stand plötzlich neben ihnen und wuschelte Marco durchs Haar.

»Und jetzt ist Schluss mit Reden. Jetzt wird getanzt.«

Pippo bemerkte, dass die anderen schon tanzten. Nino hatte seine Volksmusik lauter gedreht und hüpfte mit seiner Enkelschar durch den Garten. Lisabetta zog Marco mit sich. Normalerweise hätte Pippo das Ganze aus der Ferne beobachtet, aber heute war ihm danach mitzutanzen. Er stellte sein Weinglas ab und forderte Lamia auf, eine Schwägerin von Lisabetta. Sie war bestimmt zehn Jahre älter als er, eine temperamentvolle Frau mit tiefen Lachfalten und grauem Lockenhaar.

Im Lauf des Abends tanzte Pippo noch mit diversen Kindern, mit Lisabettas Vater, mit Lisabetta selber und schließlich mit Marco. Als er nach Mitternacht ins Bett kippte, war er erschöpft und so glücklich wie schon lange nicht mehr. Er fühlte sich leicht und frei.

Am nächsten Morgen schlenderte Pippo auf die Zitronenplantage, wo er mit Marco, Raffaele und Salvatore verabredet war. Salvatore hatte sofort zugesagt, sich die Situation anzuschauen, nachdem Marco ihn darum gebeten hatte. Er kam mit seinem Gesellen, beide in ihrer Handwerkermontur.

Raffaele freute sich sehr, den alten Spielkameraden seines Sohnes wiederzusehen. Auch Salvatore war die Freude anzumerken, offenbar hatten die beiden lange keinen Kontakt gehabt.

Nach der innigen Begrüßung und dem kurzen Update der Familienverhältnisse (Wie viele Kinder? Wie alt? Wie geht es der Gattin?) zeigte Marco den beiden Installateuren die Anlage und erklärte, welche Pläne er hatte.

Die Bewässerung des Zitronenhains erfolgte seit vielen Jahren über marode Kupferrohre, die kreuz und quer über das Grundstück liefen. Wann immer eines der Rohre leckte, rückte Raffaele mit dem Schweißgerät an und flickte notdürftig. Da er das bereits seit sehr vielen Jahren so handhabte – ähnlich wie mit dem Boiler im Keller –, bestand das Rohrsystem mittlerweile aus einem einzigen Flickenteppich. Salvatore schüttelte nur lachend den Kopf angesichts des antiquierten Systems.

Marco stellte erfreut fest, dass Salvatore seine Pläne, das Bewässerungssystem unter die Erde zu verlegen, um damit die Wurzeln direkt zu erreichen, für guthieß. Außerdem machte ihm der alte Freund sofort innovative Vorschläge, was das Betriebssystem und den Stromverbrauch betraf. Salvatores Geselle maß außerdem alles aus und machte sich beständig Notizen.

Eine gute Stunde dauerte der Ortstermin, und Pippo stellte fest, dass Raffaele sehr konzentriert bei der Sache war. Er glaubte, dass der alte Pantanella weder unter beginnender Demenz noch an Desinteresse litt – etwas anderes musste Raffaele zurzeit in Beschlag nehmen, etwas, was er vor seinem Sohn verbergen wollte.

Zum Abschluss servierte Marco Espresso für alle, und sie setzten sich in den Garten, um das weitere Vorgehen zu besprechen.

»Also, Marco, ich kann das übernehmen. Sogar sehr gerne. Aber günstig wird das nicht.«

Marco nickte. »Ist mir klar. Mach mir einen Kostenvoranschlag, dann sehen wir, wie ich das stemme.«

Salvatore warf einen Seitenblick zu Raffaele. »Ich mach euch einen Sonderpreis. Um der alten Freundschaft willen.«

Marco nickte. »Nehme ich gerne an.«

Sie besprachen noch einige Details, aber dann verabschiedeten sich Salvatore und sein Mitarbeiter auf ihre nächste Baustelle. Pippo begleitete Salvatore noch zum Parkplatz.

»Denk dran, heute Abend.«

»Verrätst du mir, um was es geht?«

Pippo lächelte fein, schüttelte aber den Kopf.

Salvatore seufzte. »Du machst es ja ganz schön spannend. Aber bitte, meinetwegen, ich komme.«

»Um acht.«

»Um acht.«

Als Pippo zu den Pantanellas zurückkehrte, blickte Marco ihn und Raffaele fragend an. »Was meint ihr?«

Während Raffaele skeptisch mit dem Kopf hin und her wackelte und immer nur »das wird teuer, das wird teuer« murmelte, sprach Pippo seinem Freund Mut zu.

»Salvi hat bei mir auch die komplette Installation im Haus gemacht. Inklusive der Solarmodule. Sein Preis war mehr als fair, und er hat sauber gearbeitet. Ich denke, einen besseren Preis macht dir keiner. Es sei denn, er arbeitet schlampig.«

Marco nickte. »Ja. Ich vertraue ihm. Und du, Papà? Was denkst du? Außer dass du denkst, es ist zu teuer.«

Raffaele tätschelte Marcos Hand. »Du machst das schon. Ich überlasse das ganz dir.«

Damit stand er auf. »Ich schneide ein paar Bäume, dann lege ich mich hin. Später muss ich wieder zur Physiotherapie.«

»Schon wieder?«

Pippo sah Marcos Verwunderung und hatte eine spontane Eingebung.

»Wenn du willst, bringe ich dich hin. Ich muss da noch was erledigen.«

Was eine glatte Lüge war. Aber er wollte zu gerne wissen, was, zum Teufel, Raffaele ständig in Positano trieb.

»Wunderbar, mein Lieber. In zwei Stunden?«

»In Ordnung. Ich hole dich ab.«

Zwei Stunden später knatterte die Ape also erneut nach Positano. Normalerweise hätte Pippo mit seinem Eiswagen heute die andere Seite der Küste, in Richtung Salerno, abgegrast, aber nur weil er eben ein Gewohnheitstier war und von seiner normalen Route in der Regel nicht abwich. Eigentlich jedoch war es gleich, wo er sein Eis verkaufte. Und er hatte in Positano ebenso viele Kunden wie anderswo.

Raffaele neben ihm war bestens gelaunt, er sah gepflegt und frisch aus in seiner leichten grauen Sommerhose und dem blütenweißen Hemd. So ganz anders als der Raffaele Pantanella, den Pippo zeit seines Lebens gekannt hatte: mit erdverkrusteter Haut, einem ausgebeulten T-Shirt und kurzer Hose, schwitzend und sonnenverbrannt.

Vor dem Haus, in dem sich mutmaßlich die Physiotherapiepraxis befand, setzte Pippo Marcos Vater ab. Dann gab er Gas, fuhr die Hauptstraße ein Stück hinunter – und drehte um. Raffaele war verschwunden.

Pippo parkte sein kleines Gefährt und ging zu der Eingangstür, die auch Raffaele angesteuert hatte.

Tatsächlich, hier befand sich eine Physiotherapiepraxis. Pippo zögerte. Er könnte hier die Sache auf sich beruhen lassen und Raffaele einfach glauben, dass er zur Behandlung ging. Auf der anderen Seite hatte er am gestrigen Tag den alten Herrn auch bei einer Schwindelei ertappt – er hatte Marco erzählt, er wolle zu Paolo auf den Friedhof, stattdessen hatte Pippo ihn hier entdeckt. Warum log Raffaele?

Pippo drückte auf die messingfarbene Klingel. Es dauerte nicht lange, bis das Summen des Türöffners ertönte.

Pippo drückte die schwere Holztür auf und betrat den gekachelten Eingangsbereich des schönen alten Mehrparteienhauses. Die Praxis befand sich im ersten Stock, und er erklomm leichtfüßig die Treppe. Oben stand die Tür zur Praxis einen kleinen Spalt auf. Er stieß sie ganz auf und betrat die Praxis.

Eine junge Frau empfing ihn mit offenem Lächeln.

»*Buongiorno*. Was kann ich für Sie tun?«

»*Buongiorno*. Mein Onkel ist gerade hier, Signore Pantanella. Ich habe ihn gefahren, und … äh …« Jetzt fiel Pippo erst auf, dass er sich keine Ausrede zurechtgelegt hatte, warum er Raffaele hierher gefolgt war. Und er war so verdammt schlecht im Lügen. »Ich habe vergessen, ihn zu fragen, wann ich ihn wieder abholen kann.«

Die Augen der jungen Frau weiteten sich. Dann zog sie amüsiert die Brauen nach oben. Jetzt erst fiel Pippo auf, wie schön sie war. Die Frau war einen guten Kopf kleiner als er, sehr kräftig, fast mollig, aber durch und durch muskulös. Sie hatte gleichmäßig gebräunte Haut und schwarze, kurz geschnittene Haare, die frech nach oben standen. Ganz und gar fasziniert aber war Pippo von den Augen. Große ausdrucksvolle Augen, die wie auf Hochglanz polierte Maroni aussahen und von langen dichten Wimpern umrahmt wurden.

274

Pippo brach vor Nervosität der Schweiß aus.

»Es tut mir sehr leid, aber das ist entweder eine schlechte Ausrede oder ein Missverständnis.«

»Bitte?«

Pippo wollte augenblicklich im Boden versinken. Aber die junge Frau ließ ihn mit ihrem Blick nicht los, und jetzt kräuselte sich amüsiert ihre Nase.

»Herr Pantanella kommt nicht mehr zu uns. Er ist ausgeheilt. Er war das letzte Mal – Moment, ich gucke nach.«

Sie ging hinter den Empfangstresen und guckte in ihren Computer. Pippo blickte sich verlegen in der Praxis um. Sie war hell und modern eingerichtet, weiße Möbel, helles Holz, altes Eichenparkett und überall Grünpflanzen. Warm und behaglich, Pippo fühlte sich auf der Stelle wohl.

»Vor drei Wochen.« Sie kam wieder hinter dem Tresen hervor. »Er war vor drei Wochen das letzte Mal hier.«

Pippo wusste nicht, was ihn mehr verwirrte: die Tatsache, dass Raffaele seinen Sohn seit geraumer Zeit anschwindelte, oder die wunderschönen Augen der Frau, die sich ihm nun gegenüberstellte.

Sie lachte. »Wollen Sie mir vielleicht den wahren Grund verraten? Warum Sie hier sind?«

Pippo schüttelte den Kopf. »Nicht so wichtig. Es tut mir leid, ich wollte Sie nicht belästigen.«

Damit wandte er sich zum Gehen.

»Sind Sie nicht der Eisverkäufer mit dem grünen Dreirad?«

Pippo drehte sich um, und die junge Frau lächelte ihn breit an. Ein Blick, der ihn buchstäblich in Mark und Bein traf. Ihm wurden die Knie weich, und sein Herz schaltete vom ersten übergangslos in den fünften Gang. Er schluckte und nickte. Außerstande, ihr zu antworten.

»Ich habe noch nie ein Eis von Ihnen gegessen, aber ich sehe Sie manchmal. In der Altstadt oder an der Festung.«

»Ach ja?« Himmel, warum war er denn so dämlich?! Fiel ihm nichts Besseres ein?

»Darf ich Sie zu einem Eis einladen?« Na, geht doch, Pippo.

Jetzt war sie es, die strahlte. »Sehr gerne. Aber mein Vater darf es nicht sehen.«

Pippo kicherte unwillkürlich. »Das habe ich noch nie gehört. Es ist ganz harmlos, sagen Sie das ruhig Ihrem Vater.«

Die junge Frau schüttelte den Kopf. »Aber nein! Nicht deswegen. Mein Vater betreibt mit meinem Bruder selber eine Eisdiele. In Positano.«

Sie lachte. Beim Lachen warf sie den Kopf zurück, sodass Pippo die wunderbare Biegung ihres Halses bewundern konnte, ihre Schlüsselbeinknochen, den Ansatz ihres Dekolletés.

»Etwa das *Davide*?«

»Ja, ganz genau.«

»Er macht tolles Eis.«

Sie strahlte stolz. »Allerdings.«

»Aber meines ist besser.«

»Oha.«

Jetzt sah sie ihm direkt in die Augen. Pippo hielt ihrem Blick stand. Und er wollte verdammt sein, wenn er nicht in ihren Augen das gleiche Gefühl las, das er gerade spürte. Faszination. Sympathie. Interesse. Und ja, vermutlich hatte sie sich gerade genauso verknallt wie er.

»Also dann«, brach sie das Schweigen. »Heute Abend?«

»Leider habe ich heute schon etwas vor. Aber morgen. Ich komme – um sieben?«

»Um sieben.«

Sie kam zu ihm an die Tür. »Ich bin übrigens Elena.«

»Freut mich, Elena. Ich heiße Pippo. Pippo Battaglia.«

Sie war jetzt so nah, dass er sie riechen konnte. Eine leichte Zimtnote ging von ihr aus. Und Kaffee. Herznote Jasmin. Eine spannende Mischung.

Als Pippo aus dem Hausflur trat, hatte er fast schon vergessen, warum er hier war. Er hätte am liebsten schreien mögen vor Glück. Sein Herz flatterte wie ein kleiner Vogel in seinem massigen Körper. Und er selbst hatte das Gefühl, plötzlich fliegen zu können.

Aber bevor er zu seiner Ape ging, besann er sich darauf, was ihn hierhergeführt hatte.

Raffaele, dieser Schlawiner. Wohin mochte er verschwunden sein?

Pippo blickte die Straße auf und ab, aber der alte Pantanella war natürlich längst über alle Berge. Pippo beschloss, in dem kleinen Geschäft, das direkt im Nachbarhaus lag, zu fragen. Vielleicht hatte ihn dort jemand gesehen.

Es war ein altmodischer Laden für Tischwäsche, wie es sie früher überall, heute aber nur noch selten gab. Gardinen, Handtücher, Servietten, Tischdecken und Badvorleger – alles stapelte sich bis zur Decke, zwischendrin nur schmale Gänge, die durch das Sortiment führten.

Pippo war kaum zwei Schritte im Geschäft, die Türglocke bimmelte noch, da sah er ihn.

Raffaele saß auf einem Stühlchen neben dem hölzernen Verkaufstresen. Vor ihm eine Tasse mit *caffè* und ein süßes *cornetto*. Er unterhielt sich angeregt mit der Verkäuferin, die hinter dem Tresen stand. Es war eine elegante Dame in den

Siebzigern, zart und feingliedrig, das graue Haar zu einem Knoten im Nacken gesteckt, die Pippo nun freundlich anlächelte.

Raffaele drehte sich zu ihm, und sein Gesicht entgleiste.

Pippo sah sofort, was los war. Er hatte die Blicke gesehen, die sich die beiden älteren Herrschaften zugeworfen hatten. Hatte die beiläufige zarte Geste wahrgenommen, mit der die Dame, die Ladenbesitzerin vermutlich, Raffaeles Hand gestreift hatte.

Marcos Papà hatte eine Romanze!

»Wie hast du mich gefunden?«, fragte Raffaele nun. Er hatte sich wieder gefangen.

»Reiner Zufall«, antwortete Pippo. »Und ein bisschen Neugier. Aber willst du uns nicht vorstellen?«

Die Dame hinter dem Tresen lächelte.

»Sind Sie Marco? Ich freue mich, Sie endlich kennenzulernen! Rosa Castafiore.«

Pippo gab ihr die Hand. »Die Freude ist ganz meinerseits, Signora. Aber ich bin Pippo, Marcos bester Freund.«

»Verrate mich nicht.« Raffaele nestelte peinlich berührt an seinem Hemd herum.

Pippo war entrüstet. »Raffaele, sei ein Gentleman. Du solltest stolz sein, Signora Rosa deinem Sohn vorstellen zu dürfen.«

»Aber natürlich! Um Gottes willen!« Raffaele wurde nun noch fahriger. »Das ist es nicht, ich bin natürlich stolz, also … Rosa, du weißt … Ich bin mir nur nicht sicher, ob Marco schon bereit dafür ist. Er hat seine Mamma sehr geliebt.«

Pippo glaubte, sich verhört zu haben. »Magdalena ist seit zwanzig Jahren tot, Raffi. Und dein Sohn ist erwachsen. Ich glaube, er ist mehr als bereit dafür zu sehen, dass sein Papà glücklich ist.«

Raffaele sah zwischen Rosa und Pippo hin und her.

»Wenn du meinst …«

»Ich sage es ihm nicht. Das musst du selbst übernehmen«, ergriff Pippo wieder das Wort. »Ich freue mich jedenfalls für dich. Signora«, er deutete eine kleine Verbeugung an, »ich hoffe, wir sehen uns bald in Amalfi.«

Damit verließ er das Geschäft. Er würde sich aus der Sache heraushalten. Er wusste nun, warum Raffaele ständig nach Positano fuhr, jetzt musste dieser seinem Sohn selbst die Wahrheit enthüllen.

Er hingegen setzte sich auf sein dreirädriges Eisrad, warf den Motor an und blickte in den ersten Stock zur Physiotherapiepraxis. Er hupte, und tatsächlich erschien Elenas hübsches Gesicht hinter dem Fenster. Er winkte, sie winkte.

Und dann gab Pippo Battaglia Vollgas. Er düste auf der Amalfitana zurück nach Amalfi, hupte fortwährend und brüllte inbrünstig gegen den Fahrtwind das dümmste Liebeslied aller Zeiten: »*Ti amo!*«

Aber etwas Besseres fiel ihm nicht ein, und er fand, es passte hervorragend zu diesem total verrückten Vormittag!

Lisabetta

Es mochte vielleicht zehn Jahre her sein, dass sie das letzte Mal in der Höhle gewesen war. Sie hatte damals ihre Söhne Andrea und Matteo hierhergeführt. Die Jungs waren begeistert gewesen, und danach mussten sie immer wieder zurückkommen. Picknick in der Höhle machen. Bis Lisabetta irgendwann gemerkt hatte, dass die Jungs lieber ohne sie hier waren. Sondern mit ihren Freunden und noch ein paar Jahre später mit ihren Freundinnen.

Mit der Schuhspitze stocherte sie in den Resten eines Lagerfeuers herum. Man konnte sehen, dass die Höhle noch immer für Treffen vermutlich von Jugendlichen genutzt wurde. Es lagen Zigarettenkippen, Plastikmüll, Weinflaschen und sogar ein Kondom herum. Nicht gerade sehr heimelig. Das war nicht das, was sie hier suchten, und Lisabetta fing an, den Müll aufzusammeln.

Pippo half ihr.

»Hat es hier früher schon so ausgesehen?«

Er schüttelte den Kopf. »Ich glaube nicht, dass wir Chipstüten hier liegen gelassen haben. Aber so ist das heute. Du musst nur mal an den Strand schauen. Die Jungen wie die Alten – alle lassen ihren Müll einfach liegen.«

Das stimmte. Der Anblick, den der Strand am Abend bot,

nachdem die Touristen gegangen waren und bevor die städtische Müllabfuhr kam, die deren Hinterlassenschaften wegräumte, machte Lisabetta immer wieder traurig.

Abgesehen von dem Müll aber, hatte die Höhle nichts von ihrem Reiz verloren. Für Lisabetta war es noch immer ein verzauberter Ort. Das Abendlicht fiel durch den schmalen Eingang herein und tauchte den Raum in ein warmes, mattgoldenes Licht. Früher, als Mädchen, war sie manchmal alleine hierhergekommen und hatte in den Staubpartikeln, die im Sonnenlicht tanzten, winzige Wesen gesehen. Elfen und verzauberte Wichte. Natürlich hatte sie das ihren Freunden nie offenbart. Aber tief in ihrem Innersten war Lisabetta durchaus verträumt gewesen. Nach außen hin war sie wild, spielte und raufte mit ihren Freunden, konnte schnitzen, schießen und auf Bäume klettern. Aber wenn sie allein war, dann begann sie, sich in eine Märchenwelt zu träumen.

»Meinst du, sie kommen alle?«

Pippo stopfte den Müll jetzt in eine kleine Tüte, die er ebenfalls aufgelesen hatte, und brachte ihn nach draußen.

»Ich weiß nicht.« Lisabetta stellte die Flasche Wein, die sie mitgebracht hatte, neben die Reste des Lagerfeuers. »Ich kann mir nicht vorstellen, dass Mimmo wirklich kommt. Ich meine, er nimmt sich sehr wichtig als Hotelmanager. Du weißt schon: Termine, Termine, Termine. Er war schon eine halbe Ewigkeit nicht mehr bei Nando in der Bar oder bei Franco eine Pizza essen.«

»Salvi kommt sicher. Der hat immer schon bei allem mitgemacht.«

»Ja«, bestätigte Lisabetta. »Leider auch bei den weniger guten Sachen.«

»Hallo?«

Es war Remo, der nun zögerlich die Höhle betrat. Lisabetta freute sich, dass er der Aufforderung nachgekommen war. Er schien verwirrt, Pippo hier zu sehen.

»Ich dachte, *du* willst mich sprechen?«, fragte er Lisabetta.

»Das habe ich nicht gesagt. Ich habe gesagt, wir treffen uns in der Höhle.«

»Okay. Und was soll ich hier?«

Remos Körperhaltung drückte Ablehnung und Unverständnis aus. Er hatte seine Hände tief in den Hosentaschen vergraben und zog die Schultern hoch. Lisabetta ging zu ihm und legte ihre Hand sanft auf seine Schulter, aber er zuckte zurück.

»Wir wollen nur ein paar Dinge besprechen. Die anderen kommen auch.«

»Die anderen? Wen meinst du?«

»Uns zum Beispiel.«

Marco und Salvatore waren gemeinsam gekommen, sie hatten sich auf dem Weg zur Höhle getroffen. Auch Marco brachte eine Flasche Wein mit. Er küsste Lisabetta zur Begrüßung, was Remo mit einem wütenden Blick quittierte. Marco dagegen schien entspannt, Lisabetta registrierte das mit Erleichterung. Hoffentlich blieb das auch so.

»Mensch, ich war schon so lange nicht mehr hier!« Salvatore pfiff durch die Zähne und besah sich die Höhle. »Genauer gesagt, das letzte Mal, als Pippo Remo vermöbelt hat[*]. Wie lange ist das her?«

Jetzt verzog sogar Remo das Gesicht zu einem vagen Lächeln. »Pippo! Weißt du noch? Zwanzig Jahre muss das her sein. Mann, du warst eine halbe Portion, ein Strich in der Landschaft. Aber du warst so wütend!«

---

[*] Siehe »Ein Sommer wie Limoneneis«, Knaur-Taschenbuch 2018

»Ich hab dich fertiggemacht.« Pippo war offenbar noch immer stolz auf seine Leistung, haute jetzt aber Remo versöhnlich auf den Rücken. Der knuffte zurück, und schnell entstand eine kleine, aber freundschaftliche Rempelei. Pippo hob schließlich abwehrend die Hände.

»Friede! Remo, du möchtest das doch nicht wiederholen? Schau mich an, heute wiege ich das Doppelte von dir.«

»Dafür bist du nur halb so fit!«

Remo zeigte seinen Bizeps.

Lisabetta verdrehte die Augen. »Ihr seid immer noch die gleichen kleinen Spinner. Wer hat den längsten?! Hier, setzt euch hin, ich mach den Wein auf.«

»Kommt noch jemand?« Salvatore setzte sich zu Lisabetta. »Komische Idee übrigens, uns hierher zu bestellen. Was soll das mit dem Treffen?«

Lisabetta und Pippo wechselten einen Blick. Sollten sie das Thema schon ansprechen, bevor Mimmo hier war? Lisabetta entschied sich dagegen und schüttelte leicht den Kopf.

»Einfach so, Salvi«, sagte sie nun. »Wir wollten uns mal wieder an alte Zeiten erinnern. Jetzt, wo Marco zurück ist.« Sie reichte die Flasche Wein in die Runde.

»Das kannst du mir nicht erzählen.« Remo schien immer noch skeptisch zu sein. »Das macht ihr nicht einfach so. Ihr seid euch selbst genug, seit wann legt ihr denn Wert auf unsere Freundschaft?«

»Wie meinst du das – ihr seid euch selbst genug?« Marco sah Remo fest in die Augen, und Lisabetta hoffte nur, dass zwischen den beiden Rivalen kein Streit entbrannte.

»Mal ehrlich, Marco. Du, Pippo und Lisabetta, ihr wart immer unzertrennlich. Und habt euch viel cooler gefühlt als wir anderen. Du konntest mich noch nie ausstehen. Und

Mimmo und Salvatore, na, die durften netterweise mitmachen.«

»Du bringst es auf den Punkt, Remo.«

Alle wandten den Kopf zum Eingang. Mimmo war tatsächlich gekommen. In seiner eleganten Anzughose und einem gebügelten weißen Hemd – Teil seiner Hoteldirektoren-Kluft. Auf das Sakko und die Krawatte hatte er allerdings verzichtet. Jetzt schlenderte er zu ihnen, zog ein Stofftaschentuch aus der Hose, faltete es sorgfältig auf, legte es auf den Boden und nahm darauf Platz. Allerdings hatte auch er eine Flasche Wein mitgebracht, die er jetzt hochhob und präsentierte. Ein edler Tropfen.

»Das stimmt doch gar nicht!« Salvatore war empört. »Ich habe mich nie als fünftes Rad am Wagen gefühlt. So war es doch gar nicht, oder, Pippo?«

»Du warst nur zu blöd, es zu merken.« Mimmo grinste Salvatore an, dem der Mund offen stehen blieb.

Lisabetta sah sich bemüßigt einzugreifen.

»Jetzt mal langsam. Eigentlich wollten wir uns hier treffen um der alten Zeiten willen und nicht, um zu streiten.«

»Mimmo«, mischte sich jetzt auch Marco ein, »jetzt mach dich mal locker. Ich finde es super, dass ihr alle gekommen seid. Lasst uns erst mal was trinken. *Salute!*«

Lisabetta hatte ihre Flasche aufgeteilt und jedem einen kleinen Pappbecher eingeschenkt, den sie nun anhoben und mit dem sie sich zuprosteten.

»Ich weiß, es passt nicht, aber ich habe noch *sfogliatelle* gekauft.« Pippo grinste und kramte eine Papiertüte vom Bäcker hervor, nahm die Gebäckteilchen heraus und verteilte sie. »Die haben wir gegessen, als wir das allererste Mal hier drin waren. Damals hat sie noch deine Nonna gebacken, Marco.«

»Auf die Nonna!« Salvatore hob sein Glas. »Niemand konnte so fantastisch backen. Aber ich habe immer Angst vor ihr gehabt.«

Mimmo nickte. »Wir haben uns Geschichten erzählt, dass sie sich nachts in eine Fledermaus verwandelt.«

Sie lachten. Lisabetta entspannte sich. Hoffentlich blieb es so friedlich.

»Ich nehme an, du willst mit mir verhandeln, Marco.« Mimmo biss in seine *sfogliatelle.*

Marco guckte verwirrt. »Eigentlich nicht. Das Treffen war nicht meine Idee. Ich habe keine Ahnung, ob Pippo und Lisabetta etwas im Schilde führen.«

Jetzt ergriff Pippo das Wort.

»Ja und nein, Mimmo. Ich habe mir das ausgedacht, weil ich fand, dass es nicht sein kann, dass wir so zerstritten sind. Ich meine, wir kennen uns seit mehr als dreißig Jahren. Und allein zehn Jahre davon waren wir absolut unzertrennlich. Ich finde, wir sollten zusammenhalten.«

»Warum sagt ihr eigentlich dauernd, wir sind zerstritten?« Salvatore verstand als Einziger nicht, worum es ging. Er tat Lisabetta richtig leid.

»Wir sind nicht alle zerstritten«, beeilte sich nun auch Marco, den Freund zu beruhigen. »Also gut, zwischen mir und Remo, das war noch nie die große Liebe, aber das ist ja nichts Neues.«

»Dass du mit meiner Frau zusammen bist, das ist schon ein bisschen neu«, warf Remo spitz ein.

Marco entschied sich, darauf nicht weiter einzugehen, wofür Lisabetta ihm sehr dankbar war.

»Aber nun gibt es zwischen mir und Mimmo auch ein paar Unstimmigkeiten.«

Das war ziemlich diplomatisch ausgedrückt, fand Lisabetta.

Der Angesprochene zuckte nur mit den Achseln, als ob ihn das nichts anginge, und öffnete nun ebenfalls seine Flasche Wein.

»Das ist jetzt Sache unserer Anwälte. Die werden das schon regeln. Wir einigen uns irgendwo in der Mitte.«

Salvatore schaute zwischen ihnen hin und her. »Mag mir einer von euch mal erklären, was los ist?«

Das übernahm nun wieder Pippo. Er erzählte von dem Schuldschein und dass Mimmo nicht auf die darin festgeschriebene Grundstücksübertragung verzichten wollte. Salvatore machte große Augen. Offensichtlich hatte er noch nicht von dem Schuldschein und den damit verbundenen Verstrickungen gehört – Lisabetta hatte angenommen, das sei Stadtgespräch in Amalfi.

Salvatore reagierte entsetzt. »Mimmo, das ist nicht dein Ernst? Es sind die Pantanellas!«

Aber Mimmo ließ das kalt. »Ich nehme ihnen ja nicht alles weg. Zwei Drittel der Plantage bleiben unberührt. Und seien wir mal ehrlich, das Zitronenbusiness ist von gestern. In Zeiten des Klimawandels wird es diese Art von Anbau nicht mehr lange geben.«

Das rief nun sogar Remos Widerspruch hervor. »Ach, und was ist mit Oliven? Und Wein? Ist das auch von gestern? Mensch, Mimmo, das ist unsere Kultur, das ist Italien!«

»Si! Aber man wird eben nicht mehr auf die Art anbauen können. Das wird alles nur noch Hightech im Gewächshaus gezogen. Oder unter Wasser! Wie bei Nemos Garten*.«

---

* Die Italiener bauen in einem Gewächshaus unter Wasser in der Nähe von Genua Gemüse an. Das Projekt heißt Nemos Garten.

Mimmo nahm einen großen Schluck Wein. Er schien bester Dinge zu sein und hatte kein bisschen Skrupel, dachte Lisabetta. War er immer schon so gewesen?

Ihr Blick wanderte zu ihrem Ex-Mann. Remo hatte die Brauen zusammengezogen und starrte in die Feuerstelle. Er fühlte sich nicht wohl in seiner Haut. Sie kannte ihn gut genug, um ihm an der Nase anzusehen, dass ihm die Situation nicht passte. Remo konnte Marco nicht ausstehen, das wusste sie. Auch war ihr Mann schon viele krumme Wege gegangen. Er war ein kleiner Gauner, und wenn er aus einer Situation seinen Vorteil ziehen konnte, dann tat er das. Aber im Innersten hatte er ein gutes Herz. Er war kein kaltherziger Mensch. Als er vor ein paar Monaten den Lastenaufzug der Pantanellas manipuliert hatte, hätte das beinahe tödliche Folgen gehabt. Aber Remo hatte gar nicht so weit gedacht. Er war fürchterlich wütend gewesen und wollte Marco einen Denkzettel verpassen. Dass er dadurch Marcos Sohn Luis in schreckliche Gefahr gebracht hatte, hatte Remo selbst bis ins Mark erschüttert.[*]

Lisabetta wusste, dass er sich seitdem noch immer schuldig fühlte – schuldig gegenüber Marco und seinem Vater. Dass Mimmo sein Streben nach Gewinn auf Kosten der beiden verfolgte, konnte Remo nicht gutheißen. Komm schon, Remo, dachte sie, sag etwas!

»Ich verstehe nicht, was du mit dem Grundstück willst«, setzte Marco jetzt nach. »Du baust doch gerade diese Ferienanlage bei Maiori, reicht dir das nicht?«

Das lockte Mimmo ein bisschen aus der Reserve. »Es geht doch nicht um mich allein, *capisce*? Ich habe meinen

[*]   Siehe Ein Sommer wie Limoneneis, Knaur-Taschenbuch 2018

Schwiegervater im Nacken, das ist ein internationales Immobilienkonsortium, die wollen an die Börse, das ist wie ein gefräßiges Tier, denen musst du ständig etwas in den Rachen werfen! Aber das versteht ihr Hinterwäldler wohl nicht.«

Er schwitzte plötzlich stark, an dem eleganten Hemd zeigten sich Schweißflecken. Mimmo trank seinen Wein auf ex, sein Kopf war hochrot.

Sie alle sahen ihn an. Und sie begriffen schlagartig, was mit ihrem alten Freund los war. Er stand unter großem Druck. Nicht er wollte den Pantanellas das Land wegnehmen. Die Firma seines Schwiegervaters zwang ihn dazu, und Mimmo wusste offenbar nicht, wie er da rauskam. Seine aalglatte Fassade hatte Risse bekommen, und dahinter erkannte Lisabetta jetzt ihren Freund von früher. Den kleinen dicken Mimmo, der auf dem Hotelparkplatz Müll aufsammelte.

»Okay«, sagte Marco jetzt. »Ich verstehe, wo das Problem liegt. Ich biete dir ein Kompensationsgeschäft an.«

»Ach, vergiss es, was soll das schon sein.« Mimmo fasste sich ans Herz und massierte seine Brust.

»Jetzt hör es dir doch erst einmal an!« Salvatore griff nach der dritten Flasche und schenkte ihnen rundherum ein. »Sei doch um Himmels willen nicht so ein Idiot!«

»Halt die Klappe, Salvi!« Mimmo, in die Ecke gedrängt, wurde wütend. »Du bist ein guter Installateur, aber von solchen Geschäften verstehst du nichts. Das ist ein paar Nummern zu groß für dich.«

Salvatore ballte die Fäuste.

Pippo griff beschwichtigend ein. »Mimmo, lass das. Du musst nicht Salvi dafür büßen lassen, dass du sauer bist. Und hör dir doch erst mal an, was Marco zu sagen hat.«

Mimmo hatte auch sein nächstes Glas Wein in einem Zug geleert. Er massierte sich noch immer die Herzgegend, und Lisabetta beobachtete, wie Marco ihn beunruhigt ansah. Wenn einer diese Stress-Symptome kannte, dann er. Als er damals an die Amalfiküste kam, in seine alte Heimat, hatte er auch an Burn-out gelitten. Und erkannte wohl sehr gut, dass Mimmo nicht weit davon entfernt war.

»Du weißt, dass ich für eine große Kanzlei in München gearbeitet habe, die Immobiliengeschäfte abwickelt. Wir bringen Investoren und Projekte zusammen. Wenn ihr Interesse habt, auf den deutschen Markt zu kommen, mache ich gerne eine *connection.*«

»Ist ja alles schön und gut, Marco. Aber das ist zu vage. Klar ist das reizvoll, aber es müsste schon etwas konkreter sein. Unsere Firma muss Geld loswerden. Jetzt. Und nicht irgendwann.«

»*Che palle**!« Das war Pippo. »Was soll das? Hörst du dir selber mal zu? Firma, Konsortium, Investitionen! Wir sind alte Freunde, wir sitzen hier zusammen, wie wir schon vor dreißig Jahren zusammengesessen sind. Wir sind hier nicht bei einer Business-Konferenz.«

Salvatore nickte bestätigend. Und endlich, endlich ergriff auch Remo das Wort. Er hatte die ganze Zeit geschwiegen, aber Lisabetta hatte ihn nicht aus den Augen gelassen, er hatte die Debatte genau verfolgt.

»Du solltest Marcos Angebot annehmen, Mimmo«, sagte er nun und bemühte sich um einen ruhigen Tonfall. Aber unterschwellig, das hörte Lisabetta heraus, brodelte es in ihm. »Du und dein Schwiegervater, ihr kauft alles, was nicht

---

* Ein ital. Schimpfwort, das ich lieber nicht übersetzen möchte.

bei drei auf den Bäumen ist. Mich hast du gekauft und Salvi, den Bürgermeister von Maiori und den Gemeinderat.«

Jetzt blickte Mimmo auf und sah Remo an. In seinen Augen funkelte Wut.

»Halt's Maul.«

Remo funkelte zurück. »So redest du nicht mit mir.«

Pippo erhob sich. »Hey, hey, Jungs, wir beruhigen uns jetzt alle wieder, *va bene?*«

Remo erhob sich auch und blickte verächtlich auf Mimmo nieder. Er ballte die Fäuste, und Lisabetta wusste, dass er kurz vor einem Wutausbruch stand, das kannte sie nur zu gut.

»Remo, nicht«, versuchte sie, zu beschwichtigen.

»Halt dich da raus, Lisabetta. Ihr habt das hier angezettelt, jetzt müsst ihr es auch ausbaden.« Und an Mimmo gewandt: »Sogar mein Sohn hat mich neulich gefragt, ob es stimmt, dass das Land in Maiori kein Bauland war. Und ob ich etwas davon wisse, dass da Geld geflossen ist. Mein Sohn, verstehst du?«

Mimmo reichte es jetzt. Er stand ebenfalls auf und klopfte sich den Sand von der Hose. »Ich hör mir das nicht an, Remo. Nicht von dir. Du bist doch ein kleiner Gauner und profitierst von der Anlage. Du kriegst den Hals nicht voll, also beschwer dich jetzt nicht, dass du knietief im Sumpf stehst.«

Mit einem Satz war Remo über die Feuerstelle gesprungen und hatte Mimmo einen Kinnhaken verpasst. Dieser taumelte erschrocken gegen die Wand und hielt sich schützend beide Arme vors Gesicht. Aber Pippo und Marco waren bereits zur Stelle und hielten den tobenden Remo davon ab, ein zweites Mal zuzuschlagen.

»Ihr trampelt alle nur auf mir herum!«, schrie dieser. »Ich habe es so satt, mich von euch herumschubsen zu lassen!« Er riss sich von Marco los. »Ich durfte nie dazugehören. Bis heute, Mimmo, bis heute. Ich bin dein dreckiger Handlanger, der für dich die Kohlen aus dem Feuer holt. So ist es doch, oder nicht?«

Er stierte sie einer nach dem anderen an, aber niemand – außer Lisabetta – wagte es, ihm in die Augen zu sehen.

»Vielleicht ist es wirklich so«, antwortete sie ihm. »Aber mich und Andrea hast du gerettet, Remo. Ohne dich – ich weiß nicht, was geworden wäre. Und ich habe dich dafür geliebt, aufrichtig. Du hast es verdient. Ehrlich. Und du hast es in der Hand – willst du schmutzige Geschäfte machen oder nicht? Es ist immer noch deine Entscheidung.«

Tränen traten in Remos Augen. Lisabetta sah ihn an, und sie sah, was sie immer gewusst hatte: Sie hatte ihm das Herz gebrochen.

»Du warst unseren Söhnen ein guter Vater. Du bist es noch. Du bist ein guter Mensch. Mach nicht bei diesen Geschäften mit.« Sie zeigte mit dem Kinn auf Mimmo. »Ich bitte dich.«

Remo schluckte. Er sah erst zu Mimmo, dann zu Marco.

»Du profitierst doch von meinen Geschäften«, machte Mimmo einen lahmen Versuch. Er blutete an der Lippe und sah ziemlich bedröppelt aus der Wäsche.

»Okay, Mimmo. *Senti**.« Remo versuchte, sich zu beruhigen, aber seine Hände zitterten noch. »Du lässt die Pantanella-Plantage in Ruhe. Geh auf Marcos Angebot ein. Falls nicht, pack ich aus. Es ist mir egal, was dann passiert, aber

* Ital.: Hör zu

ich will vor meinen Söhnen nicht dastehen als einer, der geholfen hat, ihre Heimat kaputt zu machen. Amalfi, das sind wir, Mimmo.«

Es war jetzt mucksmäuschenstill in der Höhle.

Mimmo nickte. »Es muss ein gutes Geschäft sein, Marco. Ich bitte dich. Mein Schwiegervater …« Er fuhr mit der flachen Hand an seinem Hals vorbei.

»Mach dir keine Sorgen.« Marco klopfte Mimmo auf die Schulter, während Salvatore ihm sein Taschentuch reichte. »Mein alter Chef ist so gierig wie dein Schwiegervater. Ich bin mir sicher, dass wir da die zwei Richtigen zusammenbringen. Aber eine Bedingung!«

Mimmo zuckte nur mit den Achseln. Er gab sich geschlagen.

»Du lässt Remo bei dir arbeiten. Legal. Als Bauleiter, wie in Maiori.«

Remo blickte Marco überrascht an. Er hatte von seiner Seite keine Unterstützung erwartet.

»Eine Hand wäscht die andere«, sagte Marco, lächelte schief und hielt Remo die Hand hin. Dieser zögerte nicht, er schlug sofort ein. Lisabettas Herz klopfte. Es war das erste Mal, dass die beiden Rivalen aufeinander zugingen und Frieden schlossen. Das hatte sie sich immer gewünscht.

Jetzt wandte Marco sich wieder an Mimmo. »Nathalie ist noch im Hotel, oder?«

Mimmo nickte. »Sie checkt morgen aus. Wieso?«

»Ich könnte mir denken, dass das ein Ass im Ärmel für ihre Verhandlungen ist. Ich ruf sie nachher an.«

»Aber erst einmal machen wir die letzte Flasche nieder«, appellierte Lisabetta an ihre Jungs und forderte sie auf, sich wieder zu setzen.

Sie saßen noch lange. Erst in der Höhle, und als es dunkel wurde, wechselten sie nach draußen und schauten gemeinsam über das Meer, in dem die Sonne versank, während sie sich gegenseitig Anekdoten von früher erzählten.

Als Marco und Lisabetta später im Bett lagen, Arm in Arm, fragte Marco sie:

»Was hast du gemeint, als du gesagt hast, Remo hätte dich und Andrea gerettet?«

Lisabetta zog die Bettdecke bis ans Kinn und holte tief Luft. Sie wusste, dass jetzt die Zeit gekommen war, mit dem letzten Geheimnis zwischen ihnen aufzuräumen.

Marco

D u bist ganz sicher, dass du das schaffst?«
Lisabetta nickte.

»Ich soll nicht mitkommen?«

Sie schüttelte den Kopf. »Andrea begleitet mich. Er ist sowieso gerade bei Matteo zu Besuch. Ich habe vorhin mit ihm
telefoniert. Ich bin mir sicher, dass mein Vater besser damit
fertigwird, wenn er sieht, dass es für seinen Enkel okay ist.«

Marco strich Lisabetta die Haare sanft aus der Stirn – ein
hoffnungsloses Unterfangen, die widerspenstigen Locken
ließen sich genauso wenig sagen, was sie zu tun hatten, wie
ihre Trägerin – und küsste seine große Liebe. Auf die Stirn,
den Höcker ihrer Nase, bis er in ihren Lippen versank.

»*Ti amo*«, flüsterte er.

»*Ti amo*«, erwiderte Lisabetta. Dann drehte sie sich um
und lief zur Steintreppe. Marco sah ihr nach, bis sie alle
zweihundertsechsundvierzig Stufen hinabgelaufen war. Erst
dann, als sie den Fuß der Treppe erreicht hatte, drehte sie
sich zu ihm um und winkte ihm zu. Schließlich verschwand
ihre Gestalt hinter den Oleanderbüschen und Feigenbäu-
men.

Marco blieb dennoch stehen und blickte in die Richtung,
in der sie verschwunden war. Lisabetta konnte jetzt seine gu-

ten Wünsche und Gedanken gut brauchen, sie hatte einen schweren Gang vor sich. Sie würde ihrem Vater beichten, dass Andrea nicht Remos Sohn war, sondern dass sie sich damals, neunzehnjährig, einem unbekannten deutschen Touristen hingegeben hatte. Aber sie würde Nino auch sagen, welche Größe Remo damals gezeigt hatte und dass er es nicht verdiente, dass Nino so eine schlechte Meinung von ihm hatte.

Marco war erschüttert gewesen, als Lisabetta ihm in der Nacht – stockend und unter Tränen – ihre ganze Geschichte erzählt hatte. Fast am schlimmsten an der Sache war für ihn, dass er sie im Stich gelassen hatte. Dass er in der Nacht, als er abgehauen war, nicht sehen konnte, in welcher Verfassung sie gewesen war.

Er hatte nur sich selbst gesehen.

Vor Remo zog er den Hut. So viel Größe! Nie und nimmer hätte er das diesem Angeber und Großmaul – so hatte er ihn damals und bis heute gesehen – zugetraut. So viel Mut musste ein junger Mann erst einmal haben, seinen Eltern eine Braut vorzustellen, die bereits schwanger war, und das Kind, das da unterwegs war, als seinen Sohn auszugeben. Natürlich seien die Zatrellis alles andere als begeistert gewesen, hatte Lisabetta erzählt, Sex vor der Ehe war auch in der heutigen Zeit in dieser streng katholischen Familie ein Sakrileg. Aber sie hatten Lisabetta dennoch in ihrer Mitte aufgenommen – Mafia hin oder her –, ganz im Gegensatz zu ihrem Vater Nino.

Als dieser erfuhr, dass seine einzige Tochter ein uneheliches Kind von Remo Zatrelli bekam, hatte er nicht mehr mit ihr gesprochen. Sie hatte sich einfach nicht getraut, ihm zu sagen, dass Remo sie eigentlich vor der Schande und Schlimmerem bewahrt hatte. Hatte ihrem Vater verschwiegen, dass sie drauf und dran gewesen war, abzuhauen, die Familie und Amalfi zu verlassen. Und dass nur Remos großherziges Angebot sie zurückgehalten hatte.

Marco fand, dass es nun an der Zeit war, Nino die Wahrheit zu sagen. Um Remo zu rehabilitieren. Was konnte der schon für die Geschäfte seines Vaters? Er hatte, das war Marcos Meinung, es einfach nicht verdient, dass Nino über ihn richtete.

Lisabetta hatte ihm sofort zugestimmt. Hatte ein Plädoyer für ihren Ex-Mann gehalten. Er mochte ein Großmaul und Angeber sein, er hatte cholerische Wutausbrüche, unter denen sie stets gelitten hatte. Und sie hatte vor langen Jahren aufgehört, ihn zu lieben, wie man seinen Ehepartner lieben sollte. Dennoch schätzte sie ihn hoch, er hatte sie und die Söhne immer geliebt, nie die Hand gegen sie erhoben, für sie gesorgt und das Interesse der Familie über alles gestellt.

Lisabetta war irgendwann eingeschlafen, Marco neben ihr hatte noch lange wach gelegen und gegrübelt. Darüber, warum es so schwierig war, das Licht der Liebe in einer Ehe nicht erlöschen zu lassen. Warum manche es schafften und manche nicht. Er dachte darüber nach, was Remo – der Lisabetta ohne Zweifel liebte wie eh und je – genommen worden war. Aber er dachte auch an Geli und seine Kinder und daran, was er gewonnen hatte: eine zweite Familie. Lisabetta und ihre Söhne.

Marco hoffte inständig, dass Geli mit ihrem neuen Partner so glücklich werden würde wie er mit Lisa. Und er freute sich, dass er schon bald seine Kinder wiedersehen würde, nur noch wenige Tage, dann kamen Luis und Sabrina auf Ferienbesuch.

Er dachte darüber nach, wie es sein mochte, allein zu leben, so wie Pippo oder wie sein Vater nach dem Tod von Magdalena. Das konnte Marco sich nicht vorstellen. Er war immer in einer Beziehung gewesen, er kannte es nicht anders und er wollte es auch nicht. Aber er hatte nicht den Eindruck, dass die Singles, die er kannte, durch und durch unglücklich waren mit dem Leben, das sie führten. Nathalie zum Beispiel – sie war aus Überzeugung Single. Raffaele wiederum war nie über den Tod seiner viel zu früh gestorbenen Frau hinweggekommen, und Marco konnte sich nicht vorstellen, dass er sich jemals für eine andere interessiert hatte. Bei Pippo dagegen war er sich nicht sicher. Warum lebte sein Freund alleine? Die Antwort darauf fand er nicht mehr, er schlief darüber ein.

Und nun stand er hier, in seinem Garten, in der Morgenfrische und spürte den Herbst kommen. Das Gras zu seinen Füßen war feucht vom Morgentau, die Luft kühler als noch vor einer Woche, und über dem Meer lagen Nebelschwaden, wie sie typisch für diese Jahreszeit waren, wenn sich das Meer langsam abkühlte, aber die Hitze, die von den Bergen ausging, sich noch in den Landschaftsfalten staute.

Er würde nun auch aufbrechen. Nathalie nach Neapel zum Flughafen bringen und mit ihr die Details des Geschäfts mit Mimmo besprechen. Sie hatten noch am Abend telefoniert, und Nathalie wollte sich ein paar Gedanken dazu machen.

»Unter den neuen Umständen würde ich Stefan Renke einen Deal anbieten, noch bevor wir eine Klage anstreben.«

Nathalie kramte ihren Ausweis am Check-in-Schalter hervor, während Marco den Rollkoffer auf die Waage hievte. Knappe 31 Kilogramm zeigte diese, und die Dame am Service-Schalter zog bereits mahnend die Augenbrauen nach oben, als sie sah, dass Nathalie Businessclass flog und ihr Gepäck etwas mehr auf die Waage bringen durfte.

»Was hast du da alles drin?«

Marco hatte sich schon gefragt, warum der Koffer so verdammt schwer war.

»Mitbringsel«, erwiderte Nathalie lachend. »Vier Geschwister und insgesamt sieben Neffen und Nichten, was meinst du, was ich kaufen musste? Die Geschäfte in Positano und Amalfi haben jetzt leere Vitrinen.«

Sie steuerten gemeinsam ein Café an. Bis zum Abflug war noch jede Menge Zeit.

Marco kam auf das Thema Stefan Renke zurück. »Du willst ihm einen Deal vorschlagen?«, hakte er nach.

Nathalie orderte einen *macchiato** und nickte. »Für Stefan ist alles erst einmal interessant, was er nicht haben kann. Warum also sollte ich ihm sagen, dass Mimmos Schwiegervater auf der Suche nach Projekten ist, in denen er sein Geld versenken kann?«

Sie grinste Marco an, und er wusste wieder, warum er in seiner Zeit als Anwalt gehörigen Respekt vor Nathalie gehabt hatte. Sie war tough und gerissen.

»Stattdessen werde ich ihm verklickern«, sie ließ zwei kleine Süßstofftabletten in die winzige Tasse plumpsen, »dass

* Ein Espresso mit einem Klecks aufgeschäumter Milch

sich während meines Aufenthaltes eine interessante Connection ergeben hat. Und dass wir uns anstrengen müssen, das Konsortium nach Deutschland zu locken, damit sie ihr Geld dort in Projekte versenken. Und natürlich«, jetzt lehnte sie sich genüsslich zurück, »führt dieser Weg nur über dich und mich.«

»Das heißt«, führte Marco den Gedankengang fort, »wenn er mir die Abfindung auszahlt und dich wiedereinstellt, holst du für ihn Mimmo und die Russen ins Boot.«

Nathalie lächelte und seufzte zufrieden. Es fehlte nur, dass sie anfing, wie eine Katze zu schnurren. »Genau so.«

Sie hielt ihm ihre Handfläche hin, und Marco klatschte sie ab – High Five!

Als Marco nach Hause zurückkam, war es bereits Mittag, Raffaele hatte sich nach der Kirche hingelegt und gönnte sich ein Nickerchen. Heute war Sonntag, es würde nicht gearbeitet werden, und Marco genoss die Ruhe und die freie Zeit. Nachdem er ein paar Nachrichten mit seinen Kindern ausgetauscht hatte, die es kaum mehr erwarten konnten, den Flieger in München zu besteigen, bereitete er sich ein paar Antipasti zu, holte den Eistee aus dem Kühlschrank, den er am Morgen vorbereitet hatte, und trug alles hinaus auf den Tisch im Garten. Wie gerne saß er hier unter den Weinranken, aß, trank und lauschte einfach nur in die Stille hinein. Sogar die Vögel schienen ein Nickerchen zu machen, außer Grillenzirpen drang kein Geräusch an sein Ohr. Die rote Katze sprang mit einem behänden Satz auf seinen Schoß und rollte sich dort behaglich zusammen.

Welch ein Frieden, dachte Marco glücklich. Was für ein Leben. Er war unendlich dankbar, dass er all das erleben durfte, und in diesem Moment der Demut wusste er, dass sich alles lösen würde, was ihn jetzt noch belastete. Obwohl noch keines der Probleme wirklich endgültig aus der Welt geschafft war, wusste er doch, dass sich alles mit der Zeit regeln würde. In Wahrheit hatte er keine Probleme, die sich nicht mit Geld oder Geduld lösen ließen. Er war gesund, und seine Liebsten waren es auch. Seit dem frühen Tod seiner Mutter hatte er keinen ernsthaften Schicksalsschlag in seinem Leben erlitten. Warum also sollte er sich Sorgen machen?

Er nahm sich vor, noch mehr Dankbarkeit aufzubringen für die schönen, kleinen Momente des Lebens, wie diesen, in dem er mit der Katze auf dem Schoß in der Sonne sitzen durfte.

Eine Viertelstunde später kam sein Papà aus dem Haus und setzte sich dazu. Er hatte kleine Äuglein und eine vom Schlaf zerknitterte Wange, sah aber recht zufrieden aus. Marco holte für Raffaele einen Teller, und sie aßen gemeinsam.

»Bist du später zu Hause?«, erkundigte sich sein Vater.

»Ich weiß nicht. Ich denke ja, jedenfalls habe ich noch nichts vor. Später will ich mit Pippo zu Lisabetta in ihre Wohnung fahren, ein paar Lampen anschließen.«

»Ah!« Raffaele nickte. »Wird sie uns dann verlassen?«

»Ja. In der nächsten Woche zieht sie um.«

»Schade.«

»Sehr schade«, stimmte Marco zu. »Aber ich verstehe sie. Es ist die erste eigene Wohnung in ihrem Leben.«

»Wirst du sie heiraten?«

Marco verschluckte sich an seinem Eistee. »Heiraten? Ich

weiß nicht. Ich bin ja noch mit Geli verheiratet, wie du weißt. Und Lisabetta mit Remo. Bis wir beide geschieden sind ...«

»Wäre doch aber schön, oder nicht?« Raffaele lächelte.

»Ich wollte Lisabetta schon heiraten, als ich ein kleiner Junge war«, verriet Marco. »Insofern – ja, klar wäre das schön. Aber jetzt leben wir beide erst einmal hier zusammen. Du brauchst dir keine Sorgen zu machen, dass ich dich alleine lasse.«

»*No, no, no!*« Raffaele wedelte mit den Händen. »So habe ich das gar nicht gemeint!«

Jetzt sah Marco die Gelegenheit gekommen, mit Raffaele über dessen, nun ja, geistigen Zustand zu sprechen.

»Papà«, er senkte beruhigend seine Stimme, »mir ist in der letzten Zeit aufgefallen, dass du ein bisschen vergesslich bist. Manchmal sogar ... verwirrt.«

Raffaele starrte ihn an. Marco konnte den Gesichtsausdruck seines Vaters nicht richtig deuten – war es Ärger? Verwirrung? Überforderung? Aber jetzt gab es kein Zurück. Er hatte das Thema aufgemacht, jetzt würde er die Flucht nach vorne antreten müssen. »Und da habe ich mich gefragt, ob du vielleicht, also wie soll ich das sagen? Geistig ein wenig nachlässt?«

Puh, jetzt war es raus! Marco musterte seinen Papà und wartete gespannt auf eine Reaktion. Raffaele starrte noch immer, aber dann platzte er mit einem schallenden Lachen hervor.

»Ach, Marco!«

Das war alles. Einfach nur Lachen und »Ach, Marco«.

Raffaele stand auf. »Du denkst also, ich bin dement.«

»Nein!«, fiel Marco seinem Vater rasch ins Wort. »Nicht dement. Einfach nur ein bisschen ... wirr.«

»Es wäre schön, wenn du nachher, sagen wir so in zwei Stunden, zu Hause wärst.«

Mit diesen Worten ging Raffaele wieder ins Haus zurück.

Marco sah ihm nach. Er war nun kein Stück weiter. Hatte sein Papà ihn gerade ausgelacht? Hatte er überhaupt begriffen, was er ihm sagen wollte? Und was sollte diese Bitte, in zwei Stunden zu Hause zu sein? Da Marco nichts anderes vorhatte, beschloss er, sich eine Sonnenliege in den Schatten zu stellen und ein wenig zu lesen. Die rote Katze begleitete ihn auch dorthin, und schon nach wenigen Seiten fiel Marco in einen seligen Schlummer.

Er wurde vom Geklapper des Geschirrs geweckt. Raffaele war dabei, den kleinen Gartentisch einzudecken, für sechs Leute. Sehr rätselhaft.

Marco stemmte sich gerade aus dem Sonnenstuhl hoch, da kamen Serafina und Giuseppe, die Nachbarn. Serafina trug ein hübsches Sommerkleid, ihr Mann sogar einen Anzug! Sie hatten sich richtig herausgeputzt.

Die beiden wohnten schon immer neben den Pantanellas, sie waren eng mit Raffaele und Marcos Mamma Magdalena befreundet gewesen, und in der Zeit zwischen Magdalenas Tod und Marcos Rückkehr hatten sie sich liebevoll um Raffaele gekümmert. Serafina hatte ihm den Haushalt gemacht, für ihn gekocht, geputzt und Wäsche gewaschen, ohne dafür jemals eine Gegenleistung zu akzeptieren. Im Gegenteil, sie war tief beleidigt, als Marco sie eines Tages gefragt hatte, ob er sie für ihre Mühen entschädigen konnte.

»Dein Papà ist *famiglia!*«, hatte sie ausgerufen und sich seither jedes weitere Wort darüber verbeten.

Giuseppe, ihr Mann, hatte Raffaele manch einen Abend Gesellschaft geleistet, hatte mit ihm Dame oder Schach gespielt, Wein getrunken und die eine oder andere Zigarette geraucht. Außerdem ging er ihm stets bei Ausbesserungsarbeiten zur Hand. Die beiden waren für Marco wie Onkel und Tante.

Er war gespannt, ob Raffaele die beiden einfach nur so einlud oder ob er etwas Bestimmtes im Sinn hatte.

Und für wen, fragte Marco sich, waren bloß die beiden anderen Gedecke? Vermutlich für Lisabetta und Pippo, gab er sich rasch selbst die Antwort.

Serafina stellte eine Zitronentarte auf den Tisch, die noch warm war. In diesem Moment vernahm Marco das charakteristische Knattern der Ape von der Straße her. Also hatte er richtiggelegen, dachte Marco, auch Pippo war eingeladen.

Raffaele war plötzlich sehr aufgeregt, er hatte sich überdies chic gemacht, während Marco sein Nickerchen gemacht hatte.

Nun kam Pippo auf dem Weg zum Haus geschlendert, und Raffaele eilte ihm entgegen. Denn Pippo war nicht allein, wie Marco nun sah. Er war in Begleitung einer älteren Dame. Eine zarte kleine Frau mit einem weißen Knoten im Nacken.

Marco traute seinen Augen kaum, als er beobachtete, wie Raffaele sie umarmte und ihr links, rechts, links die obligatorischen *bacetti** auf die Wangen drückte. Dann nahm er ihre Hand und führte sie zum Tisch.

Er strahlte wie ein Honigkuchenpferd, und Marco begriff.

Sein Vater war nicht dement.

* Ital. Küsschen

Er war verliebt.

»Rosa, *come stai?*« Serafina begrüßte die Unbekannte freundlich, und auch Giuseppe schien zu wissen, wer die Dame war.

Marco staunte und ging auf die älteren Herrschaften zu.

»Darf ich vorstellen?« Raffaele warf sich stolz in die Brust. »Signora Rosa Castafiore.«

»*Buongiorno,* Signora.«

»Ich freue mich, dass ich Sie kennenlernen darf, Marco.« Die Signora lächelte Marco freundlich an, und er mochte sie auf Anhieb.

»Signora Rosa ist eine Bekannte von Serafina und Giuseppe«, sprang Raffaele ihr zur Seite, während er einen Stuhl bereitstellte, auf dem sie Platz nahm.

»Ich freue mich auch, Sie kennenzulernen, aber anscheinend bin ich hier der Einzige, der Sie zum ersten Mal sieht«, meinte Marco und setzte sich ebenfalls an die Kaffeetafel. Auch die anderen nahmen Platz, bis auf Pippo, der, wie sich herausstellte, die Signora lediglich von der Bushaltestelle abgeholt und nach oben gebracht hatte. Er gab vor, später noch eine Verabredung zu haben, und verabschiedete sich.

»Signora Rosa ist eine alte Schulfreundin von mir«, erklärte Serafina. »Wir haben uns lange Jahre aus den Augen verloren, bis dein Vater seine Physiotherapie angefangen hat.«

Marco verstand nicht.

»Rosa hat ein Geschäft für Tischwäsche«, erklärte Raffaele, der das glückliche Grinsen gar nicht mehr aus dem Gesicht bekam. »Es liegt direkt neben dem Haus, in dem die Physiotherapeutin ist. Mir kam der Name so bekannt vor – Castafiore –, bis es mir eingefallen ist.«

Rosa nahm Raffaeles Hand und lächelte Marco warm an. »Also kam er eines Tages in mein Geschäft und fragte mich, ob ich mich an Serafina erinnere. Und vielleicht auch an ihn – Raffaele Pantanella, der Zitronenbauer.« Sie lachte. »Und ja, das tat ich! Es war sechzig Jahre her. Wir hatten auf einem Dorffest einmal miteinander getanzt – es war schrecklich! Er tanzte wie ein Trampel ständig auf meinen Füßen herum.«

»Papà, du? Du bist doch ein hervorragender Tänzer!«

Marco wunderte sich. Früher hatte Raffaele so oft Musik aufgelegt und war mit Magdalena oder der Nonna im Haus herumgetanzt – Swing, Polka, Walzer, Foxtrott, Chacha –, er konnte einfach alles.

»Aber erst durch Magdalena. Deine Mutter hat aus mir einen Tänzer gemacht, mein lieber Junge.«

»Damals warst du jedenfalls ein Trampel«, erinnerte Signora Rosa.

Die beiden älteren Herrschaften sahen sich in die Augen und kicherten vergnügt.

Marco war vollkommen baff. Sein Vater, der Gentleman. Er konnte gar nicht anders, als sich für ihn zu freuen.

»Na, und seitdem …«, Raffaele sah Rosa tief in die Augen, »bin ich immer wieder in das Geschäft gegangen.«

»Auch als du schon längst keine Therapie mehr hattest. Ich verstehe«, ergänzte Marco.

Raffaele sah schuldbewusst drein. »Bitte verzeih mir. Aber ich habe nicht gewusst, wie ich es dir sagen soll.«

»Was, dass du glücklich bist? Papà, ich freue mich doch!«

Raffaele fiel sichtlich ein großer Stein vom Herzen.

»Danke, Marco. Danke!«

Dann sprang er auf und eilte in die Küche, von wo er mit

einer Flasche eiskaltem Prosecco und fünf Gläsern zurückkam.

»Lass uns anstoßen.« Er öffnete die Flasche und goss ein. »Ich hoffe, dass Lisabetta noch kommt, es wäre schön, wenn die ganze Familie zusammensäße.«

Lisabetta kam eine Stunde später, sie hatten die Flasche Prosecco bereits ohne sie geleert. Die älteren Leute erzählten sich Anekdoten aus ihrer Jugend, und Marco saß dabei und staunte stumm. Niemals hätte er gedacht, dass es noch einmal eine Frau im Leben seines Vaters geben würde, umso schöner fand er es, dass dies nun passierte, während er hier war und am Glück Raffaeles und Rosas teilhaben durfte. Das steckte also hinter der Zerstreutheit seines Vaters und den vielen SMS, die er vermeintlich mit den Enkeln, in Wahrheit aber mit Rosa ausgetauscht hatte.

Als Lisabetta kam, sah sie erschöpft, aber auch zufrieden aus. Ihre Augen waren gerötet, und Marco dachte sich, dass sie im Gespräch mit ihrem Vater einige Tränen vergossen haben musste. Er schloss sie fest in die Arme und vergrub sein Gesicht in ihren Haaren. Lisabetta drückte sich eng an ihn.

»Alles gut?«, fragte er leise.

Sie nickte und umschlang ihn noch fester.

»Alles gut«, antwortete sie.

Amalfi,
ein Jahr später

Die Braut wurde von ihrem Vater die vierundsechzig Stufen zum Dom von Amalfi hinaufgeführt. Die beiden ließen sich Zeit, denn es war heiß, die Sonne schien ungefiltert auf den weißen Sandstein, der das Licht reflektierte. Außerdem war die Braut schwanger, im siebten Monat bereits. Sie hätte mit der Heirat auch bis nach der Geburt des Kindes gewartet, nicht so ihr zukünftiger Mann. Diesem konnte es nicht schnell genug gehen, er wollte seine wunderbare Frau unbedingt noch im Sommer zum Altar führen, zu einem Zeitpunkt, an dem alle noch Ferien hatten, vor allem die Freunde aus München. Und so war die Wahl auf die erste Septemberwoche gefallen.

Die Blumenkinder liefen hinter dem stolzen Brautvater und seiner Tochter die Stufen empor, aufgeregt warfen sie ihre Blüten mal hierhin, mal dorthin.

Die zahlreichen Gäste des Paares sowie die weit verzweigte Familie der Braut mit all ihren Brüdern, Schwägerinnen, Neffen, Nichten, Onkeln und Tanten, standen auf den oberen Stufen Spalier und lächelten der stolzen Braut mit ihrem gewölbten Bauch unter dem weißen Kleid zu.

Als die Braut aber mit ihrem Vater die weit geöffnete Tür des Doms erreicht hatte, drehte sie sich um und blickte nach unten, zum Fuß der Treppe.

Alle Augenpaare richteten sich nun ebenfalls dorthin, denn da stand er, der Bräutigam.

Hinter ihm das mit weißen Schleifen und Blumen verzierte Gefährt, mit dem das Brautpaar zur Kirche gekommen war.

Der Bräutigam trug einen schwarzen Anzug, Fliege und ein weißes Hemd und wünschte sich in dieser Sekunde, er sei einfach nur mit Bermudashorts und einem leichten T-Shirt bekleidet, was ihm seine bevorstehende Aufgabe mit Sicherheit erleichtert hätte. Auch die festen Lederschuhe waren hinderlich bei dem, was er sich vorgenommen hatte.

Aber es musste sein. Er wollte es so.

Dies war der größte Moment in seinem Leben, und er wusste, wenn er das jetzt schaffte, dann würde er alle Hürden, die ihm, seiner Braut und seinen Kindern im Leben begegneten, meistern.

Er griff zur Fliege und lockerte sie ein wenig. Dann öffnete er den obersten Knopf seines Hemdes.

Konzentrierte sich auf die wunderschöne Frau oben am Ziel.

Holte tief Luft.

Und rannte.

Er rannte in einem Atemzug die siebenundsechzig Stufen des Doms von Amalfi empor, angefeuert vom rhythmischen Klatschen und den Rufen der Freunde.

»Pip-po! Pip-po! Pip-po!«

Stufe um Stufe nahm er, und obwohl er glaubte, gleich zu ersticken, wusste er doch, dass er es schaffen würde.

Als er die letzte Stufe übersprang, holte er sofort Luft und fiel seiner Frau in die Arme.

Elena bedeckte sein Gesicht mit Küssen. »Du wunderbarer Mann«, lachte sie, »willst du mich heiraten?«

Pippo konnte nur nicken, er war völlig außer Atem, seine Lunge brannte, und sein Herz schlug heftig.

Der Pfarrer stand unter dem Portal der Kirche und bat das Brautpaar ins kühle Innere.

»Ich frage dich dann noch einmal, Pippo, bis dahin hast du wieder genug Atem«, meinte er lächelnd. Dann ging er vor zum Altar, Pippo und seine zukünftige Frau Elena am Arm ihres Vaters folgten, hinter ihnen die ganze Gästeschar. Die Kirche war bis auf den letzten Platz besetzt, denn ob einer starb, heiratete oder geboren wurde – die ganze Gemeinde kam, um ihre Anteilnahme zu zeigen.

Direkt im Anschluss an die Zeremonie in der Kirche, die Pippo und Elena als glücklich verheiratetes Paar verließen, wurde auf dem Grundstück der Pantanellas gefeiert. Das hatte Pippo sich gewünscht, denn es war auch sein Abschied vom Zitronenhügel. Er und seine Frau hatten eine hübsche Wohnung in Positano, direkt über der Physiotherapiepraxis gefunden. In Pippos schönem Bungalow war auf Dauer kein Platz für eine zweite Person und erst recht nicht für den Nachwuchs.

Denn dass es nicht bei einem Kind bleiben sollte, das wünschten sie sich beide, Pippo und Elena. Ihrer beider Arbeit, die Wohnlage und die unmittelbare Nähe von Elenas Großfamilie in Positano waren ideale Voraussetzungen, um gemeinsam eine Horde Kinder großzuziehen: Wenn Elena in ihrer Praxis arbeitete, würde Pippo sich um die Kinder kümmern. Wenn Elena ihn ablöste, würde er auf seiner Ape die Küsten abfahren und Eis verkaufen. Und im Winter hatte er ohnehin nichts zu tun – wie herrlich es werden würde, dann einfach nur Hausmann und Papà zu sein! Pippo, dem Karriere schon lange nichts mehr bedeutete, schlug sogar das Angebot seines Stiefvaters aus, die Eisdiele zu übernehmen.

Außerdem würde er künftig Mieteinnahmen haben. Er war sich mit Marco sehr schnell einig gewesen, dass dieser in Zukunft Pippos Bungalow vermieten sollte. Nach Abzug von Marcos Unkosten und Provision bekam Pippo die Einnahmen. Und Marco wiederum hatte für seine Zitronenfarm eine zusätzliche kleine Einnahmequelle. Er bot Agritourismus auf der Zitronenplantage an, inklusive Ziegen füttern und Ausflugstipps. Im Oktober würde es losgehen, und sie waren jetzt schon bis zum Frühling fast durchgehend ausgebucht.

An Weihnachten und Silvester allerdings vermieteten sie nicht – da kam Nathalie, um sich von ihrem anstrengenden Job als Partnerin in der Kanzlei auszuruhen.

Zwei lange Tafeln, hübsch eingedeckt, mit weißen Leinentischdecken und bunten Servietten, verschiedenfarbigen Lampions und Luftballons, kleinen Blumen- und Kräutersträußchen in Glasvasen – Lisabetta und Rosa hatten sich gemeinsam größte Mühe gegeben, die Feier für Elena und Pippo schön zu gestalten.

Als Pippo mit Elena auf der Ape eintraf, ertappte er gerade Grazia dabei, wie sie versuchte, eines der Kräutersträußlein mit ihrer langen Zunge zu erwischen, und verjagte sie lachend. Die restliche Herde trottete ihrer Anführerin meckernd hinterher.

Tagelang hatte Lisabetta mit Rosa, Serafina und auch Marco in der Küche gestanden und für die große Hochzeitsgesellschaft gebacken und gekocht, eingelegt und mariniert, jetzt warteten zur Begrüßung schon große Platten mit Antipasti auf die Gäste.

Mimmo, seine Frau und die drei kleinen Mädchen, die als

Brautjungfern fungiert hatten, waren unter den Ersten, die das Pantanella-Grundstück erreichten, gemeinsam mit Remo und seiner Freundin. Remo und Mimmo befürchteten offenbar, dass sie für ihre großen Autos keinen Parkplatz mehr ergattern würden, wenn sie sich nicht beeilten.

Die Begleiterinnen von Remo werden immer jünger und langbeiniger, dachte Lisabetta bei sich. Die neueste Errungenschaft war angeblich Studentin, aber dafür, dass sie studierte, sah Lisabetta sie ziemlich häufig mit Remo durch die Gegend fahren. Ihr Ex-Mann hatte viel zu tun, er war offenbar in die Immobiliengesellschaft von Mimmos Schwiegervater eingestiegen – sie wollte lieber nichts darüber wissen. Stattdessen war sie froh, dass die Scheidung endlich über die Bühne gegangen war, zum Glück ganz reibungslos. Statt monatlichem Unterhalt hatte Lisabetta das Geld als Startkapital ins Geschäft gesteckt – sicher eine richtige Investition.

»Schau nicht so streng zu ihnen rüber«, raunte Marco ihr nun zu. Lisabetta riss sich zusammen und lenkte ihren Blick fort von Remos Flamme. »Sieh dir lieber die beiden da drüben an.«

Er zeigte zum Haus, wo seine Tochter Sabrina zusammen mit Lisabettas Sohn Matteo saß. Der junge Mann hatte sich ins Gras gesetzt, sie hatte den Kopf auf seine Oberschenkel gelegt. Auf Sabrinas Bauch hatte sich eines der Katzenbabys bequem gemacht. Sabrina kraulte die Katze, während Matteo verliebt den Arm des jungen Mädchens streichelte und sich immer wieder zu ihr hinunterbeugte, um sie zu küssen. Die Romanze der beiden lief nun seit fast einem Jahr, und während Matteo Sabrina als seine Freundin bezeichnete, spielte sie es als Ferienliebe herunter.

»Hoffentlich bricht sie ihm nicht das Herz«, seufzte Lisabetta beim Anblick der Szene, und Marco lachte laut auf.

»Der Klassiker ist eigentlich andersherum«, meinte er. »Italo-Lover macht deutsche Touristin unglücklich.«

»Aber doch nicht mein Sohn!«, knurrte Lisabetta. »Er ist ein Lämmchen!«

Marco schüttelte nur den Kopf. Lisabetta ließ nichts auf ihre Söhne kommen – er allerdings auch nicht auf seine Kinder. Er war sehr stolz darauf, dass Sabrina ihr Abitur gut bestanden hatte und demnächst mit einer Freundin auf eine große Reise startete. Geli hatte Bedenken – zwei Mädchen ganz allein, die ziellos durch Asien und Australien reisten –, aber Marco hatte alles Vertrauen der Welt in seine Tochter.

Luis würde plötzlich Einzelkind sein, zumal er erst kürzlich mit Geli zu ihrem neuen Freund gezogen war, außerdem machte sich die Pubertät bemerkbar – manchmal war Marco froh, dass er die damit verbundenen Probleme zum Großteil nur aus der Ferne miterleben musste. Im Moment allerdings war Luis im siebten Himmel, er durfte eines der Katzenbabys mit nach München nehmen.

»Marco! Starr keine Löcher in die Luft! Hilf mit dem Champagner!« Raffaele kam aufgeregt aus dem Haus gelaufen und winkte ihnen.

Marco schüttelte den Kopf. Seit sein Vater mit Signora Rosa zusammen war, schien er beständig jünger zu werden. Er mischte sich wieder in alles ein, versuchte seinen Sohn – und alle anderen – herumzukommandieren. Auch auf der Plantage hätte er gerne das Sagen gehabt, vor allem, seit sie im Frühjahr die neuen Anlagen in Betrieb genommen hatten. Der Sommer war so heiß wie nie gewesen, aber dank der neuen Bewässerung hatten sie kaum Trockenschäden zu verzeichnen. Salvatore hatte mit seinen Männern hervorragende Arbeit geleistet. Marco war sicher, dass er die Pantanella-Plantage auch in Zeiten des Klimawandels in eine sichere Zukunft führen konnte. Wer weiß, vielleicht würde eines ihrer Kinder doch noch das Ruder übernehmen wollen? Aber einstweilen war er am Drücker – gemeinsam mit seinem Vater, der sich immer wieder einmischte, obwohl er stets lauthals betonte, wie gut ihm ein Leben im Ruhestand tat.

Aber Marco hielt es aus. Er wusste, dass Rosa seinen Vater peu à peu vom Geschäft loseisen würde – zumal sie selbst ihren kleinen Laden längst aufgegeben hatte. In bessere Hände. Lisabetta hatte den Sprung gewagt und das Tischwäschegeschäft übernommen. Sie hatte mit dem Geld von Remo ihren Traum von der Selbstständigkeit verwirklicht. Behutsam hatte sie das Geschäft nach und nach modernisiert und daraus einen kleinen feinen Laden für Innenausstattung gemacht. Sie bot dort fast ausschließlich Waren italienischer Hersteller an, außer Vorhängen und Kissenhüllen, Badetüchern und Servietten gab es Seifen, kleine Wohnaccessoires wie Kerzenständer, aber auch Lampen, Tischchen, Gläser und alle möglichen anderen Dekoartikel.

Es gefiel Marco, wie sehr Lisabetta in dieser neuen Aufgabe aufblühte, in der letzten Zeit reiste sie ständig auf Messen, besuchte kleine Handwerksbetriebe in ganz Italien. Stets kam sie mit vor Begeisterung glänzenden Augen zurück und führte Marco ihre neuesten Errungenschaften vor. Er hatte das Gefühl, dass ihre Lockenmähne immer vor Elektrizität vibrierte und noch mehr zu allen Seiten abstand.

Von Signora Rosa wurde Lisabetta im Verkauf unterstützt,

außerdem brachte die Ältere ihr die Grundzüge der Betriebswirtschaft bei. Allerdings redete ihr Rosa kein bisschen hinein, im Gegenteil, Marco hatte das Gefühl, dass die Signora froh war, dass Lisabetta das Geschäft ganz und gar umkrempelte und nach ihrer Art gestaltet hatte. Nicht so wie Raffaele, der plötzlich alle Ideen, die Marco für die Plantage gehabt hatte, als seine ausgab und natürlich alles besser wusste.

Aber Marco besaß mittlerweile genug Langmut, um sich nicht mehr mit Raffaele zu streiten. Irgendwann, so dachte er, irgendwann verliert Raffaele die Lust. Und dann habe ich noch viele Jahre, in denen ich das Geschäft alleine führen muss. Bis dahin kann ich noch immer viel von ihm über die Bäume lernen.

Allerdings vermisste er seinen Freund Pippo schmerzlich. Er konnte sich nicht vorstellen, wie es sein würde, wenn Pippo nur noch zu Besuch käme. Wenn er sich nicht mehr mit ihm um die Ziegen kümmerte. Wenn Pippo nicht mehr morgens fröhlich und gut gelaunt zu ihm kam und sie gemeinsam den ersten Espresso des Tages tranken.

Oder abends ein kleines Bier auf Pippos Terrasse, während sie die Beine baumeln ließen und sich alles Wichtige, aber auch Belanglose in ihrem Leben erzählten.

Ohne Pippo, das wusste Marco, würde sich sein Leben wieder einmal völlig verändern, wie im Verlauf des letzten Jahres bereits mehrmals.

Aber so war das Leben, dachte Marco, Veränderung ist Leben, nur Stillstand ist tödlich. Und wer, wenn nicht er, sollte seinem Freund nicht das Beste für die Ehe mit Elena wünschen, die sowohl Marco also auch Lisabetta ganz großartig fanden?

In der Küche herrschte rege Betriebsamkeit. Raffaele und Serafina hatten es übernommen, die vielen Gläser mit prickelndem Champagner zu füllen, und die größeren Kinder, Neffen und Nichten von Elena, aber auch die Kinder von Lisabettas Brüdern sowie Luis liefen emsig mit kleinen runden Tabletts nach draußen, um jedem Gast ein Glas anzubieten.

Marco sah nicht ein, warum er sich auch noch in der ohnehin schon zu vollen Küche drängeln sollte, aber Raffaele erteilte ihm die Aufgabe, die leeren Flaschen in den Keller zu bringen. Protest war zwecklos, und so fügte er sich.

Flasche um Flasche wurde geleert, bis schließlich auch der letzte Gast ein Glas in der Hand hielt. Dann stellten sich alle feierlich um die Tafel auf, wo der Brautvater eine Rede hielt.

Die Einzige, die bereits Platz genommen hatte, war die schwangere Elena. Pippo stand hinter ihr und fühlte sich, als könnte er aus dem Stand in Tränen ausbrechen, so bewegt war er.

Alle waren sie gekommen, und wenn er in die Runde blickte, in die Gesichter von Marco, Lisabetta und Raffaele, Rosa, Serafina und Giuseppe, wenn er die Familien seiner Freunde Mimmo, Salvatore und Remo sah, den Fischer Nino mit den Söhnen, Stefano Lamarttine und seine Frau und Kinder, Nathalie, die natürlich solo gekommen war, aber bereits dem einen Bruder von Lisabetta eindeutige Blicke zuwarf, Marcos Kinder, Franco von der Pizzeria, Nando und viele Kunden und weitere Freunde, vor allem aber Elenas riesengroße Familie, die er nun die seine nennen durfte, dann wusste er, dass er, das mutterlose Kind des

Ziegenhirten Sergio, alles im Leben erreicht hatte, was wichtig war. Er stand hier inmitten seiner *famiglia*.

Konnte das Leben schöner sein?

Während sein Schwiegervater redete und redete, zwischendurch immer wieder die Gläser auf Elena und ihn erhoben wurden, blickte Pippo zu Marco und Lisabetta. Sie standen dort, Arm in Arm, glücklich und tief gerührt.

Pippo lächelte sie an, sie lächelten zurück. Er hob sein Glas, und die beiden taten es ihm nach.

Und alle drei wussten, was jeder von ihnen dachte: Wie schön, dass ihr da seid!

Gelato und Liebe an der Amalfiküste

Marie Matisek

Ein Sommer wie Limoneneis

Roman

Marco ist als Immobilienanwalt erfolgreich und liebt sein Leben in Deutschland. Seine italienischen Wurzeln interessieren ihn nicht allzu sehr, und die Limonenplantage, die seine Familie seit Jahrhunderten in Amalfi betreibt, kümmert ihn nur wenig.

Aber dann zwingt ihn ein Burnout in die Knie und gleichzeitig verlangt seine Frau plötzlich die Scheidung. Um wieder auf die Beine zu kommen, reist Marco nach Amalfi – nur für kurze Zeit, wie er glaubt.

Doch schon bald ist er wie bezaubert von der traumhaften Mittelmeer-Küste seiner Heimat und dem sinnlichen Leben Süditaliens. Und dann steht auch noch Lisabetta vor ihm, die wunderschöne Liebe seiner Jugend …